鳳心不悅

1

文創風 513

桐心 著

目錄

自序

桐心

有一段時間，腦洞大開，腦子裡不停冒出各種哏來，但沒一個讓我覺得滿意的。

有一天，我去醫院看望我朋友生病的母親，醫院的氛圍，讓我一下子想到接下來要寫什麼樣的故事了。

現實中的遺憾與悲劇已經太多，我想給那些離我們遠去的靈魂，編織一個能讓他們重新來過、讓他們幸福生活的世界。

有了這個想法，我便花了很長的時間構思大綱，想儘快動筆將故事好好地寫出來。但真要動筆的時候，總是會冒出一些繁雜的事情，也因為這樣、那樣的原因，這個故事就一直被往後推延。

偶然的一天，兒子打開書櫃下面的抽屜，翻出了寫著大綱的筆記本，我才恍然，這大綱已經被我束之高閣一年多了。

我告訴兒子，這筆記本不能亂動，裡頭寫著媽媽的故事大綱，等媽媽以後有空了，還要完成這個故事的。

兒子問我說：「以後是什麼時候？幼兒園的老師說過，時間就如海綿裡的水，擠一擠總是會有的。」兒子又說：「我會監督媽媽，媽媽一定要當我的好榜樣。」

當時我竟無言以對，之後，又啞然失笑。

人們總說，父母是孩子的老師，其實反過來，孩子也是我們的老師，提醒我們那些被刻意遺忘的道理。

就是那天晚上，等孩子睡了，我靜靜坐下來，開始寫起這個我準備已久的故事。

我不知道必須做到什麼程度，才算是合格的榜樣？但我想，將自己喜歡並且擅長的東西，用最大的誠意將它展現出來，總不會差的。而我喜歡又擅長的東西，除了文字，再沒有其他了。

我一直覺得，文字是有魔力的，它能用最通俗的語言、最簡單的敘述，編寫出無數個曲折的故事。

我想，每個人的心中都有想講給別人聽的故事，而我，只是用文字記錄下我想講給大家聽的故事而已。

第一章 兒女

秋風捲著枯黃的樹葉，發出沙沙作響的聲音，不只是風聲，還有點點秋雨落在枯葉間的響聲，讓人不由得冷意漸起。

遼東的秋天，似乎格外的短，用不了幾日，怕是該進入冬天了。

啞婆俐落地收拾著手裡的大肥魚，這是今兒早上剛從池塘裡打撈上來的，新鮮著呢！

在這樣的季節，該是吃牛、羊肉的時候了，可兩個小主子嫌燥，更偏愛魚、蝦。說起來也是怪事，兩個還只有三歲的小兒，吃魚吃得有模有樣，從來沒被魚刺卡住過。

主子寵孩子寵上天了，縱使千難萬難，只要是孩子想要的，定會想著法子弄來，若是窮人家的孩子，可不是這麼個養法。

可要說主家富貴吧，倒也不見得。一個女人帶著兩個孩子過日子，這天長日久，卻沒個進項，坐吃山空，以後還不知道怎麼著呢。

不過，她也就是一個下人，這些事情不該由她來操心，只是想著主子是個難得的善人，替她打算、打算罷了。

石榴從外面進來，跺了跺木屐上的泥，搓著手、縮著肩，跑到灶膛口烤火去了。

啞婆倒了一碗薑湯，遞給石榴。

喝了幾口薑湯，石榴凍得發紫的臉色才好了一些。她約莫十五、六歲的年紀，生得黑壯，濃眉大眼，一副憨厚相，不過心思卻是個透亮的，手也巧得很，在主子跟前正得用。石榴灌完一碗薑湯，才開口嘆道：「還是在廚房裡當差好啊！」

啞婆笑笑，沒說話。大家雖然叫她啞婆，但她不是真啞，只是不愛說話。石榴的話，也就是說說而已，要她換到廚房來做事，她肯定是不幹的。

家裡只有四個下人，除了她和石榴，就剩下兩個男人。

一個是瘸腿漢子馬六，三十來歲，平時掃掃院子、養養牲口，看個大門，給主子駕車，最主要的活兒是看家護院。別看他瘸了腿，他可是上過戰場，能在戰場上活下來的，手裡都有幾下子。正因為有這麼個人在家守著，這孤兒寡母身處衛所軍戶中，才沒人敢上門欺負。

馬六帶著一個十二、三歲的小子，叫做馬文，是他的親姪兒。兄嫂去世了，就剩下這麼一根獨苗，他帶在身邊辛苦拉拔大，如今也能跑跑腿，家裡的採買都是這小子負責的。

這小子年歲不大，嘴卻巧得很。這衛所說大不大，說小也不小，幾百戶人家，少有他不認識的。誰家娶了誰家的閨女，誰家和誰家是拐著幾道彎的親戚，哪家的媳婦偷了漢子，哪個漢子偷了哪家的雞，哪個和哪個又生了什麼嫌隙，這些雞零狗碎的，他都能給你掰扯個三四五六出來，是個招人喜歡的小子。

主子也不拘著馬文，只讓他去打聽，再回來說給她聽，時不時還能得些賞錢。

石榴做的是漿洗的活計。別看家中人不多，這活兒可一點也不算輕鬆。主子是個愛乾淨的，她自己倒也罷了，但是兩個小主子的衣物必須天天清洗，逢上天候不好的時候，比如今天，就得想辦法烘乾衣裳，是個需要耐心的活計。不過好在能親近主子，幹得好不好，主子都看在眼裡，賞錢也給得大方。

啞婆自己也不虧。在廚房有在廚房的好處，是有些油水可撈的，能夠三不五時接濟一下家裡，主子從來都是睜一隻眼、閉一隻眼。馬文那小子機靈，採買上中間沒點好處也是不可能，一天三、五、七文的，沒有定數，多多少少總能省下來一些，兩人平分，一個月也不少呢。

其實幹啥差事都差不多，主子不是苛刻的人，這些個事她不是不知道，只是從不計較罷了。

啞婆是雇來的活契下人，是從西北逃難來的，男人死了，到遼東後又改嫁了一回，結果男人又戰死了。她覺得自己可能是個剋夫的命，乾脆歇了嫁人的心思；因為家裡還有兩個孩子要撫養，她這才出來當了廚娘，不僅有一份工錢，時不時還能將剩菜、剩飯拿回家，兩個孩子的口糧也就這麼解決了一半。

要不是見主子一個女人卻帶著兩個孩子，那還真是個好主家，賣身進來也是可以考慮的，但如今，只能再看看了。

石榴湊過來，笑道：「您在忙什麼呢？」她看了看啞婆手裡的花鰱，眼裡閃過喜意。「好肥的魚！馬文這小子從哪兒踅摸來的？」

「說我什麼呢？」一個精瘦的小子竄了進來，不是馬文又是誰？他手裡提溜著一個簍子。「瞧瞧，這是什麼？」

石榴笑著湊過去。「什麼？」就見一個小磨盤似的老鱉，不時地伸出腦袋，睜著一雙綠豆似的眼睛。「哎喲，你還真不簡單！這都是從哪兒找來的？這東西可比花鰱難弄到呢。」

「就守在野塘子邊上，從那些摸魚的小子手裡買的。便宜不說，還新鮮。」馬文把老鱉弄出來。「找個木盆，放在裡頭養兩天，再給主子燉湯喝。」

啞婆早就準備好盆子，接了水。「難為你了！這大冷天的，吹了半天風，去灶膛口暖暖吧。」

石榴也忙倒了碗薑湯。「喝口薑湯，祛祛寒。」

馬文笑嘻嘻地應了。「一會兒端進去，讓哥兒瞧瞧稀罕。」

石榴和啞婆對視一眼，眼裡都閃過憂色。

這哥兒長得玉雪可愛，可就是已經三歲了，卻從沒有開口說過話；與他同胞的姊兒倒是個機靈的，六、七個月就會說話，如今更是口齒伶俐得不得了，像個小大人似的。

此時的小大人沈菲琪正鼓著一張白胖的包子臉，用手指戳了戳她的雙胞胎弟弟沈飛麟。「你倒是說話呀！咋不說話呢？」沈菲琪頗為惱怒，但聲音卻低低的，用認為只有他們兩個人能聽到的音量說：「你到底在想什麼？我知道你不是真的不會說話。要不是你，娘不會死！就留下我一個人……」說著，一雙眼睛已經布滿霧氣，眼裡的滄桑怎麼也掩蓋不住。

什麼娘不會死？娘本來就沒死！不是好好的在裡屋做針線活呢。

沈飛麟心裡不屑，頭也不抬，擺弄著手裡的九連環。

「娘」這種生物，他上輩子早就受夠了，他永遠忘不了他的親生母親是怎樣拉他為她擋刀的！如果連自己的母親都能輕易地放棄他的生命，那麼活著還有什麼意義？早死才好呢。可諷刺的是，再睜開眼，他卻又帶著記憶變成了胎兒，呱呱落地，換了母親，換了朝代，但一樣彌補不了心裡的傷痕。即使如今的母親將他照顧得再怎麼無微不至，心也是暖不熱的，他害怕付出真情後，到頭來依舊只是一顆隨時可以被犧牲的棋子！

還有這個早他一盞茶出生的姊姊，真是神煩！他上輩子可是出生在皇家，堂堂寵妃所出的皇子，什麼樣的人沒見過？像這種丫頭若放在宮裡，早死八百回了。她就是個單純得要死的傻妞！

兩年前他就知道，這個姊姊搞不好是重活了一世，上輩子估計是在內宅被圈了一輩子，才會這般沒見識、沒城府。

有些事情自己知道就好了，非得在嘴上嘟囔，一點防人之心都沒有。說什麼娘被他連累死了……娘要是個簡單的女人，他就把頭砍下來給她！這個蠢萌的呆貨！

在裡屋的蘇清河聽到閨女的話時，手中的針刺在了手指上，接著她又若無其事地繼續縫製手裡的棉衣。天冷了，該換棉衣的，小孩子可禁不住冷啊。

她確實不是個簡單的人，耳聰目明，非一般人可比。

蘇清河手裡的活計不停，心裡卻嘆了一口氣。想要再續母子親緣，當真是難上加難！

離開那個高樓林立、車水馬龍的世界之後，不知道又過了多少年。她原本也只是個普通的母親，有一雙可愛的兒女，沒想到一場車禍，奪去了兒女的生命。失去孩子，她也沒了活下去的動力，短短兩個月後，鬱鬱而終。她在地府中不知道飄蕩了多久，只為尋找她的孩兒，續上前世的親緣。

經過幾生幾世的輪迴，好不容易等到了她的孩子們，老天竟跟她開了這樣一個玩笑，讓她情何以堪啊。

她穿來的時候，正是洞房花燭夜。她不知道將來的生活會怎樣？這個丈夫又是怎樣的人？但她知道，她需要這個男人，沒有這個男人，她將失去和孩子重聚的機會。

那天半夜，男人有急事出了門，一去不歸，還好兩個月後，她驗出自己有了身孕。

讓她慶幸的是，這男人是個百戶，即便失蹤四年，俸祿也從沒少過，足夠她養活一雙兒女了。

不過，自從閨女會說話起，她就糟心；可兒子不說話，她更糟心！除了心疼這兩個孩子，也對未來充滿了迷茫。

按閨女的隻字片語推斷，她將會死，麟兒可能也活不了，只剩下閨女一個，想必是受盡了苦楚跟磨難。

她的心揪得緊緊的，彷彿撕心裂肺般的疼著。

如果她的心肝寶貝們真要面對這些事，她就算毀天滅地，也要阻止這一切。

蘇清河臉上掛著笑意，掀開簾子，看到閨女仍在戳著兒子的臉，那小小手指粉白、粉白的，透著亮色。

「娘！」沈菲琪的聲音裡滿是甜意，一張臉如同瞬間綻放的花兒，笑得蘇清河的心都跟著酥軟起來。

蘇清河迎上去。「妳又欺負麟兒了。」她一手抱住閨女的身子，一手伸過去揉揉兒子的腦袋。「娘的寶貝們玩得可好？」

沈飛麟的身子僵了一僵。即便心再硬，面對這樣的溫情，還是不由得柔和下來，他點點頭，算是回應。

「弟弟還是不說話。」沈菲琪眼裡閃過憂色。

她上輩子失去弟弟時，也就三、四歲大，那麼小的孩子，對這些記憶早已模糊，弟弟是不是會說話，她早就不記得了。

唯一印象深刻的是，娘和弟弟死的那天，是下著雪的，那雪下得可真大，不過，即便在晚上，似乎也能看清周圍的景色。黑衣人的劍朝弟弟而去，娘撲到弟弟身前，替弟弟擋住了劍，可誰知賊人凶狠，劍從娘的身體穿過去，扎進了弟弟的身體。那柄劍穿著母子二人，血流了出來，把一大片的雪都染紅了，她一輩子都忘不了那個情景。

蘇清河感覺到閨女的顫抖，垂下的眼瞼遮住眼裡的冷光。究竟是誰要取他們母子的性命？

她把閨女往懷裡摟了摟，無聲地安撫著。

「娘，咱們搬家吧。」沈菲琪小聲地道。她的聲音有些顫抖，即便掩飾得再好，也擋不住從骨子裡透出來的恐懼。

今年她三歲了，秋天已經來了，冬天還會遠嗎？那場大雪，不是在今年冬天，便是明年春天吧。

她現在無比悔恨，自己好多事都記不清了。上輩子因為恐懼傷心，八歲前一直渾渾噩噩、渾不知事，滿腦子都是娘和弟弟被一把劍串在了一起，到處都是血。

沈飛麟拿著九連環的手微微一頓。究竟是什麼樣的事情，可以讓姊姊嚇成這副模樣？死，他是不怕的，對他來說，死不過是一種解脫，可這個娘和姊姊……太可惜了。

「為什麼要搬家啊？咱們能搬到哪兒呢？」蘇清河的聲音透著漫不經心，一副敷衍孩子的語氣。

沈菲琪立刻急了。「搬去西北，去找爹啊！」

蘇清河眉頭一挑，沈飛麟身子一僵。

原來那個失蹤的男人在西北啊！

原來這一世的爹還活著啊！

兩人都不動聲色。

蘇清河笑道：「看來娘的閨女是想爹啦，是不是又作夢了？」

沈飛麟心裡一笑。沈菲琪果然就是個傻妞，這麼容易就被套話了，瞧瞧，娘幫她把理由都找好了，作夢夢到的……多好的藉口。

沈菲琪臉上一亮。「對啊！娘，我真是作夢夢到的。」

沈飛麟眼睛一閉，他實在是不忍心看這個姊姊繼續賣蠢。上輩子她還真是活到狗身上去了！

不過，娘也很神奇，明知道他們姊弟兩個有問題，為什麼對他們的態度還是一如往常？

蘇清河像是知道沈飛麟的想法，輕輕瞥了他一眼，聲音有些飄忽。「娘也經常作夢啊，但那只是夢，別怕。乖女兒，告訴娘，妳還夢見什麼了？夢這種東西，說出來就不靈了，就不會變成真的了。」

「我還夢到黑衣人！他要殺弟弟，娘撲過去護住弟弟，那黑衣人用劍把娘和弟弟串在了一起……」沈菲琪話音一落，蘇清河的身子就僵住了。

沈飛麟手裡的九連環也掉在炕上，他不可思議地抬頭看向沈菲琪，原來她說的害死娘是這個意思。上輩子的母親拉他為她擋刀，這輩子的母親如果真能為他擋劍，他還有什麼好不甘心的？但這有可能嗎？他心裡一哂。換作是他，肯定不會這樣做，更何況娘明知道他們姊弟倆不似尋常小孩。

沈菲琪像是進入了某種幻境，她的聲音很輕。「到處都是血、都是血……雪大得很，厚厚的一層，埋住我的小腿。真的很厚，我都動不了！我想去叫娘，我想去看看弟弟，但就是動不了了。我不停地喊，不停地叫，娘就是不理我……」聲音漸漸低了下去，如同受傷的小獸在嗚咽。

原來，她經歷過如此慘痛的事，看著母親和弟弟慘死在眼前，卻無能為力。

蘇清河抱緊閨女的小身子，輕輕地搖晃。「不怕、不怕，娘也愛作夢。」她的聲音透著輕柔。「娘也夢見找不到你們兩個，於是整天在地府徘徊，怎麼也不肯投胎，娘守在那裡，只為了等你們。看你們在往生池輪迴，娘等了好多年，才又盼來你們，重新成為娘的孩兒。因此，不論是誰想拆散咱們母子，娘都會跟他拚命的！」

沈菲琪以為這只是蘇清河安慰她的話，但沈飛麟卻隱隱感覺到，這或許才是真相。

原先，他對於鬼神之說是從來不信的，但自從他身上發生這樣神奇的事，也由不得他不信了。而且，只有這樣，娘的異樣才說得通啊，要不然，面對兩個如此奇葩的孩子，任何正常人都難以心無芥蒂。

他伸出手，拍了拍這個不容易的母親。

蘇清河馬上紅了眼眶，她笑著揉了揉兒子的腦袋。「麟兒最乖。」

沈菲琪已經微微合上眼睛，睡著了。剛才她的情緒有些失控，耗費不少心神。

蘇清河把閨女安置好，才低聲問兒子。「麟兒要再睡一會兒嗎？」

沈飛麟知道蘇清河要想事情，他便點點頭，自己乖乖地躺到沈菲琪身邊，由著蘇清河給他蓋上被子。

蘇清河坐在暖閣的炕上，看著一雙兒女，心思不由得飄了起來。

閨女的話，透露出不少訊息。

第一，確實有人要對他們母子不利。這個黑衣人，或許不是一個，而是一夥。

可疑的是，在閨女的陳述中，沒有提到家裡的下人，甚至是周圍的鄰居。方才她說她不停地喊、大聲地喊，可家裡的下人並沒有出現，鄰里更沒出現，那這些人呢？被殺了還是被制伏了？以至於無力救援他們。

他們住的不過是兩進的院子，家家戶戶雞犬相聞，這裡畢竟是邊陲，為了相互有個照應，也不可能住得分散。自家的宅子就在巷子正中央，兩邊都有鄰居，後牆外也有人家，兩家只隔著一道後牆，背對背住著，對門也只隔著一丈的巷子，住著一大排人家，人口可以說是相當密集，怎麼會沒人聽到呢？一家沒聽到，難道家家都沒聽到？這顯然不尋常。

第二，就是事發的時間。閨女在這個時候提出要搬家，很可能離事發已經不遠。她一直說雪很大，都埋住了她的小腿，如今已入冬，這麼大的雪，只可能在冬天或開春之際，也就幾個月的時間了，很緊迫！

第三，那個男人還活著，就在西北。閨女在潛意識裡對這個父親相當信任和依賴，看樣子，這個男人沒她想像的那麼渣，至少對女兒應該算得上是寵愛有加。

但蘇清河心裡仍有一個大大的疑問。既然疼愛女兒，就該教會她保護自己，但他為什麼還把女兒教養得如此不諳世事？是保護得太好了嗎？

第四，閨女的話在最後戛然而止，應該是她根本就不知道後來發生了什麼。孩子受到刺激，不記得也是正常的。

那最後這孩子是怎麼回到她父親身邊的？還是那個男人回來了？這些都成了謎團，蘇清河無從猜測。

她從胸前掏出那枚玉珮，這是男人臨走前掛在她胸前的。玉珮的一面刻著一個「輔」字，另一面是一個「孝」字。

輔國公府，沈懷孝。

這才是這個男人的真實身分，根本不是什麼遼東百戶沈念恩。

蘇清河露出幾分苦澀的笑意。養父用救命之恩為自己換了這樣一個隱瞞身分的丈夫，是不是太過草率？

一個國公府的少爺，為什麼會出現在遼東？他隱姓埋名又是為了什麼？沒有父母之命，為什麼就敢在外三媒六聘的娶親？這一夥刺客，是不是跟輔國公府有關？他當時究竟為了什麼事而匆匆離開？而如今又為什麼會身在西北？

蘇清河眉頭越皺越緊，只覺得身在迷霧當中，怎麼也看不明白。

當然，這些都不是最要緊的，當前最急切的事，是怎樣才能避開迫在眉睫的禍事？去西北嗎？怎麼去？眼看入冬了，兩個孩子也才三歲，千里迢迢，路上比家裡更危險。對方想盡辦法要除掉你，躲是躲不掉的，路上動手反而更加方便，到時候叫天天不應，叫地地不靈，處境更艱難。

她聽著外面樹葉的颯颯聲，心裡愈加煩躁。忽然聽見院裡傳來馬六和馬文低聲說話的聲音，倒讓她靈光一閃。

這個馬六可不是一般人，為什麼他甘願留在自家？為什麼那個男人消失四年了，俸祿卻一點都沒少，甚至連拖欠都沒有？而這些俸祿都是馬六去領的，那真是朝廷給的俸祿嗎？

種種疑惑，她這會兒突然就想通了。

這個馬六根本就不是什麼護院，而是沈懷孝留下的人！

第二章　籌謀

蘇清河叫來石榴，讓她把手裡的活計先放下。「去請馬師傅來一趟，撐著油紙傘吧，這會子雨越發大了。」

石榴低聲應了，從牆角拎了把傘出去。其實不用這麼麻煩的，只有兩進的院子，屋簷連著屋簷，哪裡會淋到雨了？不過主子的好意，她還是要受的。

馬六來得很快，他腿只是有一些瘸而已，是接骨的時候沒接好，有一點點錯位。戰場上條件艱苦，能恢復成這樣也算是不容易了。

蘇清河曾經是一名外科醫師，而這一世她去世的養父恰好也是大夫。正因為養父的一手好醫術，才能在這衛所安身立命；也正是因為這個好醫術，陰錯陽差救了命懸一線的沈念恩，結下了這段姻緣。

蘇清河看著眼前壯碩的漢子，笑問道：「入秋後下了好幾場雨，你的腿怕是不好受吧？遇冷、遇潮肯定是疼疼難當。這是方子，你去抓了藥，晚上泡一泡，三天就好，否則我瞧著你今兒個走路，都有些遲滯了。」話說得認真，彷彿只是關心對方的腿疾。

馬六有點受寵若驚。他的腿確實不舒服，一變天，真是又痠又疼，瘸得也更厲害些，這都好些年了，也早已習慣。「勞您惦記著。」他接過方子，知道主子的父親是大夫，那麼主子懂醫術，手裡攥著一些秘方，也是極有可能的。

他的心裡不免有些感慨。這主子看似冷清，其實是個心軟又熱心腸的人，平時不言不語，其實很多事心裡都是有數的。

蘇清河客氣道：「你也別客氣，這家裡就指著你照看呢，你身體好，我們大家都安心。這兩天我的眼皮不停地跳，總覺得有事要發生，又一直惡夢連連，鬧得我連搬家的心思都有了。你警醒些，也讓馬文多注意一下近日咱們家周圍有沒有生人出現？要是真有，可得小心點，我這心裡總是不安啊！」

「主子放心，我省得咧。」馬六一陣愣然之後，回道。

「你別覺得我是杞人憂天，我爹娘過世的時候，我也是提前就有預感的，這種事情玄妙得很，說不清楚，你千萬精心。要不，咱們還是先搬到盛京……」蘇清河說著，聲音便低了下去。「這也不行，萬一孩子的爹回來，找不到咱們，可不就麻煩了？」

馬六若有所思地點點頭。「您放心，我記心裡了。」

「那就好、那就好。」蘇清河點點頭。「那馬師傅去忙吧。你別見笑，我一個婦道人家，又帶著孩子，難免有些杯弓蛇影。」

「豈敢，為了小主子，再怎麼小心都不為過。」馬六客套了兩句，才轉身出去。

「主子，擺飯嗎？」石榴見馬六出來了，便進去小聲問道。

「先去廚房準備著吧，我這就叫孩子起來。」蘇清河揮手讓石榴下去後，她這才鬆了一口氣。要是不出意外，馬六會把這個消息儘快地傳給沈懷孝。

沈飛麟躺在炕上，一直靜靜地留心聽著。蘇清河和馬六的話，他聽得很清楚，但他一時之間也沒想明白蘇清河的用意。

「小東西，沒睡著就起吧，躺著不難受嗎？」蘇清河笑看著兒子。那緊閉的眼皮下面，眼珠子骨碌碌直轉，哪裡是睡著的樣子？

沈飛麟睜開眼，順勢坐了起來。

蘇清河趕緊拿了棉馬甲給他套上。炕熱得很，剛睡起來容易著涼。

像是明白兒子的疑惑，她低聲解釋道：「那馬六可不簡單，娘現在懷疑，他就是你爹留下的人，要不然，他一個年輕力壯的大男人，到哪兒賺不到銀子？能看得上咱們家一個月給的五百文工錢，這不是笑話嗎？人啊，總得圖一些什麼，可你說咱們孤兒寡母，能給他什麼好處？」

沈飛麟點點頭，這話也對。但更大的問題又來了，難道爹能給他什麼好處不成？爹不就是一個小小的百戶嗎？

「娘也只是猜測。」蘇清河說著，便把玉珮掏出來遞給沈飛麟。

這是一塊上好的羊脂白玉，而且還是千年的古玉，光這質地，已是萬金不換。

沈飛麟皺起眉頭，這東西可不是一般人家能有的。再看看正反面的字，他的眉頭皺得更緊。

「如今是大周明啟十八年，『粟』是國姓。」蘇清河在兒子的手心裡寫了一個粟米的粟，才道：「有兩大世襲罔替的國公府，一個是良國公府，一個就是輔國公府。」

沈飛麟點點頭。這樣的玉珮如果出自國公府，也就說得通。這世襲罔替，就相當於鐵帽子，比一般的宗室都尊貴，宗室的爵位大都是降爵承襲的，幾代之後，也就沒剩下什麼了。因此皇家如果不是迫不得已，斷不會給宗室鐵帽子爵位，以防勢力過大，成尾大不掉之勢。

「這爵位傳到如今的輔國公沈鶴年身上，已是第三代了。沈鶴年育有四子兩女，原配所出的嫡長子沈中璣被請封為世子，娶了江南士族江家的嫡長女江氏，兩人育有兩子一女，長女沈懷玉，是如今的太子妃；長子沈懷忠，是國公府的世孫，而嫡幼子就叫做沈懷孝。」蘇清河說完，就指了指玉珮上的「孝」字。

不待蘇清河說下去，外面已傳來石榴的腳步聲。

蘇清河打住話頭，讓沈飛麟自己坐著，她起身把炕桌放下，對走進來的石榴說：「天冷了，就在炕桌上用吧。」

沈飛麟把玩著玉珮，心思卻有些飄忽，不僅是因為父親的出身，更是因為母親。

難道娘自始至終都沒發現，她自己也很奇怪嗎？一個長在邊陲的姑娘，怎麼會對京城世家如數家珍？連皇家的一些事，她也是知道的，那麼，她是怎麼知道的？誰告訴她的？為什麼要教她這些事？目的是什麼？還有，她平時的一舉一動，都透著良好的教養，這不是一個鄉野郎中家能養育出來的姑娘，完全就是宮廷的禮儀！

娘的養父、養母究竟是什麼身分？為什麼這樣教導娘？她的身世是不是也有問題？否則，以父親的出身，怎麼會娶一個尋常人家的姑娘？

那麼，將要發生的凶險是來自何處？父親背後的輔國公府，還是母親的神秘身世？

他抬頭看了一眼正在擺飯的母親。只怕她如今還沒有往自己身上想過吧。

這就是所謂的燈下黑了。

蘇清河看見兒子嫩白的小臉皺成一團，真是愛到了心坎裡。「兒子，吃飯了。」說著，又看向睡得香甜的閨女，笑著叮囑石榴道：「讓這丫頭睡吧，記得讓廚房把飯菜熱著。」

石榴笑道：「剛才已經叮囑過了。」她轉身去給主子盛飯。「今兒的魚可肥了，把魚肉片出來，在酸菜鍋裡一溜，可鮮嫩了；剩下的魚頭、魚尾和魚骨，還燉了一鍋好湯，晚上就著湯給姊兒下餛飩吃。」

蘇清河點點頭。「妳看著安排吧，妳細心，啞婆的手藝也沒話說，我放心著呢。這邊不用伺候，你們也趕緊用飯吧，記得給馬師傅送去飯菜，他在前院離不開人。」

「馬師傅出門了，馬文那小子在前面看著，我這就去給他送飯。馬師傅的飯菜，啞婆也在鍋裡熱著呢。」石榴笑道。

馬師傅出門了？那就好，應該是遞消息去了。

蘇清河點點頭。「我不過白叮囑一句，趕緊去吃飯吧，趁熱。讓啞婆把湯也留點出來，晚上帶些回家去，給孩子們嚐嚐。」

「噯。」石榴低聲應了一聲，才退出去。

沈飛麟不由得在心裡大大讚嘆蘇清河的套話技巧。什麼叫不動聲色？這就是了！

他默默挾了酸菜魚片，放進口中。這道菜沒放辣椒，但放了一些胡椒粉，酸辣爽口，吃得人渾身都熱乎了起來。

如今就有酸菜了？

沈飛麟挑起酸菜，然後看著蘇清河，滿臉的疑問。

「把白菜切成細細的絲，用滾水燙一遍，擰乾水分，放在乾淨的罈子裡，添上兩勺醋，封起來，兩天就能吃，味道還不錯呢。這是頭一次做，沒想到竟是成了。」

「啞婆也有兩個孩子，一個女人帶著孩子艱難，她家的丫頭也十二、三歲了，窮人家的孩子早當家，這酸菜的做法簡單，想必也能學會，哪怕只賣上一個來月，也能得上幾兩銀子，這個冬天可不就好過了。娘就想多積點德，有一、兩分能回報到你們姊弟身上，娘也就知足了。」蘇清河嘆了一聲。

沈飛麟點點頭，給蘇清河挾了一筷子菜，正是藕片。

藕，清熱開胃。這是知道自己有些上火吧，真是個貼心的孩子。

蘇清河這頓飯吃得分外香甜。

「啊——」沈菲琪尖叫一聲，從睡夢裡驚醒，瞬間坐了起來。

蘇清河三步併作兩步的跑過去，忙將閨女摟到懷裡。「娘在呢，不怕、不怕。」

沈飛麟皺著眉頭，眼裡閃過擔憂之色。

「是女人！那是個女人！」沈菲琪的聲音尖厲中帶著顫抖。「黑衣人是個女人！個子不高，這裡鼓鼓的。」沈菲琪在自己的胸前比了比。「我還聞見了梅花的香味，是梅花的香味……」

刺客是個身材嬌小玲瓏的女人，愛用梅香。

蘇清河的心裡大概有了底。一個單身女人出現在邊陲衛所是不太可能的，要麼這夥人有男有女，要麼就是不止一個女人，而且在衛所裡必有內應。

衛所中都是世代軍戶，誰不瞭解誰啊？家家戶戶雞犬相聞，誰家的雞哪天多下了顆蛋，半天就傳得衛所裡都知道了。這幫刺客沒有替其掩護身分的人，是不可能的。

「別擔心！」蘇清河安撫閨女。「即便咱們走不了，娘也有辦法避難。」

沈菲琪顯然沒被安慰到，她驚恐地睜大眼睛。「娘不要死！弟弟不要死！」

蘇清河輕拍閨女的背。「走，娘帶你們去看樣東西。」說著，便拿了小鞋子給姊弟倆穿。

馬六去了衛所的醫館，手裡拎了幾包藥出來。他不緊不慢地在街上走著，眼睛卻看向了一家小店。

這是一家叫「譚記」的小酒館，懸掛的招牌在秋風裡獵獵作響。

馬六走進去，不大的酒館裡就三、五張桌子，都坐滿了兵士。猜拳吆喝，吹牛打屁，聲音大得恨不得掀了房頂。

這家酒館的酒烈得很，正是這些男人們喜歡的味道；下酒的也不過是水煮的花生米、茴香豆，偶爾切上一盤豬頭肉，或者來上兩個豬蹄，就已算是開葷了。

掌櫃的站在櫃檯後，看到馬六，神色微微變了變。

這時候門口的一個漢子發現了馬六，招呼道：「我說馬兄弟，你怎麼來了？我記得你是不喝酒的。」

馬六面無異色，揚了揚手裡的藥包，回道：「變天了，這傷腿啊，痠脹得難受。吃藥見效慢，不頂用，想著酒最是祛寒，弄兩斤回去，興許更得用。」

「這倒是！」那漢子馬上贊同道。

掌櫃譚三海眼神一閃，隨即收斂神色，一臉熱情地道：「馬哥來了，快裡面請，咱去後院拿酒。」

馬六將譚三海的那絲異樣神色盡收眼底，他瞳孔微微一縮，面上不動聲色，笑道：「就要兩斤燒刀子，你只管打來就是，讓我去後院做什麼？難道還怕你少我二兩不成？少點都不打緊，你別給哥哥兌水就成，那是要當藥用的，要真是當消遣喝的，你二兩酒兌上半斤水，哥哥都認了！」

一屋子漢子聽見這話，立即大笑起來。

「譚兄弟，聽見沒？趕緊的。你這狗才，平日裡沒少給咱們兌水吧，要不是今兒個馬哥叫破，咱們還不知道呢！」有人跟著起鬨道。

譚三海團團作揖，知道這不過是打趣的話，也開玩笑道：「哥哥們沒醉之前，小弟可真是不敢兌水，醉了之後，那就說不清嘍！給碗井水，哥哥們都能當陳釀，小弟掙的就是這一份錢。」

又惹得眾人一陣鬨笑。

譚三海見馬六真沒其他事，就兀自從櫃檯下拎出個罈子。「這是純正的十年陳釀，一錢銀子，只管拿去。」

馬六笑呵呵地給了一串錢，拎著酒罈子就走。

剛出了門，就聽見裡面的漢子喊。「你老譚可真偏心，聽說你這裡收了個嬌娘子，藏在院子裡不讓人見，怎地馬兄弟來了你倒不避諱，難道咱們就是登徒浪子不成？」

「各位大哥說笑了，哪裡有什麼嬌娘子？」譚三海趕緊作揖求饒。

馬六腳下不停，心裡卻知道不好了。搞不好這個譚三海真的背叛了，得趕緊給主子傳信去。

看來夫人的直覺是對的，譚三海藏起來的這個女人，一定有問題！

他走得不疾不徐，總覺得有一雙眼睛在盯著他。馬六嘴角泛起冷笑，抬腿進了皮貨鋪子。

譚三海隱在大槐樹後，露出沈思之色，心中暗道：難道馬六真的只是要買酒？

過了片刻，只見馬六挾著一個包裹出來，順著旁邊的胡同走進去。

譚三海等了半盞茶工夫，才閃身出來。先到胡同口看看，見胡同裡面確實沒有馬六的身影，他才轉身去了皮貨鋪子。

看鋪子的是個十八、九歲的小夥子，一張娃娃臉甚是討喜，大夥兒都叫他喜娃。

喜娃笑臉相迎。「是譚叔啊，您的生意那可是沒話說，這會子咋有工夫到小店來？想要什麼您捎個話來，我給您送去。」一聽這話，就知道是做生意的料。

譚三海笑道：「剛才馬六去店裡買了一罈酒，結果一串錢裡多了兩文，咱也不能昧下不吱聲啊，這不……」他攤開手掌，露出裡面的兩文錢來。「我趕緊給送來，沒想到還是趕不上個瘸子，一晃眼就不見人影了。有人說見他進了你的店，我這才進來看看他還在不在？」

「譚叔仁義，做生意是這個理。」喜娃豎起大拇指讚了一聲，又笑道：「馬叔來過，剛走一盞茶的工夫。他那腿也是受罪，這天一冷，瘸得是更厲害了，所以想找塊皮料做護膝。庫裡剛好有一塊熊皮，讓老鼠啃了一點，做護膝倒不妨事，我就算便宜一點給他拿去了。要我說，就兩文錢，啥時候碰上啥時候給不就得了，您酒館的生意要緊，馬叔也不是那麼小氣的人。」

譚三海的心瞬間就放下了。「也對，那你忙吧，我還得趕緊回去招呼客人。」

「成！」喜娃笑著起身送他出去。「叔您慢走啊！」

直到看見他確實走遠了，喜娃才轉身回去。此時，他的臉上哪裡還有笑意？

他掀開簾子，進了裡間。「這狗東西確實背叛了！」

裡屋坐的赫然是馬六和一個五十開外的老者，那老者一副小商人的打扮，正是這家店的掌櫃文萊。

「文先生看呢？」馬六小聲問。

「幸虧他不知道老夫跟喜娃的存在。」文先生放下旱煙袋，嘆道：「看來，咱們這位夫人也不是個簡單的人物。夫人說有預感要出事？這個理由老夫是不信的。」

「這倒不是緊要的問題。」馬六對蘇清河的觀感其實挺好的，他轉移話題道：「要緊的是，得知道譚三海到底想幹什麼？」

「這交給我們來查。」文萊低聲道：「你把門戶守緊就好。」

馬六點點頭，這才起身，從後院的暗門出去。暗門通著胡同的小岔路，很是隱蔽。

這一頭譚三海回去後，見客人嚷著要酒，便趕緊去了後院。到了後院廂房的門口，他停下來小聲道：「放心！沒有異樣。」

裡面傳來一陣嬌媚的應答聲，譚三海身子馬上麻了半邊，不捨地拿酒去了。

想到夜裡那瑩白的身子、可人的嬌喘聲，他渾身都熱了起來，口乾舌燥的嚥了嚥口水，只盼著天快點黑下來。

這會兒已近黃昏，蘇清河帶著兩個孩子從密室裡出來。

「現在放心了吧。」蘇清河小聲道：「裡面雖然狹窄，但麻雀雖小，五臟俱全，在裡面吃、喝、拉、撒、睡，躲上幾個月都不成問題，即便用火燒，地下也是隔火的地窖。若被人發現，因裡面窄小，用不了長兵器，只要近身，一把塗上毒藥的匕首，頃刻間就能取對方的性命，雖然凶險，但也不是沒有活下來的機會。咱們有時間耗，刺客卻講究一擊必中、速戰速決，她耗不起，明白了嗎？」

沈菲琪馬上笑瞇了眼，原來宅子裡還有這樣的機關，上輩子她一點也不知道，也許是前世刺客來得太過突然，反應不及吧。她回頭問道：「娘怎麼會在宅子裡修密室？還有誰知道嗎？」

「這是娘的陪嫁宅子，娘的養父母修的，可能是那些年邊陲兵禍不斷，為了安全吧，現在倒是便宜咱們了。這應該是十多年前就秘密修好的，除了娘，沒有人知道。」蘇清河解釋道。

沈菲琪明顯鬆了一口氣。

沈飛麟卻更加懷疑蘇清河的身世有問題。

在這樣偏僻的地方，家裡都已經到了要修建密室的程度了，可見其處境之凶險！

第三章　梅香

沈菲琪一放心，肚子也餓了，嚷嚷著要吃的。也許是上輩子太渴望母愛，這輩子的她越發嬌氣了，撒嬌技能滿點。

石榴端來的魚湯是奶白色的，漂著隱約可見肉餡的粉色小餛飩，撒上墨綠的香菜末，香得人口水直流。

沈飛麟沒忍住，跟著吃了小半碗。

蘇清河也喝了一碗魚湯。「都少用些，一會兒該吃晚飯了。」

「娘，晚上吃蝦餃吧！」沈菲琪吃得臉鼓鼓的，放下心事，又開始琢磨吃的。

這個吃貨！沈飛麟真不敢相信，一個娘胎出來的兩個人，差別怎麼這樣大？

娘說沒問題，她就相信了，她怎麼不想想，要是人家往裡面放毒煙，他們就死定了。有密室在，只不過是活下來的機會更大一些，並不是危機就此解除了。她能不能長點腦子？

到了晚飯時間，吃的果然是蝦餃。

這蝦本就難得，加上做蝦餃又要用上澄粉、菱粉，還有干貝，衛所的南貨鋪子全指著他們家賺錢了。在遼東這地界，誰買這些個東西？浪費！也就蘇清河太寵孩子。

晚上，沈飛麟睡到半夜驚醒了，到底是存了心事，睡得並不安穩。

他起身沒見到蘇清河還嚇了一跳，等隱約聽到密室裡傳來聲音，這才鬆了一口氣。

看來娘也想到那種可能性了。人不能把自己放進死胡同，多少得留條退路。從地窖裡挖一條暗道，跟隔壁家的菜窖相連，也就五、六丈長，不失為一個逃生的好辦法。

第二天，蘇清河把自己關在屋裡調製香料，等調製好了，才喚了啞婆過來。

啞婆直接從廚房過來，身前繫著圍裙，手不停地在圍裙上擦來擦去，看來正忙著呢。

「夫人，您有事啊？」她有些緊張。昨晚她可是拿了不少東西回家，一罐魚湯、一缽子雪白的米飯。倒不是她成心想貪，實在是主子們用了蝦餃，就沒再添飯，那麼些白花花的米飯放著雖壞不了，但小主子們嘴挑得厲害，隔夜的飯食，壓根兒是不吃的。原本應該留著，等第二天熱一熱給他們這些下人吃，可她起了私心，才拿回家給孩子。

要是因為這樣丟了差事，可就太冤枉了。在這衛所裡，請得起下人的沒幾家，待下人這般好、給的工錢也多的人家，更是沒有了。她如今有些後悔，不該貪那點小便宜。

「我叫妳來，是想問問妳的意見，看妳願不願意帶著孩子，住到家裡來？」蘇清河輕聲問道。

不想話還沒說完，啞婆就跪下了，她紅著臉。「主子，我錯了，昨兒不該把米飯帶回家。要不，您從我工錢裡扣吧。」她覺著主家這麼說話，定是發現了什麼。

蘇清河一愣，一時之間有些哭笑不得。她就算再計較，那點子東西她壓根兒就沒放在眼裡，她不過是真心想消除隱患罷了。

這宅子裡的人，必須一心一意的才成，不能給有心人鑽了空子。

石榴是爹娘都死了，自己賣身進來的，而且是養父母買來伺候她的，外面沒什麼牽扯。馬六更沒問題了，他就是男人留下來看護她的。馬文是他的姪兒，來歷也都是一樣。只有啞婆，她的子女在外面，若把兩個孩子挾持起來，要脅她這個做母親的，她會不就範嗎？更何況她是在廚房這樣要緊的地方當差，要是真下了迷藥，逃都來不及。當然了，大家都知道她蘇清河是懂醫識藥的，不會在她和孩子的飯食裡動手腳，可院裡的下人若是都給迷倒了，她豈不是連個幫手都沒有了？

從閨女的話裡，她就覺得當時沒人出來搭把手，實在很蹊蹺，她不得不懷疑，這院子裡的人可能被人控制了，而能神不知鬼不覺地控制人，除了藥，她還真想不出別的辦法。所以，這才想盡可能地把家裡的漏洞都給堵上。

她嘆了口氣，把啞婆扶起來。「妳這是幹什麼？妳一個當娘的，為自己的孩子好，哪裡有什麼錯？我是那種斤斤計較的人嗎？我不過是想著，如今天冷了，妳早晚來回奔波，實在辛苦；而且妳那屋子是個什麼情況，能扛住幾場雨，妳心裡沒數嗎？更何況，如今妳家的姑娘也都十二、三歲，是大姑娘了，這衛所裡，那打光棍的兵痞子不少，她一個人帶著弟弟，真要是誰起了壞心，或是哪個喝醉了幹下糊塗事，可不得後悔死。

「再說了，兩個孩子能吃得了多少東西？不過是添把米、加碗水的事。要是實在過意不去，讓兩個孩子給妳搭把手，燒燒火、洗洗菜、掃掃院子、餵餵雞，這些活計總是孩子能幹的，也不算是吃白飯。」

蘇清河苦口婆心地繼續勸道：「前面一進住著馬六叔姪，二進石榴陪著我和孩子住，而後院的倒座房，跟廚房緊挨著的那間，裡面火炕、爐子、家具都是齊全的，妳帶著孩子住進去，還不比妳家那草房好啊？要不了幾天，只怕天更冷了，妳那屋子可耐不了寒。妳想想去年兩個孩子在炕上坐了一冬，還不是把手腳都給凍爛了。況且，我正好有個營生想讓你們家大丫幹，幹得好了，明年春你們可就能有銀子蓋上幾間青磚大瓦房。」

啞婆早就感激得不知道如何是好，她馬上跪下，結結實實地給蘇清河磕了三個響頭。「謝主子大恩大德。」

等到一個時辰後，啞婆帶著孩子搬進來，蘇清河的心才算落到了實處。

啞婆的女兒過完年就十三了，長得高眺清秀，是個潑辣的性子。她帶著弟弟壯哥兒給蘇清河磕頭。「夫人放心，家裡的活計我都能幹，我肯定好好幹活，不偷懶。」

蘇清河讓石榴把兩個孩子扶起來，才笑道：「好。早上掃掃院子，午飯和晚飯前去廚房給妳娘幫忙就行了。平時呢，我給妳找了營生。」說著，就拿了一盒香粉出來。「這是我調的香，妳就挨家挨戶去問問，三十文錢一盒，賣出一盒，給妳十文錢，這樣妳也能攢幾個錢下來。順便也問問誰家要酸菜，五文錢三斤，送貨上門，這酸菜賺的銀子，也都歸妳。不過，妳就要辛苦一點了，晚上還得跟妳娘一起醃酸菜。」

大丫的眼睛亮得嚇人。「我不怕吃苦！主子的恩德，我一輩子不敢忘。」主子這是給她一項謀生的本事啊，怎能不讓她感恩戴德？

「這香料，今天就能賣。妳把誰家買了，一一記下，這些就是以後的回頭客。妳估計著她快用完的時候再送貨過去，兩廂便宜。」蘇清河交代道。更重要的是，如此她也好確定刺客嫌疑人的範圍。

大丫忙應下來，恨不得馬上去賣。

打發了大丫和壯哥兒下去，蘇清河的心暫時穩了下來，如今能做的就只有這些了。

沈飛麟一直在一旁聽著蘇清河的安排，不由在心裡點點頭，覺得她真是深藏不露。

沈菲琪拿起香粉，聞了聞。「真好聞，跟梅花的味道一樣，清新得很。」她開心地笑著，露出一排米粒似的小白牙。「娘，您教我弄香粉。」

「好，等妳再大上幾歲，娘就教妳。娘這點本事，不教給妳，教給誰？」蘇清河拿了煮好的栗子過來，輕輕剝皮。「晚上給你們做栗子粥吃，好不好？」

「娘，我想吃栗子雞。」沈菲琪搖頭。她不愛喝粥，愛吃肉，無肉不歡。

「雞就算了，用栗子給妳燉排骨吃吧。今兒沒買到肥雞，倒是排骨不錯。」蘇清河看著閨女的小胖臉，愛憐地道。

沈飛麟有些無語。一個姑娘家，胖成那副德行，可怎麼得了？他還記得上輩子的母妃，為了讓妹妹好看，一天只給吃半碗白粥。哪裡像現在這個姊姊，都胖成球了，而這個做母親的還一副「我的孩子最俊俏」的表情。

到了晚上，大丫一臉興奮地給蘇清河送錢來了。「賣了十盒，這裡是三百文錢。」

「石榴，給大丫一百文，那是她該得的；也給妳一百文，稱重、裝盒也是個辛苦活；再給馬六一百文，磨粉更費體力。以後這差事就由你們三個抽空做吧。」蘇清河笑著吩咐。

石榴笑嘻嘻地應了。她知道主子不在乎這幾個錢，所以也沒客氣。

蘇清河轉而問大丫。「都有誰家買了？」

「孫校尉家的嫂子，李家的嬸子……」她掰著手指算。「竟有一半是男子買的，他們也用不到啊！」

「哦……」蘇清河眉頭一挑。「那是買給自己中意的姑娘的，沒什麼好奇怪。都是誰啊？還記得嗎？」

「有幾個是營裡的大哥，十七、八歲的樣子，扭扭捏捏，跟大姑娘似的不好意思。」大丫笑道：「不過譚記酒館的譚大叔最奇怪，他偷偷摸摸的也買了一盒，還不讓告訴別人，我瞧著他大概是想娶個嬸子，怕人笑話吧。」

蘇清河眉頭一皺，笑道：「那妳就誰也別說，省得人家不好意思。妳嘴嚴實些，下次他還買妳的。」

大丫點頭，拿了一串銅板出去了。

等石榴也出去了，蘇清河才冷了臉。「譚記酒館！」

譚記，算是最可疑的！她得想想，該怎麼試探才好？

譚記酒館

房裡放著好幾個火盆，燒得旺旺的，讓深秋的晚上，也溫暖如春。

一個身穿大紅紗衣的年輕婦人倚在枕上，裡面穿著鵝黃的肚兜、蔥綠的褻褲，白瑩瑩的胳膊和大腿，在紗衣的掩蓋下若隱若現。一雙纖細的玉足上，趾甲染得鮮紅，似要滴出血來。

「想不到，這邊陲之地，竟有人能做出這樣清新自然、細白滑膩的香粉來。」一雙素白的手，捧著脂粉盒子，臉上露出幾分陶醉之色。

她眉如柳葉，眼若秋波，瓊鼻櫻唇，風華無雙。不大的瓜子臉，俏生生的，眼波流轉間，媚色一閃而過。

真是秀色可餐啊！譚三海吞了吞口水，「咕嚕」一聲清晰可聞。

「這是難得的梅花香，除了妳，別人也不配使。」譚三海腆著臉湊過去。「梅香、梅香，可不正合了姑娘的名字。」

那被稱為「梅香」的女子，眼裡閃過一絲厭惡。

「我讓你打聽的事情，可打聽到了？」梅香似笑非笑地瞥了一眼湊上來的譚三海。

「姑奶奶，妳催得也太急了！」譚三海猴急地撲上去，直往女子身上摸。「別看那女人帶著兩個孩子，但也不是一般人，留著保護她的人馬可不止我這一撥，貿然行事，只怕會打草驚蛇，要是把咱們都給搭進去，那就得不償失了。我倒是無所謂，但是妳不同啊，我這不是捨不得妳嘛，咱們寧可慢一些，也要保證萬無一失。」

「放你娘的屁！」梅香一把推開譚三海。

譚三海一個不防，從梅香身上滾下來，剛要發怒，一看那張含怒帶嗔的臉，心馬上就軟了。他也不起來，乾脆翻身坐在地上。「我的姑奶奶、祖奶奶，這是又怎麼了？」

梅香冷笑一聲。「占老娘的便宜倒是很索利，一辦正事就拖拖拉拉。像你這種窩囊廢，你們家主子是怎麼看上你的？」

「妳看看妳，這麼著急做什麼？事情一辦完，妳走了，倒是留下我一個人孤苦伶仃，哪裡及得上如今溫香軟玉的快活？」譚三海笑嘻嘻地說：「再說了，妳當真是府裡派來的？妳別想糊弄我，要是我幹的事讓主子知道了，那便是死無葬身之地啊。」

譚三海站起身，拍拍屁股，臉上帶上了幾分嚴肅。「那兩個孩子可是真正的嫡子、嫡孫，府裡真能捨棄？再怎麼著，咱倆也做了一場露水夫妻，俗話說得好，一日夫妻百日恩，妳可別害我。」

梅香眼裡閃過一絲慌亂。這地方，她人生地不熟的，若再失了譚三海的協助，恐怕不能成事，如今少不得還得籠絡住他才行。

她心中這麼思量，馬上就笑了起來。站起身，那紅色的紗衣從身上滑下來，她赤著腳走過去，整個人掛在譚三海身上，吐氣如蘭道：「冤家！你可是冤枉人家了。人家府裡的才是真正的嫡子、嫡孫呢，這外面的麼，呵呵……你們男人的德行，自己不知道啊？虧你還當她是夫人般敬著。府裡可是答應了，事成之後，一千兩黃金，有這些錢，足夠咱們逍遙一世了，難道你不樂意？」

譚三海眼珠子猛地一縮。「此話可當真嗎？」

「人家騙你做什麼？」梅香貼在譚三海身上，越發地癡纏起來。

譚三海也不是傻子，這話裡的真假他還分得出來。不過，這娘兒們當真是尤物，樂呵一天是一天吧。

屋裡的兩人纏在一起，誰也沒有注意，那屋頂上的人趁著夜色，悄悄地離開了。

皮貨鋪子

屋裡燈光昏黃，照在文萊身上，他在屋裡不停地轉悠，心裡有幾分著急。

喜娃去了不少時候了，到如今還沒回來，不會出什麼事了吧？這衛所可不比其他地方，練家子不少，不管是被誰發現，都免不了要引起一場風波。何況在這個節骨眼上，一旦打草驚蛇，後果不堪設想。

門「吱呀」一聲，從外被推開了。進來的人一身黑衣，蒙著面巾。

文萊鬆了一口氣，把燈光挑得更亮堂一些。

那人揭開面巾，正是店裡的夥計——喜娃。

「怎麼樣？」文萊遞了杯熱茶過去，趕緊問道。

「是有個女人！」喜娃皺眉道：「聽那口氣，好像是奉了府裡的命令來的。」

「不可能！」文萊斷然否定。「只怕是上不了檯面的人在暗地裡行事吧。」他臉上又難看了兩分。「不行，這事得趕緊讓主子知道。」

「昨天剛發了一封信，今兒又發嗎？」喜娃問道。

「這封八百里加急，不得耽擱。」文萊少有的鄭重其事。「真出了事，咱們就得以死謝罪了！」

「主子這麼看重這位夫人？」喜娃有些驚訝。

「你知道個屁！」文萊呵斥了一句，又低聲呢喃。「這位夫人的身分……」最後的話音幾乎微不可聞，意識到自己失言，他忙掩飾道：「府裡面的隱秘，誰知道呢？主子壓根兒就沒回去過，哪個是真夫人，你心裡沒數嗎？」

喜娃點點頭。想起文先生那沒有說完的話，心裡有了大概的猜測。

這位夫人的出身只怕不一般。這也就解釋了，為什麼主子當初會毫不猶豫地應下這門親事。

喜娃一臉嚴肅地道：「放心，我知道輕重。」

第四章 蹊蹺

蘇清河夜裡是沒工夫睡覺的，她挖的地道，還得兩個晚上才能打通，一直到天快亮的時候，她才歇下，所以第二天，她起得就有些晚了。

風很大，院裡的梧桐枝椏在風中晃動。外頭的雨也噼噼啪啪地直砸下來，讓人感到一陣陰寒。

窗紙已經不能保暖，風從縫隙裡透進來，冷得人直打哆嗦。

這個時代沒有玻璃，他們家也用不起琉璃。但這樣絕對不行，兩個孩子如今冷得只能在炕上玩耍。

「石榴，我記得家裡還有粗麻布，都找出來，再把去年的舊棉花也拿出來，縫上幾個棉窗簾掛上。雖然不透光，但也不透風，能讓屋子暖和一些。另外，該把火牆燒起來了，家裡實在太冷。」蘇清河搓搓手，吩咐石榴。

「那可是全新的麻布，怪可惜的。」石榴有些心疼。

「妳還真是個捨命不捨財的性子，東西哪有人要緊？」蘇清河聽著外面的雨聲。「妳那屋裡，再加上馬六還有啞婆他們，都要準備。妳一會兒去量量尺寸，今天咱們幾個一起做，天黑前就能趕出來了。」

石榴笑著應了，順道讓馬文去燒火牆。主子大方，他們也跟著享福。

沈飛麟坐在臨窗的大炕上，身前放著炕桌，他正認真地描紅。

沈菲琪坐不住，一扭一扭的，不停地看向蘇清河。

「要是手冷，就歇一歇也不妨事。」蘇清河把兩個小巧的手爐添上炭火，塞到兩個孩子懷裡。

沈菲琪馬上放下筆，挪到蘇清河身邊。「娘，掛上厚窗簾就不透光了，屋裡肯定悶得很。」

「那倒不至於。」蘇清河指著另一邊的窗子。「咱們平日裡坐在臨窗的炕上，只把這邊的掛上就好。另一邊，白天摘下來透光，晚上再掛上不就行了。」

「沒見誰家弄這樣的窗簾，又費布料，又費燈油。」沈菲琪嘆道：「還是娘疼我們，怕凍著我們。」

蘇清河笑了笑，揉揉閨女的小腦袋。「早飯吃得好嗎？還想吃什麼，讓廚房給妳做。」

「今兒個天冷，咱們吃鍋子吧。」沈菲琪諂媚地笑。「弄個酸菜鍋，不膩口，就算是汆白肉都香得很。」

「饞貓！」蘇清河點了點閨女的鼻子，然後又徵求兒子的意見。「行嗎，兒子？再給你擀點麵條，到時候煮了吃。」

蘇清河知道兒子沒吃到主食，就不算用餐了的習慣。

沈飛麟點點頭，算是應承。

等午飯準備好的時候，蘇清河帶著石榴和大丫，已經把正屋要用的窗簾做好了，便順勢掛上去。

火牆的溫度也上來了，房裡頓時暖和起來。

見石榴把鍋子和菜盤、肉盤都擺好，蘇清河就打發她道：「妳也趕緊去吃吧，這裡不用妳伺候。鍋子要自己煮了，吃起來才夠味，這大冷天的，吃點熱的身上也暖和。」

「可不是？今年這天冷得邪乎。」石榴又去給茶壺續上水。「連馬六叔也扛不住，要靠酒祛寒。奴婢剛才量窗戶的時候，看見屋裡放著酒罈子呢。」

「酒？」蘇清河拿著筷子的手一頓，問道。

「可不是嗎？」石榴放下茶壺。「您說那麼壯實的人，都扛不住了，他可是從來都不沾酒的。」

「看錯了吧？」蘇清河不動聲色地笑了笑。「馬六這人我知道，還真是滴酒不沾。」

「錯不了！」石榴笑道：「那酒罈子貼的封條上，分明寫著『譚記酒館』，奴婢總不會認錯的。」

蘇清河眼裡的厲光一閃而過，又若無其事地叮囑道：「妳只當沒看到，也別叫破了讓人不好意思，更別讓馬六知曉我已經知道了，我怕他多心。男人喝點酒不算什麼，我一過問，還以為我這個主子不樂意，怕他喝酒誤事呢。咱家又沒什麼事，閒得渾身都長毛，只要不酗酒，小酌幾杯也無礙；他的腿傷，喝點酒只有好處，沒有壞處。」

「奴婢記下了。」石榴應了一聲才退下去，心中不由感念主子仁厚。

石榴的腳步聲遠去，蘇清河這才露出深思的神色。

譚記酒館裡藏著神秘女人，而從不喝酒的馬六也光顧了譚記酒館。

難道只是巧合？可能嗎？這世上哪有那麼多的巧合？所以，這不是巧合，其中必有蹊蹺！

難道譚記酒館和馬六之間，有什麼她不知道的關係？馬六究竟知不知道譚記可能要對他們母子不利？或者，馬六也許就是同謀者？若真是如此，那想要殺他們母子的人就呼之欲出。這馬六可是沈懷孝留下來的人！

難道是他要殺妻弒子?!不！這絕不可能！

他要真是這樣的人，閨女不會對他充滿信任和依賴。雖然閨女心思單純，毫無城府，但越是這樣的人，越有一種小獸般的直覺。誰對她懷有善意，誰對她懷有惡意，她還是分得出來的。

況且，雖然她和沈懷孝兩個人相處的時間很短暫，但在她的印象裡，沈懷孝不是這樣的人，一定是哪裡出了問題。

蘇清河的心裡亂成一團麻，怎麼也理不出頭緒來。

只聽耳邊傳來閨女的聲音。「趕緊吃飯，你盯著石榴幹什麼？想讓她伺候你吃？那可不成，得自己個動筷子。」

沈菲琪自己挾了羊肉片放到鍋裡煮起來，她一邊自己動手，一邊盯著沈飛麟，剛才的話是對著沈飛麟說的。

蘇清河被這聲音驚醒，她忙轉過頭看了兒子一眼，就見他看著門口，眼中閃著還沒有收回的疑惑和深思，那恰好是石榴離開的方向。

石榴有什麼不對勁嗎？

蘇清河心裡一突，背後瞬間起了一層冷汗。

石榴的話，不管是不是無心，但說的時機太過巧合。她剛意識到馬六的身分，懷疑到譚記酒館，石榴就剛好這麼不動聲色地告訴她前後兩者存在著某種聯繫。

石榴真是無心的嗎？蘇清河無從得知。然而她想得到的消息，卻總是這麼輕而易舉地就出現在自己的面前，就像是被人用一根線牽引著走，她卻毫無察覺。

大意！太大意了！

可是新的問題又來了，石榴跟著她不是一兩年了，而是整整六年。那一年，石榴才十歲，一個十歲的孩子，留在她身邊是別有用心？這種猜想，簡直荒謬。

再說，她身上有什麼值得別人大費心思的地方嗎？蘇清河皺眉。她寧可相信石榴是後來才被人收買的。

沈飛麟眼裡露出一抹深思。娘的身分若是真有問題，那麼這個石榴待在娘身邊的理由，就絕對不簡單。是友是敵，如今還看不明白，卻是不得不防了。

沈菲琪挾了涮好的肉，放到蘇清河和沈飛麟的碗裡。「趕緊吃吧，湯都滾開了，再煮就要老了。」她糯糯的童音，讓人一聽心裡都軟了起來。

蘇清河收斂心神，笑道：「娘來給你們涮吧。」她把切成薄片的牛肉放進鍋裡。「先放葷食，等鍋裡的油水足了，才香。」

了。

沈菲琪吸著嘴裡分泌的口水。「真香！」

沈飛麟挾了肉放進嘴裡，芝麻醬混著肉香在嘴裡蕩開來，確實是香得很。

「娘！」沈菲琪指著一盤子肉泥。「下幾個丸子吃。」

那盤子裡放的是剁好的魚肉泥，只消用勺子一點點的團成丸子，下到鍋裡，就是魚肉丸子。

「下回該讓廚房弄些豬肉丸子，五花肉加上生薑，也香得很。」蘇清河一邊忙著下丸子，一邊說道。

沈菲琪頗為認同地點點頭。「下次一定要記得吃。」

沈飛麟暗罵一聲。這個蠢貨加吃貨！

她如此年齡對吃的如數家珍，本就很可疑，要不是這個親娘打掩護，早被人當成妖孽給燒了。

肉下了兩輪，蘇清河就不敢再給他們吃了，怕積食，便開始只下豆腐、豆皮、蘑菇、木耳和小白菜，還有粉條，煮了不少，讓他們搭著吃。

最後下了些細麵條，淋上麻醬，每人吃了一小碗，才算結束今天的午飯。

下午，石榴和啞婆帶著大丫做窗簾。

蘇清河等兩個孩子睡了午覺，才轉身去了裡間，翻箱倒櫃，找出一個不起眼的小盒子。

這個盒子，是養父去世前交給她的東西。

她摸出頭上那根不起眼的金釵，在盒子底部找到細小的鎖孔，然後用金釵的一頭插進去，小心地扭了扭，盒子應聲而開。

映入眼簾的是一枚血紅色的玉牌，一面刻著栩栩如生的鳳凰紋，另一面刻著一個「賢」字。

原本以為這不過是一枚珍貴一些的玉牌，如今看來，事情恐怕沒那麼簡單。這玉牌上的鳳紋，只怕大有來歷。

沈飛麟走進來，恰巧看見蘇清河手裡的玉牌，瞳孔猛地一縮。

那不是普通的玩意兒，不僅是材質難得，更要緊的是，那玉牌只怕是皇室身分的象徵。皇室女子，不是公主就是郡主，那是何等顯赫的身分！難怪國公府的嫡子會毫不猶豫地應下親事。

他那個失蹤的爹，究竟打的是什麼主意？能讓一個皇家的金枝玉葉流落邊陲，這裡面牽扯的事情絕對小不了，難道，他是想藉著娘的身分謀劃什麼嗎？

沈飛麟悄悄地退出來，沒有打斷陷入思緒中的蘇清河。但他也無心睡眠，躺在炕上，靜靜地聽著門外的動靜。那樣的東西，還是不要被別人發現才好。

石榴輕手輕腳地進來，沈飛麟便「噌」一下就坐了起來。

「吵醒哥兒了？」石榴笑著上前，見沈飛麟盯著她看，就笑道：「是不是渴了？要不要喝茶？」

沈飛麟點點頭，收回視線。

石榴拿起溫在爐上的茶壺，倒了一盞茶，摸著不燙了，才遞過去，小聲道：「哥兒慢點喝。」

蘇清河聽見外頭的動靜，趕緊將盒子恢復原樣，再把玉牌貼身收好，才解了外面大衣裳的扣子，將腳上的鞋褪了一半，又把枕頭中間壓扁，被子掀開。幸好被子一直攤在炕上，始終是暖的，檢查一下沒有異樣，才起身往外走，邊走邊繫扣子。

見到石榴，她露出幾分詫異之色。「窗簾做好了？」不等她回答，就裝作不在意地轉身去看了兒子，小聲抱怨道：「這孩子睡不安穩，一作夢就一驚一乍的，以後白天也跟我在裡間歇了吧，沒人看著還真不成，別再嚇著他。」

石榴笑道：「還沒呢，奴婢只是先進來看看爐子可要添炭？雖不指著它取暖，可要熱茶、熱水這些的，還真離不了它。」

蘇清河點點頭。「難得妳這麼用心。我身邊若沒有妳，可怎麼得了？」

石榴笑笑，沒說話，起身去看了爐子。「裡屋的爐子怕是也得添了。」

蘇清河點頭。「我還真沒注意，妳去瞧瞧。」她自己則接過沈飛麟的茶盞。「一會兒在爐子上熬點山楂湯，午飯吃了不少肉，消消食也好。」

石榴從裡間出來，忙笑道：「奴婢這就去挑了山楂來。要不先用山楂醬沖了水，給哥兒喝一盞？」

「也好。」蘇清河用被子把兒子給圍起來。「多備上一份，這丫頭中午吃得更多。」說著，愛憐地看了一眼睡得跟小豬似的沈菲琪。

石榴忙應承了，笑著離開。

蘇清河馬上去了裡間查看。炕上的被子已經整理好了，爐子裡也確實添了炭，沒有動過其他東西。

她心裡稍稍鬆了一口氣。但願是自己想多了。

這場秋雨過後，迎來了大晴天，雖然陽光普照，但氣溫明顯低了下來。

都說秋高氣爽，蘇清河確實愛這澄澈的天空，藍得這般透亮，那雲高高的，白得亮堂。

她帶著孩子在院子裡盪鞦韆，心情也跟著好了起來。

這兩天她已經把地道挖好了，地道口跟鄰居的菜窖只隔著一層薄薄的土層，別說大人，就是兩個孩子，也很容易就能打通。地道很簡陋，只能縮著身子爬行通過，但時間緊迫，也只能如此了；況且，她為了以防萬一，還在地道裡也準備了別的備用路線。連著忙了幾個晚上，她的人也明顯地瘦下來，再加上憂心與焦灼，衣服穿到身上都晃悠。

兩個孩子都不喜歡玩這樣幼稚的遊戲，但蘇清河還是堅持讓兩個孩子以正常孩子的樣子，每天在眾人面前露露面。

她不想他們被當成異類，所以，他們首先要學會的，就是偽裝。

院裡的梧桐樹已經落光了葉子，青石板的路面被打掃得乾乾淨淨。

啞婆家的壯哥兒正給兩個孩子推鞦韆，不時地傳來沈菲琪的嬌聲叫喊。「高些，再高一些！」

壯哥兒穿著一身嶄新的粗布夾襖，這是蘇清河特意賞了啞婆兩疋粗棉布，好給兩個孩子做新衣裳的。大丫早上便穿著一身草綠的新衣出去了，留下壯哥兒帶著兩個小主子玩。

此時後院，啞婆在灶上燉老鱉的香味，不時地飄了出來。

石榴吸吸鼻子。「您這手藝越發好了。」

啞婆如今過得舒心，話也多了起來。「這老鱉可不容易得，不經心些，那還真是糟踐了好東西。這東西最是滋補，孩子喝了強身健體，等燉好了，小主子們也能多吃一些。主子們好，咱們才能好，妳說是不是這個理？」

石榴一笑。「您說得是。」說著，就從鍋裡舀了熱湯，端了出去。

啞婆看著石榴的背影，重重地嘆了一口氣。但願是她多心了。

而房裡，蘇清河喝了一口石榴端來的湯，笑著吩咐。「真是好東西！取一百文錢給馬文那小子送去，難為他能弄來這老鱉。」

石榴笑著應了，連忙轉身出去辦了。

見石榴出了門，啞婆才敢來見蘇清河，卻是一副欲言又止的樣子。

蘇清河笑道：「怎麼了？可是有什麼難處？」

啞婆低聲道：「之前大丫去賣香粉，石榴姑娘曾提點過，說去什麼地方賣能賣出去，好似她心裡早就清楚。那譚記的掌櫃，年紀不小了，無親無故的一個人，要是我，怎麼也想不到他會買。」

蘇清河深深看了啞婆一眼，淡淡地道：「我知道了。妳以後多注意吧，有什麼發現，就來告訴我。」

啞婆忙一臉高興地應下了。

蘇清河聽見腳步聲，就道：「這湯要是有剩的，明兒個早上用它澆上鍋巴吃，這兩個小的都愛這一味。」

石榴進來就聽見這麼一句。

啞婆忙道：「湯多得是，還能吃上兩頓呢。今晚再以小火繼續燉著，到了明兒早上就更香了。」

待啞婆和石榴都退出去，蘇清河才皺起了眉頭。

啞婆的話，讓她一整個晚上都輾轉反側。

身邊的人，似乎都戴著一副面具。這背後哪個是忠？哪個是奸？她暫時還分不清楚。

外面的風呼嘯著，樹枝的影兒映在窗上，如同鬼魅舞蹈，讓人心裡不由得懼怕起來。其他的窗戶都用簾子遮著，唯獨不對著炕的那扇窗，蘇清河特地留出來，為的就是能時刻觀察到院子裡的情況。

密室的門，就在裡間暖炕內面的牆上，這讓蘇清河的心稍微安定一些。只要一有情況，她就把兩個孩子推進去。

往後的作息，她都打算在裡間了，她得寸步不離地跟著孩子。

閨女看起來大剌剌的，可隨著天一日日變冷，她也有些焦躁不安。

兒子總是睜著一雙澄澈的眼睛，默默地觀察，靜靜地思索，誰也不知道他在想些什麼。

不能再這麼驚疑不定下去了！蘇清河翻了個身。不管是人是鬼，只要勇於面對，不過是藏在暗處的紙老虎罷了。她這麼安慰自己。

沈飛麟在蘇清河睡著之後，才悄悄地睜開眼。

還好，終於睡了，再這麼撐下去，她可要先倒了。

她是個好母親，他在心裡這麼對自己說。

第五章　攤牌

第二天，天又陰沈了起來，水面上起了一層薄薄的冰。冬天，就這麼悄無聲息地來了。

早飯是小籠包子加紅棗粥，兩個孩子都用了不少，這是唯一讓蘇清河安慰的一點。不管心裡多焦灼，兩個孩子的飯量始終沒減，只要還能吃得下飯，就算處境再艱難，總有挺過去的一天。這麼想著，她的心就不由得輕鬆起來。

早飯後，兩個孩子照例要描紅識字。字他們都是認識的，但還是得練起來，就算哪天顯露出自己能寫會算，也才不顯得突兀。

石榴進來，手腳麻利地收拾著桌上的碗筷。

「天說冷就冷，今年的大毛衣裳還沒做呢。我的倒也罷了，兩個孩子的肯定小了，家裡存的皮子也不夠，妳去皮貨鋪子瞧瞧，看有什麼好皮子就買回來些，得趕緊給兩個小祖宗做衣裳了。」蘇清河對石榴吩咐道。

石榴問道：「要小羊皮的嗎？」衛所裡可沒什麼太好的皮子，小羊皮又軟又輕，算是最好的選擇了。兔子皮好，不過都是雜毛，色不純不說，還大小不一，回來再想法子拼湊，麻煩得很。

「就小羊皮吧！」蘇清河點點頭。「多買幾張。」

石榴點頭應下了。「您放心。」

她端著碗筷正要下去，又聽蘇清河吩咐。「把壯哥兒叫來，跟著學幾個字也好。」

「那小子今兒一早跟馬文出門了。聽說街尾的劉家兄弟昨日獵了一頭鹿，馬文去瞧瞧，看能不能買幾斤鹿肉回來？」石榴笑道。

「馬文這小子是個機靈的，他的鼻子一向都靈。」蘇清河點點頭。「妳只消把話捎給啞婆，不拘什麼時候，讓壯哥兒過來就行。」

石榴點頭。「奴婢省得了。」

半個時辰後，啞婆才進來。「謝主子恩典。」能讓壯哥兒讀書識字，可是她以前想也不敢想的事，她怎能不感激？

「謝什麼？不過順手的事。」蘇清河擺擺手，問道：「石榴出去了嗎？」

「出去了。」啞婆回道。

蘇清河點點頭。「那妳去前院看著門，讓馬六師傅來一趟。」

啞婆沒有絲毫猶豫地出去了。

沈飛麟知道蘇清河這是打算跟馬六攤牌。比起隱藏頗深的石榴，馬六更可信一些。

他站起身，拉了沈菲琪去堂屋。在堂屋裡，能看見大丫正代替石榴在院子裡漿洗，他搬了凳子坐在門口，院子裡的情況也能一目了然。

沈菲琪只是天真，又不是傻，愣了一會兒，也想明白弟弟的意思。這是要放風吧？

她看向沈飛麟的目光立刻透著驚奇和詫異，原來弟弟這般聰慧。「你這麼聰明，怎麼就是不說話呢？」沈菲琪有些懊惱。「別等到想說話了，才發現已經說不了話了。」

沈飛麟一僵。這丫頭說的話雖不中聽，但也不算錯。

蘇清河注意到兩個孩子的動靜，嘴角不由得翹起。這樣的兩個孩子，其實也挺好的。

馬六來得很快，見過禮後，才道：「夫人，有什麼事嗎？」

家裡沒有男主人，他時刻不忘要守著男女大防，所以甚少到蘇清河面前。即便有事，也是打發姪兒馬文傳話。

「坐下說。」蘇清河指了指椅子，親自斟了茶遞給他。

馬六連稱不敢。「您有事就吩咐，小的再無二話。」

蘇清河微微一笑，壓低聲音問道：「我只是想知道，馬師傅究竟是誰的人？」

馬六一下子站了起來，面露詫異，不過很快又掩藏起來。「在下不懂夫人的意思。」

蘇清河看著馬六，微微眯了眯眼。「大家都是明白人，你剛才的反應，已說明一切。」

見馬六還要辯駁，蘇清河抬手止住了他的話頭。「你也別再找藉口跟理由了，要是平時，我也就裝糊塗，只要不妨礙我跟孩子，大家得過且過吧。可如今是性命攸關的時候，我不能把我跟孩子的性命，交託到全然不瞭解的人手裡。你仔細想想，咱們是相互瞞著、彼此猜疑好，還是大家都把底牌亮出來，萬事一起商量好？」

蘇清河把話說完，就端起茶盞，抿了一小口，靜靜地等著馬六說話。

沈飛麟看著屋外院子裡的情形，耳朵卻仔細聽著，不由得為蘇清河的話，暗暗點頭。

沈菲琪皺著眉頭。她如今才聽出來，原來馬六不是個簡單的人物！她仔細地回想，可在她的記憶中，實在想不起有這麼一個人存在過。她不由得伸手揉揉額頭，越是回想，頭疼得越厲害。如今重活一次，她還是什麼忙都幫不上，怎能不讓她灰心喪氣？

沈飛麟拍拍她，輕輕地搖頭。沈菲琪這才不再想了，靜靜地聽裡面兩人的對話。

馬六重新坐下，嘆了口氣，才道：「不是在下有心隱瞞，而是奉命行事，還請您別見怪。夫人想知道什麼，您就問吧，能說的，在下一定不會瞞著。」

蘇清河自然聽明白了馬六的話中話，不論她問了什麼，他只會說他能說的。不過她也不惱，淡淡地道：「我只想知道和我有關的，這總不過分吧？」

馬六有些複雜地看了蘇清河一眼。這位夫人很少踏出院子，平日裡也只是守著兩個孩子，是個很守本分的女人，除了不會過日子、花錢大手大腳、太過寵溺孩子，便沒什麼明顯的毛病，他也一直把她看作是個普通的婦人。儘管懷疑她的身世不一般，但還是忍不住為主子感到不值得，覺得這女人配不上他。誰知道出事了，夫人才露出她的獠牙，這樣的女人，才能護住子嗣啊！他嘆了一口氣。「您問吧。」

「譚記跟你是什麼關係？」蘇清河快速地拋出一個問題。

馬六這下子真的驚住了！譚記這個暗樁，如今在衛所，只有他和文先生、喜娃三人知道，夫人她一個不出門的女眷，是怎麼知道的？

「連譚記您都知道了？」他不由得脫口而出。

果然！蘇清河看向馬六的眼神變得深沈，她的聲音微冷。「那麼譚記藏了一個來歷不明的女人，你也是知道的？」

馬六又驚訝地站起身，失笑道：「夫人，您可真是了不得啊！這件事在下昨晚才得了確切的消息，認定譚記確實背叛了，沒想到您也知道得一清二楚，而且先在下一步。」

蘇清河冷笑一聲。「不是我了不得，而是別人了不得。你們的事情確定沒別人知道？」

馬六如今再傻，也知道他們的行蹤早被人察覺了，這讓他不由得警醒起來。再一回想，夫人壓根兒就沒出過門，那麼她的消息是從哪兒來的？這宅子裡，必然還有一股勢力！

是誰呢？馬文是自己的姪兒，偶爾也替自己傳消息，他是自己這一邊的，而且也不可能背叛。即便背叛，別人也不可能信任他，因為他們兩人之間的血緣關係，天生就是綁在一條利益鏈上的。

啞婆嗎？他否定了。啞婆的來歷，他和主子都調查過，絕對清白，否則不會把廚房這麼要緊的地方給她管；而且，夫人把啞婆的兩個孩子接進來，就已經把可能出現的紕漏給堵住了。更何況，今天這麼要緊的談話，夫人也沒刻意不讓啞婆知道，這就證明，夫人也暫時沒發現啞婆有什麼不妥。

那麼，只剩下一個人了，而這個平時一直不怎麼出院子的人，今兒個恰恰不在！可怎麼會是她呢？她可是跟在夫人身邊好些年的人。正因為打小伺候夫人，所以，還真是沒人查過她。

石榴？真會是她嗎？

馬六看向蘇清河，不確定地道：「怎麼會是她？」

「你問我？呵呵……」蘇清河放下茶盞，冷眼瞥了馬六一眼。「我又能問誰呢？」她抬手讓馬六坐下。「當然了，於你們而言，她可能是敵人，但於我而言，卻未必。」

馬六瞳孔一縮。這話可就有意思了，就差沒明說他馬六要對他們母子三人圖謀不軌了。

當然，如果易地而處的話，他也會更偏向一個待在自己身邊時日更久的人。畢竟石榴雖然有可疑之處，但數年來，從沒做過對主子不利的事，僅憑這一點，就足夠取信於人了。

馬六嘴角微動。這讓他該怎麼解釋？

蘇清河微微一笑，語氣又輕緩起來。「即便如此，我也還是想聽聽你的解釋，就算哪天真的不幸，意外死了，好歹也能做個明白鬼。」

馬六嘆了口氣。「夫人，在下敢對天發誓，對您和兩位小主子，我們沒有半點壞心。」

「我們？」蘇清河挑眉。「願聞其詳。」

「沒錯，我們一共十八人，都是主子留下來保護您的。當時，沒想到您會那麼快就有了身孕，所以後來的任務裡，自然多了保護小主子們這一項。」馬六瞥了一眼在堂屋門口的兩個小主子，低聲說道。

這應該是實話。因為她和沈懷孝之間只有那麼一次，還是匆忙之間成事的，能懷上孩子，確實很讓人意外。蘇清河點點頭。「你們主子如何知道我會有危險，還特意留下人來？而他明知道我有危險，為何不帶著我離開，卻將我孤身一人留在這裡？他如今又身在何處？為何沒有隻字片語傳回來？這些都是跟我相關的問題，你不會拒絕回答吧。」

馬六臉上露出幾分苦澀的笑意。「主子也是迫不得已，他只是想保護您。」

蘇清河冷笑一聲。「這麼說，我還得感謝他拋妻棄子嘍？」

馬六站起身來。「夫人，主子也是有苦衷的，他心裡比誰都苦。」

蘇清河看著馬六，一言不發。

馬六深吸了一口氣，坐下去，像是下定了某種決心。

「明啟十四年春，那場大戰，主子在戰場上身負重傷，曾一度失蹤，您是知道的吧？」

蘇清河點點頭，那場大戰，是記憶中存在的。那年，剛開春，還下了一場大雪，她的養父蘇寒從戰場上的雪堆底下，救出了沈懷孝；也就是那個時候，有「神醫聖手」之稱的蘇寒，被北遼清理戰場的士兵，一箭射穿肚子。蘇寒咬著牙將只剩下一口氣的沈懷孝揹回來，給他治傷，而他自己的傷，因為沒有及時醫治，再加上年紀又大了，恢復緩慢，不到一個月就病逝了。

「主子的家裡，也就是輔國公府，怕主子落到北遼人手裡，於是先下手為強，對外稱主子在戰場上受了重傷，生死難料，如今已被接回府裡，只怕凶多吉少。」

蘇清河略一沈吟，點點頭表示理解。輔國公的嫡孫若是被俘，牽扯甚大，如此做法雖然無情，但從大局考慮，也是情有可原。

馬六見蘇清河的反應平靜，詫異地挑挑眉。這個女人果然不簡單！

「緊接著，輔國公府以沖喜為由，給主子定了一門親事。」馬六的聲音漸漸低了下去。

蘇清河手裡的茶盞，應聲落地。

這是什麼意思？蘇清河皺起眉頭。「所以，我莫名其妙就成了外室？也就是說，他沈懷孝匆匆離開，是回家娶親去了？」

「不！夫人別誤會，請聽在下說完。」馬六連忙解釋。

「這婚事進行得很快，前後也就不足一個月的工夫，府中就已定下日子，正是三月初五。」

蘇清河眉頭一皺，她記得很清楚，她的婚禮是三月初三舉行的，那麼，也許就是那天，他才收到家裡的消息，所以匆匆離開。「他是為了阻止家裡的那場婚禮！」

馬文點點頭。「當時事情來得太快，根本就沒有時間安排後續的事情；主子又怕夫人多想，這才打算先斬後奏。」

蘇清河沒說話，彷彿是接受了他的說法，又彷彿只是在等他說下去。

「主子日趕夜趕，還是沒有趕上。在離京城還有一日路程的通州，主子收到家裡的消息，他才知道事情已經遠不是他能掌控的了。」

「所以，他沒有回家，而是連夜去了西北？」蘇清河的手指敲著桌面。對於沈懷孝是不是另娶，她還真是沒有放在心上，畢竟她嫁的是沈念恩，逼急了她，不認沈懷孝就是了。沈念恩的遺孀，比起沈懷孝的外室，自然是前者更體面。

馬六的話並沒有說到重點，她想知道的是，誰想取她和孩子的性命？如果是那個新娶進門的女人，倒也說得過去。從閨女的話裡可以知道，刺客只殺了她和沈飛麟，也就是說，她和兒子，損害了別人的利益。她先那女人一步進門，養父又救了沈懷孝的性命，所以，這嫡妻之位該誰坐，還真不一定。而沈飛麟是長子，甚至是名正言順的嫡長子，自然擋了別人的路。

蘇清河想了想，又搖搖頭。能讓沈懷孝躲到西北去，顯然事情並不是那麼簡單的。她看向馬六，等著他進一步的解釋。

「明啟十四年三月初五，良國公高家的孫女進門，成了輔國公家的少夫人。因為對外宣稱主子重傷，所以，這位少夫人進門，是與公雞拜堂的。而那一年的八月十二，少夫人產下一名女嬰，雖是早產，但據說母女都還康健，國公府為此曾大辦法會，為這位小姐祈福。」

馬六的話裡面透露出來的消息，讓蘇清河心裡掀起了巨浪。

三月初五進門，八月十二產女，不足六個月的孩子，怎麼可能健康？而且，沈懷孝壓根兒就沒有回過國公府，那這個孩子是從哪兒蹦出來的？

若說是沈懷孝之前就與這個女人不清不楚，時間也根本就對不上。為了初春的大戰，光是準備的時間，就足足有半年；也就是說，從明啟十三年後半年之後，沈懷孝壓根兒就沒回過京城。

這個良國公府的姑娘，頂著沈懷孝夫人的身分；婚前失貞不說，還懷了別人的孩子，而輔國公府上下，竟然就這麼默認了？

這裡面的水，不是一般的深啊！

那麼，他們母子的存在，也確實夠礙眼了。別人想盡辦法遮掩的醜事，只要他們母子一出現，就相當於揭開那層遮羞布，那些醜事，也會暴露在大庭廣眾之下。難怪前一世他們會被殺人滅口。

蘇清河猜測，輔國公府當時一定以為沈懷孝已不在人世，才會想著利用死人一把，將利益最大化吧！

可良國公府又是做了什麼樣的讓步，才讓輔國公府接受這樣的安排？沈懷孝的大姊，是當朝太子妃；而良國公府高家，卻出了一位繼后。這個繼后，還育有一位皇子，已經成年了，聽說頗得皇上寵愛。

只怕這場交易中，隱隱透著宮裡的影子，所以，沈懷孝才不得不躲。只要他身在西北，引開眾人的視線，她才是安全的，孩子也才是安全的。

蘇清河的心驀地輕鬆起來。只要知道癥結所在，那麼事情反而更簡單了。

她沒再追問馬六關於那十八個人的事情。「我知道了，你去忙吧。」

馬六見蘇清河沒有異樣，才起身告退。「您放心，譚記掀不起浪。」

一個譚記是掀不起浪，但這背後的人，哪裡肯善罷甘休？蘇清河微微一笑，沒說出心中的想法，便送馬六出去了。

馬六出了堂屋，腳步一頓，回頭看了坐在門口的兩個小主子一眼，心裡覺得有些奇怪。這兩個孩子，怎麼看都像是在放風。他搖搖頭。或許是想多了吧。

第六章　求援

「進去吧，外頭多冷啊！瞧這手涼的。」蘇清河拉了兩個孩子的手，將他們帶進去，脫了鞋子，塞到炕上再捂上被子，又一人給倒了一小碗薑湯，看著他們喝下去才算完。

「暖和點沒有？」蘇清河從櫃子裡端出一碟子棗糕。「吃點點心，墊墊肚子。看馬文那小子能不能買回鹿肉？要是買回來，晌午給你們炙鹿肉吃。」

沈菲琪一直低著頭，她的臉慘白慘白的。

她想起來了！那個嫁到沈家的女人，還有那個所謂的姊姊。原來，那個女人是如此的不堪，而那個姊姊，根本就不是爹爹的女兒！難怪，難怪呢！她上輩子，怎麼會那麼蠢？

蘇清河用手捧著閨女的臉，心裡突了一下。「怎麼了？娘的寶貝這是怎麼了？」

沈菲琪一頭栽進蘇清河懷裡，「哇」的一聲哭出來，哭得撕心裂肺，讓聽見的人忍不住心酸。這稚嫩的聲音裡，透著一股子滄桑和悲涼。

蘇清河的眼淚跟著落下來。一定是方才的談話，觸動了閨女大腦深處一些悲傷、痛苦的記憶，而這些記憶，很可能跟如今在沈家的那個女人有關。她的眸光一冷。那個女人要怎樣對她都無所謂，她也不在乎，可膽敢傷害她的孩子，她絕不罷休！

涼州城，是西北邊塞的古城，初冬的涼州，一眼望去，萬物凋敝。

坐落在涼州軍武街的西將軍府，占地不算大，但地段絕對算得上好，五進的大宅子門口，一對石獅子威風赫赫。

都說這座府邸的主人——沈懷孝沈將軍，之所以年紀輕輕就身居高位，是因為他在京城背景深厚，甚至傳言，沈懷孝出身輔國公府。當然，對於這一點，大家都是不怎麼相信的。如果真是名門貴胄，誰會想跑到這鳥不拉屎的地方賣命啊？

沈三以前是沈懷孝的貼身護衛，如今在涼州，倒當起了這座宅子的管家。說是管家，也不過是對外蒙人的說法，他真正的差事，是為主子收集各方面的消息，管理各地的暗樁。

昨兒半夜，他就收到來自遼東的消息；今兒一早，又收到一封加急的信。他敏銳地意識到，遼東那邊恐怕大事不好了。他不敢有絲毫大意，一早，就敲響主子的房門。

「什麼事啊？」沈大從裡面出來。「主子剛起來。」

沈大也就二十出頭，長臉，面容還帶著幾分清秀，扔到大街上，不知道的人還以為這是個秀才公，跟沈三那種凶悍外露的長相，截然不同。這也是為什麼他能跟在主子身邊，但沈三得退居幕後的主要原因。他的長相太具有欺騙性，而沈三的長相，攻擊性十分明顯，容易讓別人心生警覺。

「老大，出大事了！」沈三也沒心情跟沈大磨牙，他壓低聲音。「是遼東出事了。」

沈大面色一變，趕緊轉身進去，緊接著裡面就傳來一聲冷冽的叫喚。「進來吧！」

沈懷孝生得極好，是京城有名的美男子，小時候，曾被人讚過「貌若好女」。隨著年齡的增長，一張臉越發稜角分明，男子氣概盡顯，又時常冷著一張臉，便沒什麼人敢再拿相貌打趣他。如今在軍中歷練幾年，他的身上又添了幾分豪邁之氣與威嚴，讓人望而生畏。

沈三進來，見主子正在擦臉，忙行禮，低聲道：「遼東來信了，昨晚和今早連著來了兩封。」他見主子已扔下擦臉的毛巾，看向他，他馬上把懷裡的信掏出來，雙手奉上。「只怕出事了！」他這樣猜測。

沈懷孝一把拿過信，匆忙展開，而後面色大變。他一掌拍在黃花梨木的案几上，震得上面的擺設砰砰亂跳。

「豈有此理！」沈懷孝的聲音幾乎是從牙縫裡擠出來的。

這件事，背後不簡單，他一個人，根本無法掌控！沈懷孝馬上意識到這一點，沒什麼比護不住自己的妻兒，更讓人覺得窩囊。

他煩躁地在屋裡轉了又轉，才下定決心。「更衣，去安郡王府。」

沈大心裡一突，馬上點頭應「是」。

安郡王，是當今明啟帝的第四子，粟遠洌，生母是曾位居高位的賢妃，但不知為何，被打入冷宮。因四皇子長相與皇上頗為相似，才能平安在宮內長大。明啟帝雖然厭惡了賢妃，但對這個兒子還算不錯。如今二十歲的粟遠洌能被封為郡王，又手握軍權、駐守邊關，就知道在皇上的心目中，對這個四兒子還是頗為看重的。

傳說肖似皇帝的安郡王，早早便蓄起了一把大鬍鬚，年紀看起來平白大了許多。黑鴉鴉的一把大鬍子遮住了臉，誰也不知道他是不是真的長得與皇帝相似？

沈懷孝順利地見到了安郡王。兩人年紀相仿，打小就認識了。

此刻，他看向安郡王的大鬍子，心中有些複雜。只怕這大鬍子，不只是為了不讓人透過他窺伺聖顏那麼簡單。他不由得想起了洞房花燭之時，見到的那張臉。兩張臉此刻就這麼重疊在一起——一樣的丹鳳眼，一樣的長眉。

他還記得，自己當時幾乎嚇萎了過去。

安郡王挑挑眉，看向沈懷孝。對沈懷孝，他是讚賞的，但對輔國公府沈家，他真是全無好感。輔國公府中那些個齷齪事，他都不願意說起，免得髒了自己的嘴。

「沈將軍一大早前來，就是為了看著本王發呆嗎？」安郡王端起茶盞，吹了吹上面的浮沫，冷聲問道。

「四殿下，末將今日前來，是來求援的！」沈懷孝垂下眼瞼。「是為私事。」

「私事？」安郡王笑笑。

不等他拒絕，就聽沈懷孝自顧自地道：「明啟十四年，遼東之戰，末將身負重傷，被人所救。這人是一名大夫，名叫蘇寒，擅使梅花金針。」

安郡王面色大變，手中的茶盞應聲落地。

門外守著的護衛衝進來。「殿下，您沒事吧？」

安郡王擺擺手。「都退下！沒有本王的吩咐，任何人不得靠近。」

護衛統領白遠冷臉瞥了沈懷孝一眼，才帶人出去守著。

沈懷孝見安郡王神色大變，就知道自己賭對了。

安郡王收斂神色，重新給自己斟了一杯茶。

這個蘇寒，應該就是韓素！人稱「金針梅郎」的韓素，一套梅花金針使得出神入化，能活死人、醫白骨，他曾是太醫院最年輕的御醫。

二十年前，也就是先太上皇還在世時，是承乾三十九年，他出生的那一年，這位太醫莫名其妙的從宮中消失了，當時，正是他負責母妃的生產事宜。

在二十二年前，皇祖父病危，又恰逢諸位皇子叛亂，因此皇祖父退位，將皇位傳給當時最不起眼的皇子，也就是他的父皇，如今的明啟帝。

可沒想到，傳位之後，皇祖父承乾帝的身體竟然一日日好了起來。這對天家父子，對於權力，又展開了一場新的角逐。年輕的父皇哪裡是皇祖父的對手？不但被壓制得喘不過氣來，甚至登基幾年，連自己的年號都不曾有。這也就是為什麼，父皇登基二十二年，如今還是明啟十八年的緣故。

他今年二十歲了！二十年前的宮裡究竟發生了什麼事？在他出生後，母妃被貶，當時的太醫韓素，還有一名母妃身邊的貼身嬤嬤，一起消失在宮裡。

都說母妃是為了跟當時的貴妃爭奪繼后的寶座，不惜下狠手將一對不吉利的雙生子，活活溺死了其中一個，這才被父皇厭棄。

可是，他知道，母妃不是這樣的人。

這些年，他一直在尋找當年的真相。韓素，就是他一直要找的人！

安郡王捧著茶杯，依舊垂著眼簾，他的聲音透出冷意。「還有什麼？繼續說吧。」

「這蘇寒，五十開外的年紀，左眉梢有一顆黑痣；他的妻子，末將沒有見過，那時他已經喪妻兩年，獨自帶著養女生活。他的妻子姓紀，聽說一手蘇繡少有人及。」沈懷孝用眼角餘光小心地打量安郡王。

這位四殿下的面上已看不出變化，只是握著茶杯的手指，收攏得越發緊了起來，指尖已經微微有些泛白了。

這位蘇寒的長相特徵，與韓素是吻合的，而母妃身邊失蹤的嬤嬤，正是擅長蘇繡的紀嬤嬤。

「這位養女，承乾三十九年生，與你我同歲；蘇寒則為了救在下，在四年前就死了。」沈懷孝低聲道。

「死了？」安郡王面色一變。

沈懷孝不理會安郡王難看的臉色，盯著他一字一句道：「末將感念蘇大夫的救命之恩，於明啟十四年三月初三，在遼東娶了他的養女蘇清河為妻。末將的這位妻子，長了一雙丹鳳眼，長眉入鬢，說起來，跟安郡王還有幾分相似之處。」

安郡王「噌」地一下站起身來，他嘴唇顫抖，上前一把揪住沈懷孝的衣領。「你可知道，你在說什麼？」

「末將知道，正因為知道，所以不到萬不得已，末將不敢透露出半句有關她的事。」沈懷孝任由安郡王揪著他的衣領，神色有些釋然。過去心裡藏的秘密太多，心也很累。

「萬不得已?!」安郡王甩開沈懷孝。「很好，瞞得真好！怎麼？想靠這件事給你們沈家換取什麼利益不成？」他冷笑兩聲。「本王怎麼忘了？你在輔國公府裡，好似已經有一位明媒正娶的夫人。」

沈懷孝的嘴角輕輕地牽起，露出幾分嘲諷的笑意，頗有些自嘲的意味。「末將的妻子，只有遼東的那位，何況，她還給末將生了一對雙生兒女。」

安郡王認真地打量沈懷孝兩眼。「你說要求援，是出什麼事了嗎？」

沈懷孝把信遞過去。「這是今早剛收到的消息，那母子三人有危險。對方的來頭不小，或許是宮裡派來的，以末將之力恐怕難以護妻兒周全。」

安郡王把兩封信掃了一遍，臉色就沈了下來。「她若真是本王要找的人，你就罪該萬死了。」竟然讓一個女人帶著兩個孩子，生活在狼窩裡。「如此千鈞一髮之際，你才想起要告知本王一聲，在你的心裡，他們母子根本不及沈家在你心中的地位，是不是？」安郡王鐵青著臉色質問道。

「不是！」沈懷孝直視安郡王。「末將只是不敢保證，四殿下對他們母子，就沒有絲毫利用之心。」

「呵呵……」安郡王氣極而笑。「好、好、好！那如今呢？如今說出來，又是為什麼？不怕本王利用他們嗎？」

「他們母子活著，對殿下才是有用的。」沈懷孝露出一分冷冽之色。「這與末將的目標一致。兩害相權取其輕，比起要他們死的人，殿下你……還是可以選擇合作的。」

安郡王點點頭。「你這麼想也對。」他低聲說，接著冷眼道：「不過，別把每個人都想得如同你們沈家人一樣。本王做事，還是有底線的。」

沈懷孝苦笑，默默地低下頭。這種時候，不容他分辯，也確實沒什麼可分辯的。

安郡王略一沈吟，就高聲朝門外喊道：「白遠！」

就見一個十八、九歲的小夥子，肅著一張臉進來。「殿下。」

「傳令下去，本王要去巡視北防線，半個時辰後出發；另外，西將軍沈懷孝隨行。」安郡王自顧自地吩咐完，就回了內室。

沈懷孝這才吁了一口氣。巡視北防線，是一個再適合不過的藉口了。每年，安郡王都會親自巡查北防線，至於巡查哪一段，完全是隨機的，這也不會引起別人的誤會。他躬身朝安郡王的背影行了禮，才趕緊回去準備。

從西北到東北，這一路可不好走。

蘇清河翻看石榴帶回來的皮子。「夠給兩個孩子，一人做兩身衣裳了，今年就這麼湊合吧，有得換就行，剩下的，給家裡每個人添一雙羊皮靴子吧。這大雪一來，多厚的棉鞋都不抗凍，還是皮靴子好。」

「好咧。這活計有奴婢和啞婆、大丫做，用不了幾天就成。」石榴笑著應了。

蘇清河這才笑著打發了石榴。「今兒午飯吃鹿肉，妳去廚房搭把手。」

看著石榴出去，蘇清河心裡一嘆。這石榴的底子，只怕一時半會兒她也摸不清，但實在看不出要對他們母子不利的樣子，石榴倒像是時刻都在提防著沈懷孝留下的人，這就有意思了。

沈菲琪湊過來。「娘，妳是不是找到要害我們的人了？」

蘇清河用食指壓在嘴唇上，做了一個「噤聲」的動作。「小點聲，怕別人不知道嗎？」

沈菲琪臉色一紅。她又犯蠢了，跟弟弟比起來，她還真是個十足的傻貨加蠢貨。

蘇清河摸摸閨女的腦袋，心中發愁。這孩子若真是個小孩子倒還好教導，如今她保有前世的記憶，已算是定形了，一些觀念和想法，要矯正過來並不容易。對於沈懷孝，她也無端地遷怒起來。怎麼會把孩子教成如今這副模樣？

這孩子前世肯定吃了不少虧，卻還是學不乖，她得花費更多心力，才能把這口無遮攔、過分天真的毛病給改過來。

沈菲琪察覺出蘇清河的變化，她有些害怕。以前從沒意識到自己蠢，如今見到娘不停皺眉，弟弟又不時給她白眼，她才知道，她已經蠢得讓家人擔憂了。

蘇清河嘆道：「別輕信任何人！記住了。」

沈菲琪的面色更白了。她上輩子輕信了別人，這輩子又犯了同樣的錯誤，是她高估自己了。以為重來一回，就能改變命運，其實，她還是什麼都做不了。

她鄭重地點點頭，在心裡默默發誓，再也不會重蹈覆轍。

蘇清河有些心疼，但還是把臉扭過去，不看她，低聲道：「不要以為自己是上天的寵兒，跟別人不一樣，比別人都幸運，這樣的想法，遲早會害死自己的。不論做人、做事，都是要帶著腦子！」

沈菲琪低下頭，聲音有些顫抖。「是的，娘，我記住了。」

蘇清河不去看她，只是自顧自地解釋。「娘知道妳要問什麼。妳是不是想著，既然娘知道酒館的那個女人心存歹意，為什麼不先下手為強？」

沈菲琪抬起頭，看向蘇清河，等著她的解釋。

「妳有沒有想過，那個女人跟咱們往日無怨、近日無仇，人家為什麼要來殺咱們？說到底，她也不過是一把殺人的刀。現在，妳將這把刀銷毀了，人家就不能換一種兵器嗎？是明處的刀可怕，還是暗處的箭可怕？」蘇清河說完，就不再說話，拿起剪刀，對著皮子剪裁起來。

沈菲琪紅了臉。這真是個再簡單不過的道理，她怎麼就沒想到呢？不是所有事情，先下手為強就有好處的。她頓時覺得心中有些明悟了。

「從明兒起，把《三字經》、《百家姓》都收了，你們開始學《孫子兵法》。」蘇清河看了兩個孩子一眼，宣布了決定。

用《孫子兵法》啟蒙……沈飛麟一愣，覺得這個娘還真是不拘一格。

第七章 殺機

「《孫子兵法》是大智慧，學好它，將無往而不利。」蘇清河摸摸閨女的腦袋。「後宅中那點女人的小把戲，就更是小兒科了。」

「娘，我會好好學的。」沈菲琪點頭，又問道：「娘既然懷疑石榴，為何什麼都不問，還留她在身邊？」

蘇清河也不斥責孩子的積極好問，不懂就問，總比不懂裝懂好。

「這石榴啊，跟著娘這麼些年，從沒做過什麼對咱們不利的事情，這次她要是不跳出來，娘還真沒發現她有什麼不妥當。既然不會危害到咱們，留著她反倒能制衡馬六。馬六不是不忠心，可他對誰忠心，妳心裡應該清楚。在這件事上，他就犯了大錯。

「第一，事關咱們母子的生死，他不僅不坦白，還是一味隱瞞，這樣的態度，娘不敢放心。第二，他過於自大，自己內部出現了問題，若沒我的提醒，他們可能還沒發現，指望他們，咱們三個遲早會成為別人的刀下鬼，而石榴恰恰能替咱們盯住他，這未嘗不是好事。娘把石榴有問題的事情同時透露給馬六，就是為了用馬六反制石榴，一旦石榴真有壞心，馬六肯定會察覺。兩方相互制衡、相互監督，咱們才能更安全。

「而另一方面，娘也想看看石榴的背後牽扯有多大？如果在馬六的嚴防死守下，她還能知道別人不知道的消息，咱們就得更慎重了。這就說明她背後的人，其勢力不是咱們可以撼動的，留她在身邊，反而是最安全的做法。」蘇清河一點一點分析給閨女聽。

「這就跟留著譚記酒館的女人，是同個道理。在沒有實力與他們抗衡的時候，維持現狀才是對自己最好的保護。」沈菲琪若有所思地道。

「孺子可教也。」蘇清河鬆了一口氣。

沈菲琪臉上也露出笑意。原來不是自己太笨，而是沒人好好教她罷了。

沈飛麟心裡一嘆。世人都把女子當成弱者，其實不然，像母親，心中便自有丘壑。

母子三個在屋裡說話，不一會兒，午飯就準備好了。

果然是炙鹿肉。

「賞馬文！」蘇清河把石頭烤盤上的肉翻了面，吩咐石榴道。

「馬文這小子最近可得了不少賞。」石榴把存好的葡萄汁拿出來，問道：「葡萄汁有些涼，要不然，給小主子們熱熱再喝？」

「熱的可怎麼喝？多酸啊。」沈菲琪皺眉告饒。「可憐可憐我們，一人一小杯就好。」

石榴不敢作主，看向蘇清河。

「淺淺的半盞就好，喝多該咳嗽了。」蘇清河吩咐。「再去沖了山楂水來，這烤肉不好消化，配著山楂水一起用正好。」

石榴這才無奈地看了沈菲琪一眼，真給兩人倒了兩口的量。

蘇清河把肉烤得兩面金黃，才挾到孩子的碗裡。「不能多吃，嚐嚐就好。」這話一說完，連沈飛麟臉上都露出幾分失望之色。

這樣平和的日子，安靜地過了幾天，如同暴風雨來臨前的寧靜，毫無波瀾。

等兩個孩子換上新的皮襖子，第一場雪就這麼毫無徵兆地下了。一開始倒不是洋洋灑灑的雪片，而是雪粒子，打在地上、房頂，還帶著「颯颯」的響聲。

蘇清河不知道這是不是危機要來臨的前兆，只是嚴令馬六守好門戶，並派人盯住酒館裡的那個女人。

沈菲琪焦躁又恐懼。她不停念叨著，千萬別再下了，只要雪不大，應該就沒事了。

午飯過後，鹽粒似的雪變成了大片、大片的雪花，天陰沈沈的，蘇清河再也無法騙自己。這場雪注定小不了。

蘇清河帶著孩子，去了裡間。「從現在開始，你們就以著涼的名義留在裡間，不許出去。情況如果有異，就馬上躲進密室。」她從櫃子裡拿出一個大匣子，用鑰匙輕輕打開，拿出兩把匕首來，遞給兩個孩子。

這匕首只有小孩的巴掌那麼長，正適合孩子拿。

「匕首上淬了毒，你們小心收好。」說完，又小心地在兩人脖子上各掛了一個小荷包。「裡頭是解藥，如果誤傷了自己，就馬上服用解藥。這毒藥一旦沾上，哪怕是一頭牛，也會馬上失去力氣，卻不致命，對你們構不成威脅。娘不敢用太烈的毒藥，就是怕你們會不小心傷到自己。」

沈飛麟點點頭，拉了沈菲琪一下。

沈菲琪這才收斂神色。「娘放心，我不會手軟的。」如果真是上輩子的弒母仇人，她一定不會放過。

「另外，你們的肚兜裡，娘用油紙包了銀票縫進去，每人五百兩。即便娘有什麼萬一，這些銀票，也能讓你們姊弟活下去。」蘇清河把最壞的結果都考慮進去。這銀票，還是養父、養母留給她的。

「娘！」沈菲琪的聲音有些顫抖。「不會的！您別丟下我們。」

蘇清河揉了兩個孩子的頭。「別怕，兵法上說，善兵者，不慮勝，先慮敗。娘只不過把最壞的情況先考慮到了，如此才能做好最妥當完善的安排。」

通往遼東衛所的官道上，二十餘騎風馳電掣而過，馬蹄下揚起雪沫子，所過之處，霧濛濛一片。

「沈將軍，還有多遠？」白遠揚聲問道。主子這麼沒日沒夜的趕路，傻子都知道，這不可能是為了巡視邊防。

「剩下不到一日的路程。如果順利，今晚子時前後，就能到達。」沈懷孝回道，只是兩句話的工夫，嘴裡就飄進不少雪花，又冷又嗆。

「殿下，要不然歇一歇再走？雪越下越大了。」白遠策馬追上去，對安郡王建議道。

「蠢材！這一時半會兒的，雪停不了，要是下上幾天幾夜，咱們就被堵死在路上了。咱們帶的糧食能撐幾天？這冰天雪地的，到那時才真是要命。」安郡王瞪了白遠一眼。「繼續走，快！」

沈懷孝這才放心，趕緊策馬跟上。他這次出來只帶了沈大和沈三，其餘都是安郡王的親隨護衛。可要論起對這一帶路況的熟悉，還真沒人能及上他，於是出言提醒道：「殿下，前方三里的地方，就進入二郎山地界，那裡地勢有些複雜，官道狹窄，夾在山體中間，路面也坑窪不平，如今被大雪掩蓋，更不好走，還得小心才是。只要過了二郎山，前面就是一片坦途，再行二十里，便能抵達衛所的崗哨，崗哨有兩百餘人駐守。」

安郡王揚揚手，表示聽到了。心裡不免暗道：都說沈懷孝是難得的將才，今日看來，果真有幾分本事。

白遠招招手，從隊伍中就奔出兩人，策馬先行，明顯是為了探路而去的。

二郎山，山不高，但山勢卻極險要。官道兩側，都是峭壁山崖，是個易守難攻的好地方，難怪要在這附近設置崗哨。

官道進入這一段，只容得下兩匹馬並行，這些護衛便將安郡王和沈懷孝夾在中間。

「這段官道大概有多長？」安郡王看看兩邊的峭壁，問道。

「不足三里。」沈懷孝警惕地望向兩邊。「殿下，咱們得加快速度，這裡不安全。」

安郡王當然知道這裡不安全。兩側如有人埋伏夾擊，可謂凶險。他點點頭，命令道：「加快速度！」

果然怕什麼來什麼。行了百十來尺，兩側山壁上突然垂下數條繩索，一群披著白斗篷的人影迅速滑下。護衛們來不及射殺，人就已經到了近前，雙方短兵相接。

「往前衝！出去就是崗哨。」沈懷孝護在安郡王身側，大吼道。

安郡王也是戰場上的驍將，豈會怕如此陣勢？他手握長劍，在馬上廝殺。

山壁上方突然亂箭齊發，箭從上方而來，更是威力無窮。

「快走！不要戀戰！」沈懷孝用劍刺了安郡王的馬屁股，馬受不住疼，揚蹄狂奔而去。

隨後傳來安郡王的怒罵聲。「沈懷孝，你大膽！」

白遠讚賞地看了沈懷孝一眼。「沈將軍先走一步，前面的崗哨你比我們熟，你護衛殿下，我們斷後。」

沈懷孝也不推辭，策馬追去。

等一行人會合之時，已經距離崗哨不足兩里。他們一行人都穿著大周的軍服，也不怕引起崗哨守衛的誤會，速度明顯地降了下來。

「殿下，這刺客來得蹊蹺。」沈懷孝肩膀中了一箭，那箭頭應該卡在骨頭裡，一時竟不能拔出來。

安郡王也沒好到哪裡去，背部被砍了一刀、胳膊中了一箭，其餘眾人皆負傷。

「蹊蹺什麼？只要本王手裡還有兵權，這樣的刺殺就沒什麼好稀罕的。本王身上的傷，一小半是戰場上留下的，一大半是自己人留下的。」安郡王的語氣淡然，透著幾分諷刺。

沈懷孝見白遠等人都一副習以為常的樣子，就知道這話只怕是真的，不由得想到諸位皇子之間的明爭暗鬥。

安郡王身為四皇子，應該是跟太子較親近。太子是元后所出，而四皇子的生母賢妃是元后的妹妹、太子的姨母；大皇子則是貴妃所出；另外還有繼后所出的六皇子，他們豈會看著太子勢大？若除掉四皇子，就相當於除掉了太子的臂膀。

說起來，他的姊姊沈懷玉還是太子妃，沈家應該和四皇子是同一方的才對，可看四皇子對沈家的態度，沈懷孝又有些遲疑。

這皇家的事情，完全不是表面上看起來的那麼簡單。這位殿下在他的面前從不掩飾對沈家的厭惡，可見也不怕別人知道，更不怕太子有不好的想法，這就有些意思了。都道這位安郡王只懂打仗，如今看來，只怕世人都被騙了。這才是一位扮豬吃老虎的主兒。

沈懷孝不敢深問，馬上轉移話題。「咱們人人帶傷，可不能在崗哨停留太久，還是儘快到衛所才好。」

安郡王感覺背後的傷只怕不輕，他點頭。「你熟悉當地情況，都聽你的。」

白遠皺眉道：「衛所的軍醫行嗎？」

沈懷孝搖搖頭，對軍醫的醫術並不看好。不過，隨後他嘴角柔和了起來，看了一眼安郡王。「不過殿下您要找的人，就有一手好醫術。」

安郡王的眼神一亮。「金針梅郎」親傳，哪怕只學了兩成本事，也足夠用了。

蘇清河把兩個孩子安置在炕上，指了指密室。「裡面有吃的、有喝的，藏上兩個月都不成問題。裡頭也不會太冷，衣物和常用的藥物都給你們準備妥當了，不管發生什麼事，你們都要勇敢地活下去。」她拉住兒子的手。「娘把你姊姊交給你了，娘知道你行。」

「娘，咱們一起躲。」沈菲琪慘白著一張臉，拉著蘇清河不撒手。她重活一世，難道還要再失去母親？不！不行！與其活著受罪，不如一起死了，黃泉路上也有人疼。
蘇清河揉揉閨女的腦袋，沒有說話。沈飛麟卻知道，沒有蘇清河在外面打掩護，他們姊弟倆想躲也躲不了多久。
母親這是拿她自己的命，為他們爭取一線生機。
一時之間，他的胸口堵得慌，鼻子酸酸澀澀的。有的母親能為了活著而犧牲自己的孩子；也有的母親，為了孩子，可以犧牲自己的性命。這一生何其有幸，讓他遇上了一個好母親，這或許是老天對他的補償吧。
天色漸漸暗了下來，如小孩巴掌大的雪片密集地落下。北風呼嘯，院裡的梧桐不時傳來折斷枝椏的聲音，不知是被大雪壓斷的，還是被風吹斷的。
石榴送來晚飯。「這雪可真大。」
蘇清河看了看石榴的靴子，雪印子都過了腳踝了。
「妳也快去吃吧，這大冷天的，飯菜一下子就涼了。」她叮囑道：「今兒晚上大家都警醒些，這院裡的幾棵大樹要是攔腰折斷了，砸在屋頂上，那可要命！」正說著，院裡又傳來枝椏斷裂的聲音，蘇清河指了指外面。「妳聽聽，多嚇人哪。妳出去的時候，記得走屋簷底下，可別被樹枝砸了腦袋。」
石榴笑著應了。回到廚房，石榴把話帶到，因為天冷，馬六叔姪也到廚房用飯。
馬六聽了石榴的話，面上毫無異色，心裡卻一突。夫人是擔心晚上會有什麼危險不成？看來今晚是睡不成了。

啞婆笑道：「今晚我不睡，守在廚房，聽著動靜呢。」廚房一晚上不熄火，可以說是家裡最暖和的地方之一。

「給兩個小主子的靴子還有一雙沒做完，我也少不得熬上一夜，就來廚房跟妳作個伴。在廚房裡做針線活，不凍手啊。」石榴端起碗，盛了一碗熱湯，笑道。

馬六兩三口扒完碗裡的飯，一時之間搞不懂石榴是什麼意思。是特意找個人證明她自己沒有問題呢，還是想看住啞婆，好乘機作亂？他放下碗筷，站起身來。「你們慢吃，我吃好了，得趕緊再檢查檢查門戶。」說著，便拿了大氅裹在身上，出了廚房。

馬文嘻嘻笑道：「都趕緊吃吧。今兒的可是好湯，三年的老母雞熬的湯，大補。」

「這雞是幾年的，你咋知道？吹牛！」大丫撇撇嘴。

「怎麼不知道？這是三狗家的雞，他家有什麼是我不知道的？」馬文又盛了一碗湯，辯解道，完全是一副臭屁的架勢。

譚記酒館

「妳能確保萬無一失嗎？」譚三海看著眼前這個一身黑衣的女人，不無擔心地問道。萬一失敗，連他都得跟著萬劫不復，他心裡隱隱有些後悔。

梅香嬌笑兩聲。「瞧你那點膽子，怕什麼！一個手無縛雞之力的女人，還能翻了天？」她推了譚三海一把，將一個小巧的哨子放在嘴裡吹響，不一會兒工夫，酒館的院子裡就出現了十多個黑衣人。

譚三海嚇了一跳。「妳……妳究竟是什麼人？」他此刻才意識到，這個叫梅香的女人，恐怕不是那麼簡單。什麼府裡派來的人？完全是鬼扯！

梅香笑盈盈地上前，突然揚起手裡的匕首，劃過譚三海的脖子，一股鮮血飆了出來，灑在雪上，帶著妖異的紅色。

譚三海驚恐地睜著眼睛，那愕然的表情定格在這一瞬間。

梅香笑嘻嘻地將匕首在譚三海的衣服上抹了抹，擦掉上面的血跡。「姑奶奶的便宜是那麼好占的？真是不知死活的東西！」她把匕首放在譚三海的臉上，嘴裡「嘖嘖」出聲。「就這蠢樣，還想知道姑奶奶的身分？」她站起身，踢了譚三海的屍身一腳，接著轉過身，看向站在院中的十幾個黑衣人。

「準備出發！」梅香冷笑著用黑巾蒙住臉，命令道。

皮貨鋪子

喜娃一身風雪的進門。「要動了。」

文萊看了看外面的情形。「真會挑時候啊！要是沒有防備，只怕就要被他們得手。這風聲，可是能把所有的動靜都掩蓋住了。」

「誰說不是呢？」喜娃把身上的雪抖乾淨。「是不是把人都召集起來？」

文萊點點頭。「傳訊過去，讓他們趕緊準備動身。」

喜娃點頭，轉身離去。誰知再回來，卻帶來一個天大的壞消息。

「你說什麼？」文萊對這樣的消息難以接受。

喜娃臉上露出幾分惶然，又說了一遍。「咱們的人不知道吃了什麼，都開始拉肚子，腿軟得都站不起來了。」

文萊頹然地坐下。「怎麼會這樣？」

「我們還是大意了。這是著了誰的道了？」喜娃看了外面一眼。「再不趕緊，人家可就要動手了。文先生想個辦法吧！」

「事到臨頭，有什麼辦法可想？」文萊緊了緊身上的衣服。「如今只剩下我們了，但願主子能及時趕到，若實在不行，你掩護小主子和夫人先走，能躲一時是一時吧，我斷後。」

喜娃點點頭，也不爭搶。帶著人突圍和斷後，兩者之間的凶險程度，根本沒太大的差別。

蘇清河摸摸兩個孩子的頭。「別怕！過了今晚就好了。」

沈菲琪還拽著蘇清河不放，沈飛麟卻拉開沈菲琪的手。如今唯一能做的，就是不給娘扯後腿。

蘇清河朝兒子笑笑，從懷裡掏出一個瓷瓶，倒出兩枚小小的藥丸。「一人吃一個。」

沈飛麟沒有絲毫猶豫地吞下去。對於這個娘，他沒什麼可懷疑的。

沈菲琪也拿起藥丸，塞進嘴裡，輕輕地嚥下去。

蘇清河放下掛在炕上的帳子，將他們遮擋在裡面。「記住娘說的話，都別怕。」又看了帳子幾眼，她才轉身出門。

馬六正在院子的屋簷下，抬頭看向院子裡的梧桐樹，好似真的擔心樹都會折斷似的。見到蘇清河出來，他上前見禮。「夫人，可有什麼吩咐？」

蘇清河點點頭。「在院子裡點上幾堆火吧！」

馬六張大嘴巴，愕然地看向蘇清河，不知道這是什麼意思？

蘇清河笑笑。「亮點才好，喜歡夜裡行事的耗子們，見到亮光，總會有些顧忌的。」

馬六眼前一亮，這確實是個辦法，能拖過一時算一時吧。

「是。」他應了一聲，叫了姪子馬文出來，兩人在院子裡燃起篝火。

好幾堆火映著雪光，讓整個院子都亮堂起來。

蘇清河站在火堆邊上，伸出手烤烤火。

馬六看了馬文一眼，馬文會意，馬上去了廚房。

蘇清河知道，這是讓馬文看著石榴去了，對這樣的安排，她不置可否。在緊要的時候，除了自己，誰也靠不住。

她垂下眼瞼，彷彿在專心地烤火。

馬六不知道蘇清河的打算，也不便相問，只是默默陪著她。

不過一盞茶的工夫，馬六總算體會到了什麼叫做「火烤胸前暖，風吹背後寒」了。

「夫人，去屋裡吧。」馬六跺了跺腳。「再站下去，腿、腳都要僵了。」活動不靈便，就算想逃都不索利。

蘇清河吸一吸鼻子，一股若有似無的梅香飄了過來，她眼睛微眯，才道：「你說得是，我先回房。你加點柴，也去歇了吧。」她把手放在火上搓了搓，又拍了拍，才轉身回屋。

當日調好的那些香粉，是添了特殊藥物的。這藥物無色、無味，對人也沒有危害，但遇到另一種藥物，就會激發出更濃烈的香味來。

在火堆剛點起來的時候，趁著烤火的那個空檔，她已經把誘發香味的藥物撒進去。果然，不一會兒，就聞見了比梅花香氣更濃烈的香味。

這就證明，那個女人果然來了！

第八章 火焰

蘇清河檢查了裡間的門窗，讓兩個孩子趕緊躲進密室，才又重新回到堂屋。

堂屋裡，油燈點了起來，蘇清河的影子映在窗戶上。

梅香躲在暗影裡，看了看那窗戶上纖細的影子，嘴角露出幾分冷笑。

這女人倒還有幾分機敏，不過，憑那幾堆火唱出來的空城計，就想把她唬回去嗎？幼稚！

梅香剛要動，就被院裡的動靜，吸引了注意力。

原來是喜娃和文萊趕過來。

看見兩人正在跟馬六說著什麼，梅香嘴角露出幾分嘲諷的笑意。沒想到還有兩個漏網之魚，都怪譚三海那個死鬼，當時怎麼就沒弄清楚？這兩人隱藏得還真夠深的，連她都沒能挖出全部。

院裡的這三個人，還真是有些棘手呢。

若他們不戀戰，只護著人離開，處理起來就相當麻煩。想悄無聲息地處理乾淨，只怕是不可能了，還得想個對策才成。

風聲嗚咽，帶著幾分淒厲。

蘇清河端坐在屋裡，默默計算著時間。

屋外傳來「砰」的一聲，像是重物落地的聲音，緊接著傳來兩聲呼喚。

「馬大哥！」

「馬老弟！」

蘇清河估計這是馬六之前提過，沈懷孝留下來保護他們母子的人。她剛站起身來，就聽見外面又傳來兩聲重物落地的聲音。

她撫了撫衣裙，眼裡的暗光一閃而過。摸了摸藏在袖口的匕首，才邁步打開房門，走了出去。

馬六的神志是清醒的，可他真不知道自己是怎麼中的招？如今躺在這裡，如同活死人一般，一時間急得滿頭大汗。看見文先生和喜娃倒在自己身邊，他知道，他們的感覺一定跟他差不多。

梅香也嚇了一跳，看著院中三個人莫名其妙地倒下，她更不敢動彈。難道還有另一撥人打算取這個女人的性命不成？她打算靜觀其變。

聽見堂屋的門打開，馬六知道定是夫人聽到聲響出來查看了。

梅香從暗處看向這個從堂屋走出來的女人，心裡不由暗笑。真是個蠢貨！天堂有路妳不走，地獄無門妳自來。她用袖劍瞄準了蘇清河。

蘇清河的嘴角勾起一個詭異的弧度，她靠近火堆，手再次不經意地從火堆上劃過。這才繞過火堆，朝倒下的三人走去。

梅香還沒來得及射出手裡的劍，就見蘇清河身體晃了晃，也倒了下去。

真是見鬼了！

梅香四處看了看，除了她的人，也沒瞧見別的人啊。咬咬牙，她從暗處閃身站出來，悄悄地靠近火堆。

一步、兩步、三步……眼看就要到火堆前了，瞬間，她的腿彷彿不受控制般地僵住了，然後重心失衡，倒了下去。

梅香睜大眼睛，雙眸中滿是驚恐。怎麼會這樣？究竟是哪裡出了錯？

她心裡一動，腦子裡閃過蘇清河離開火堆、進屋時的動作，又閃過她剛才繞過火堆時的動作。

第一次，她在火堆上搓搓手，臨走時還拍了拍。

第二次，她的胳膊無端地展開，手臂從火堆上劃過。

該死！是這個女人搞的鬼！

梅香目眥盡裂，她看向離自己只有幾步之遙的蘇清河，眼裡滿是怒火，還有恐懼。

這女人是個狠角色，竟然敢以身犯險，不惜將僅有的三個臂膀迷倒，只為了將他們引出來一網打盡。真是好心思、好計謀！

蘇清河躺在雪地上，她和梅香面對面，彼此看得見對方。看到梅香眼裡的怒火，她笑了笑，眼裡全是鄙夷。

梅香心裡急得直冒火，可身子卻一點也動不得。眼看著她的下屬一個個靠近過來查看，又一個個相繼倒下，卻無能為力，她怎能不恨？

馬六也不是蠢人，蘇清河倒下時，他自然是焦急的。但隨著梅香的出現和倒下，他心裡就有些明白過來了，這恐怕才是夫人點起火堆的初衷吧！還真是讓人防不勝防啊。

文萊此刻的心思有些複雜。馬六曾說過，夫人不是個簡單的女人，如今一看，這哪裡是一個不簡單能形容的？膽量、氣魄、果決，少了哪一點都辦不成這件事。

說到底，這位夫人還是不信任他們，這分防備裡，或許也包括他們。當然了，他也沒什麼不甘心的，他們的人確實在關鍵的時候出了問題。都說沒有內賊，引不來外鬼，他們的人裡面，肯定不全是乾淨的。

蘇清河不管他們的心思。她看著一個個倒下的人，在還沒確定安全之前，她不打算動彈。反正，躺在火堆邊上，還不至於冷得讓人不能忍受。

裡間內，沈菲琪忍不住從密室中衝出來，打算去找娘來一起躲過這場災難。沈飛麟跟出來，對她搖搖頭，使勁拽住沈菲琪。

兩人正僵持不下，窗戶卻倏地傳來響動。沈飛麟的手瞬間將密室的門關上。

「哥兒、姊兒，你們在嗎？」聲音很輕，是石榴的聲音。

她怎麼來了？

姊弟倆對視一眼，都悄悄從袖中抽出匕首。

石榴的意外出現，徹底打亂了姊弟倆的腳步。在還沒有確認石榴是無害的之前，這個密室無論如何都不能被她發現，否則若是她真存了什麼歹心，他們可就一點逃生的機會都沒有了。

沈菲琪經過母親幾次的開導，剎那間就明白了此刻的處境有多麼危急。她看了沈飛麟一眼，對他搖搖頭，然後用頗為親近的語氣道：「是石榴姊姊啊，快進來，我怕！」臉上的神色有些凝重和緊張。

沈飛麟讚賞地看了沈菲琪一眼。此刻讓石榴放鬆警惕，確實是最聰明的做法。他安撫地拍拍沈菲琪，兩人都從炕上挪下來。沈飛麟悄悄地去把裡間的門閂從裡面打開，做好隨時逃走的準備。

窗戶猛地響了一下，應聲而開，外面的風馬上灌進來，兩人不由得打了個哆嗦。

石榴敏捷地從外面跳進來，那動作跟她粗笨的外表一點也不相符。

沈飛麟微微地挑了挑眉。還真是人不可貌相。

沈菲琪隨即換上信任的笑容。「石榴姊姊，妳總算來了！家裡來賊了，我好怕。」

石榴警惕地將屋裡的情形打量一遍，才道：「別怕！」

沈菲琪手藏在袖中，拳頭攥得緊緊的，她一步步走向石榴。「妳見到我娘了嗎？」聲音低低的、怯怯的。

石榴的注意力明顯在屋外，她應付道：「一會兒奴婢帶妳去找夫人，姊兒別哭，愛哭的孩子不是好孩子。」

沈菲琪拽了石榴的裙角。「姊姊怎麼來了？」

石榴聽著外面的動靜，遲疑了一瞬才道：「奴婢不放心……」話音還沒落下，就覺得小腿一疼。她吃疼，忍不住呻吟出聲，回頭一看，馬上就愣住了。只見沈飛麟手持匕首，站在她幾步之外的身後，匕首上還帶著血跡。她有些愕然。

「哥兒這是做什麼？」問完，她才反應過來。這孩子是什麼時候跑到她身後去的？她怎麼絲毫沒察覺呢？這不尋常。

她剛才正在跟姊兒說話……想到這裡，她馬上轉過身，就見沈菲琪也已經離她幾步遠，眼裡哪有絲毫親近之意？

看來，剛才這兩個孩子在使詐，一個吸引她的注意力，一個乘機偷襲。這讓她頗有些不解，也有些焦急。

還不等她說話，就見兩個孩子迅速地朝門口跑去。她暗叫一聲糟糕，馬上出言道：「外面危險，別去！」說著，就追了出去。

一抬腿，她就知道不好，力氣一點點地消失，連走路都吃力。她追到堂屋，就見馬文正從堂屋面朝後院的窗戶翻進來。

兩個孩子，就這樣被堵在堂屋裡。

石榴暗恨。他怎麼跟來了？

沈菲琪和沈飛麟靠在一起，他們這會子真是進退不得。哪個是忠？哪個是奸？他們分辨不出來。

馬文一落地，就看到石榴追著兩個孩子，他馬上喝道：「妳大膽！」他指著石榴，怒道：「原來茶裡的迷藥是妳下的！這下三濫的玩意兒，虧妳拿得出手，好在小爺我見多識廣，鼻子一聞一個準。本來還不確定是誰下的藥，沒想到啞婆倒了，妳卻溜了。竟然敢勾結外人謀害小主子，真是好樣的！我已經給啞婆解了迷藥，讓她可以活動了就趕緊跟來，妳以為妳還能跑得了嗎？」

石榴硬撐著往前挪動兩步。「你血口噴人！究竟是誰勾結外人要謀害主子，咱們心知肚明。你費盡心機到廚房看住我，不就是為了方便動手？如今倒是挺會倒打一耙。」

馬文瞪起雙眼。「聽妳放屁！」

兩人各執一詞，都認為對方居心叵測，這讓沈菲琪和沈飛麟面面相覷，越發看不明白。

馬文對石榴冷哼一聲。「誰是誰非，自有主子公斷。」說完，就朝沈菲琪和沈飛麟道：「少爺、姑娘，快過來我這裡。」

姊弟倆暗暗對了一個眼神，沒有絲毫猶豫，就朝馬文奔過去。

石榴驀然變色。「別過去！」

緊接著傳來馬文的呻吟聲。他的手背被沈菲琪劃了一道血口子。

不光馬文愣住了，石榴也愣住了。

沈菲琪低聲道：「對不住，你們倆誰是好人、誰是壞人，我們分不清楚，也沒時間分清楚，放心，這毒藥不要命，就是暫時讓人使不上勁。」

沈飛麟此刻已經打開堂屋的門，沈菲琪不敢耽擱。知道兩人傷得不深，藥離起效時也就稍慢。若是這兩人中，真有人包藏禍心，他們再不走就來不及了。

兩人立刻邁著小短腿，衝出了堂屋。

「危險！」

「不要！」

馬文和石榴同時喊了一聲，然後硬撐著相繼追出來，倒在了堂屋門口。

蘇清河聽到兩人的叫喊聲，知道情況有變。她一抬頭，果然看見兒子和閨女像兩枚小炮彈似的跑過來。

「娘！」沈菲琪哭喊著。她見蘇清河倒在地上，馬上不顧一切地拽著沈飛麟的手，衝了過去。

蘇清河哪裡還顧得了其他，趕緊站起身。

啞婆此刻也趕過來，顧不得趴在堂屋門口的石榴和馬文，她追在兩個小主子身後，出了堂屋。她有些擔憂地回頭看了那兩人一眼，卻不經意瞥見屋頂上似乎有人影晃動，她的眼睛頓時死死地盯住堂屋的屋頂，大叫一聲。「小心！」語氣帶著驚恐，彷彿那裡隱藏著可怖的怪獸。

此時，從堂屋屋頂上，一枝箭簇帶著呼嘯的風聲，朝沈飛麟而去。

蘇清河也不知道哪來的力氣，馬上撲過去，擋住兩個孩子。

「娘！」嗓音帶著些許沙啞和驚恐，這是兒子的聲音。

為了兒子這一聲「娘」，她等了好久。這一刻她心花怒放，笑得心滿意足，那中了箭的肩膀，似乎也不那麼疼了。

「娘！」沈飛麟看著蘇清河肩膀上淌出的鮮血。前世的情形同這一世交疊在一起，他伸出手，摸了摸那肩膀上流出的血，是熱的……跟上輩子，自己被母妃拉著為她擋死一樣，血都是熱的。但一切又都不同了，這個不顧一切為了他的人，是他親娘！血，是母親為了兒子流的。

蘇清河將兩個孩子護在懷裡。「別怕，都別怕。」她望向屋頂，那裡離火堆遠，卻剛好在下風處，那人應該也中了毒，只是比較輕微罷了。不過這樣也足夠了，箭簇射出的力道不足，她也只是受了皮肉傷。

啞婆衝過去，擋在蘇清河身前。「夫人，妳沒事吧？」話音剛落，身子就一僵，她哭喪著臉，一臉的視死如歸。「夫人，我那兩個孩子就交給夫人了。」隨後，就倒了下去。

蘇清河苦笑。「妳胡說什麼？放心吧，死不了的。」

沈飛麟這才明白，這些人其實都是被蘇清河給算計了。他們母子三人沒事，可能跟提前吃了解藥有關。

沈菲琪驚恐地道：「娘，妳怎麼樣？」

「沒事，不過是皮肉傷。」蘇清河低聲道，她把注意力轉向屋頂。「別以為你在上面就能躲得過，別忘了你在下風口。」為了不讓屋頂上的刺客再以暗箭傷人，她故意出聲提醒。

屋頂上飛下來一個人，不過落地的時候，腳步有些踉蹌。他知道，他要是不下來，再過一會兒，就真的想下來也下不來了。

蘇清河瞇著眼。這個人的打扮倒是跟其他人不同，他用白斗篷把自己裹得嚴嚴實實，難怪無法發現他。

她嘲諷地笑道：「總算有個帶著腦子的。這大雪天還穿著一身黑衣的那些人，是怕別人看不見嗎？」

梅香僵著身子不能動，但心中卻羞惱極了。她居然被要殺的對象給鄙視了，豈有此理！

白衣人一手摀住口鼻，一手抽出腰上纏著的軟劍，抖了抖劍身，冷笑一聲，朝蘇清河而來。

蘇清河站起身，把孩子擋在身後。「別怕，娘有辦法。」她低聲安撫孩子。

白衣人的劍刺了過來，蘇清河避開要害位置，迎著劍而去，她的腰就這樣中了一劍，悶哼一聲。就在此時，她揚起右手，撒出一把粉末。

白衣人動作一頓，馬上轉身遮擋這些粉末。他心想，這女人果然留有一手，竟然又用毒，是想置之死地而後生吧？作夢！

蘇清河挑起嘴角，左手拿著的匕首卻乘機朝對方的胳膊而去。

白衣人中了一刀，馬上意識到大事不好，上當了！

原來那些粉末只是虛晃一招，這有毒的匕首才是殺招。

白衣人舉起劍，砍下自己受傷的左臂，然後封住穴位。不過，這樣的傷害，他想緩過勁來，也著實不容易。

蘇清河退回來，護住孩子，心裡卻暗暗著急。如果這人還不肯罷休，那就真的危險了。

風淒厲地呼嘯著，兩人相對而立，誰都不敢輕舉妄動。白衣人忌憚蘇清河的毒藥，蘇清河也已經彈盡援絕，不敢動作。

北風夾著雪，冷得徹骨，蘇清河的心也一點點地沈下去。

「娘！」沈菲琪的聲音透著歡快。「妳聽，是馬蹄聲！爹回來了，是爹回來了！」

蘇清河仔細聽著，風聲中確實夾雜著馬蹄聲。

「再不走，你可就走不了了。」蘇清河笑道。

「還遠著呢。」白衣人的聲音難辨雌雄。「收拾了你們再走，還來得及。」話說得硬氣，可到底有些喘，也是在強撐著。

不過他的話也對，那馬蹄聲確實不近。蘇清河冷笑一聲。「你不會以為剛才那把粉末只是障眼法吧？」

蘇清河摀住腰上的傷，看了看石榴和馬六的方向。

那裡正是下風口！就見石榴和馬文果然動了起來，而馬蹄聲則越來越近……

白衣人知道自己的情況，要是全力殺了這幾個人，他就真的無力逃脫了。一瞬間，心裡有了決斷，他奮力躍起，挾起梅香，幾個起落之後，便消失在蘇清河的視線中。

蘇清河這才鬆了一口氣，身子朝下倒去。

馬蹄聲近了，有人躍進院子。她頭腦還是清醒的，沒見到孩子安全，她不敢昏過去。

「爹爹，你怎麼才來……」

直到聽見閨女一陣委屈的哭喊聲，她這才放心地暈過去。

第九章　父親

沈懷孝一到衛所，心中的不安愈加強烈。直到進了巷子，宅院裡隱隱傳來亮光，在這大風大雪的日子裡，怎麼看都顯得詭異。

安郡王沈聲問：「怎麼了？」

沈懷孝指了指宅院的方向。「只怕出事了。」

安郡王點頭，還沒來得及說話，就見一白衣人帶著一黑衣人躍了出來，血腥味遠遠地便傳過來。

沈懷孝哪裡還顧得上其他，馬上朝家裡飛馳而去！他心亂如麻，拋下安郡王等人就走。

安郡王看了白遠一眼，才跟過去。

白遠打發兩個受傷較輕的護衛，追著白衣人而去。

沈懷孝躍進院子，只見幾處火堆燒得正旺，地上躺了不少人。

他還來不及有所動作，就聽見一聲糯糯的哭喊聲。「爹爹！你怎麼才來？」話音一落，只見一小姑娘邁著小短腿跑過來，緊緊地抱住他的腿。

沈懷孝一下子就僵住了。四年前，他才十六歲，當知道蘇清河懷孕時，他詫異極了，那種驚訝，是大過於喜的。

在聽說她產下一對龍鳳胎時，他心中未嘗沒有過幾分自得和快意。偶爾，他也會想起這兩個孩子，想想他們有多高了？長什麼樣子？但那種感覺和現在面對面所感受到的，可以說是截然不同。

那一聲「爹爹」，讓他的心瞬間就軟了起來。

他僵著身子，伸出手，輕輕地揉了閨女的小腦袋。「是琪兒吧？爹爹來了，不怕！」他俯下身子，避開受傷的肩膀，把閨女抱起來。

小姑娘抬起頭，仰著小臉，這一刻，沈懷孝覺得自己都快不能呼吸了。這張臉，完全就是他的翻版！難怪這孩子從沒見過他，卻知道他是誰。

「爹爹，去看看娘。」沈菲琪已經收斂情緒。這一世，終究是不一樣了。弟弟活著，娘親也還活著，爹爹還早到了數日。

沈懷孝早就看到火堆跟前的男孩，他背對著自己，小小的身子蹲在地上。這應該就是他的兒子了。

他剛邁出步子，就聽見一聲稚嫩的阻止聲。「先別過來！」緊接著，男孩站起身來，扭頭看了沈懷孝一眼，喚了一聲「爹爹」，然後對沈菲琪道：「妳下來幫忙，咱們先把火堆給滅了再說。」

沈菲琪恍然大悟，低聲對沈懷孝解釋。「火裡有毒，別靠近，站到上風口去吧。」她不敢亂動，看著沈懷孝受傷的肩膀，有些心疼。「爹爹先放我下去。」

沈懷孝還處在震驚中。一是震驚兒子會說話。馬六送來的消息，不是說這孩子一直都沒開過口嗎？二是震驚兒子的那張臉。不像他，更像他的母親，自然也像足了……一瞬間，他覺得喘氣都有些艱難。有這麼一張臉，也不知道是禍還是福？

他心不在焉地依著閨女的話，輕輕地放下她，又道：「爹爹帶了人，讓他們去弄吧。」

「藥太烈，一靠近就倒。」沈菲琪搖搖頭，邁著小短腿過去了。

就見兩個孩子吃力地將周圍的雪，用簸箕攬了，蓋在火堆上。不一會兒，火就滅了。

院子周圍亮起了火把，安郡王僵立在背光處，看向那個肅著一張小臉的男孩，眼裡閃過震驚、激動、喜悅等複雜的神色。

他知道，他這次是來對了。不用看孩子的母親，只看那小子的臉，他就知道，那是他要找的人！

那個小子，完全是他小時候的樣子，如果他剃掉這一臉的大鬍子，兩張臉放在一起，肯定會被人誤認為是父子。都說外甥肖舅，看來是沒錯的。

「爹。」沈飛麟抬頭看著沈懷孝。「把娘抱回屋裡吧。這院子裡除了黑衣人，都是自己人，煩勞各位護衛大叔把咱們的人先挪到屋裡，我這就想辦法找解藥。」

沈懷孝見兒子臨危不亂，說話條理分明，心裡歡喜，連連點頭應「好」，一時間竟顯得有些手足無措。

這當爹的也不怎麼精明。沈飛麟暗道。

看著沈懷孝將蘇清河抱進堂屋，沈飛麟才摸出脖子上掛的荷包，取出兩枚藥丸，分別塞到馬文和石榴嘴裡。「現在沒事了，這藥半盞茶就起效。一會兒，馬文先去前院安置客人，石榴進來伺候我娘吧。」

藥一滑進喉嚨，兩人就有了力氣，雖然微弱，但能撐起身子。剛才為了配合夫人嚇住白衣人，兩人是硬撐著動了一動，好險白衣人撤退了。

石榴坐起身來。「哥兒放心。」

馬文也點頭回道：「交給我就成。」

至於哥兒能說話的事，兩人半點也沒問。啞婆被稱為啞婆，還不是一樣會說話？不過是每個人的性子不同，也沒什麼好奇怪的。

見兩人已經能撐著站起身了，沈菲琪才低聲對沈飛麟道：「他們對咱們都沒有惡意。」

沈飛麟點點頭，淡淡地「嗯」了一聲。

這裡面的水深得很，跟沈菲琪解釋不清楚。石榴是沒有惡意，但她受命於誰，依舊是個謎。

過沒多久，護衛已處理完院子裡的黑衣人。

「全都是女人。」白遠指著黑衣人，聲音低低地向安郡王稟報。「都已經咬破了藏在牙裡的毒囊，死透了。」

「查得清來歷嗎？」安郡王皺眉問道。

「需要時間。」白遠在看到沈飛麟的臉時，就知道事關重大。

他跟著安郡王時，安郡王才十歲，還是個孩子，那張臉和這個孩子的臉，幾乎一模一樣。宮裡的事情，他也是知道一些的，所以更加清楚這戶人家的女主人和這兩個孩子，對主子的重要性。

安郡王點點頭。「不管是誰，哪怕藏在耗子洞裡，也得給本王挖出來！」

沈懷孝把蘇清河抱進裡間，輕輕地放在炕上。

見她面色蒼白，衣服上血跡斑斑，他有些自責，猶豫了一瞬，才幫蘇清河把外面的衣裳脫下來。不光是因為血污，更因為雪水打濕了衣服，穿在身上要鬧病的。

雖然兩人之間有過肌膚之親，也育有兩個孩子，但認真說起來，彼此還陌生得很。如此親密的動作，讓沈懷孝不太自在，有些臉紅。

蘇清河感覺到有人在替她寬衣，也醒了過來。她勉強睜開眼睛，眼前的人從模糊到清晰。

是他！真是他！他來了，孩子們也就安全了。蘇清河不由得渾身放鬆下來。

沈懷孝感受到蘇清河的變化，那柔弱的身子從僵硬到柔軟，是不是也代表著對他的信任和依賴呢？他的手不由得更輕了幾分。

蘇清河抬手將頭上的木簪取下來。「解藥。」

沈懷孝一愣，接到手裡，朝她點頭。「妳放心，一切有我。」他轉身出去，把簪子交給沈大，吩咐了一聲。再回來時，蘇清河已經稍微清醒了一些。

她看見沈懷孝肩膀上的傷，不由問道：「箭頭卡在裡面了吧？」

沈懷孝點頭。「小傷，無礙。」

蘇清河指著炕邊的櫃子。「把傷藥找出來，白色的瓷瓶。」

沈懷孝看了看蘇清河腰上的傷，馬上打開櫃子，找到白色的小瓷瓶，又順手把包紮用的細布也取出來。

蘇清河接過藥瓶，身上還穿著緊身的小棉襖。這樣上藥可不成。

沈懷孝將裡間的窗戶關嚴實，免得透風進來，回過頭，就見蘇清河只穿了玫紅色的裹胸，側著身子，正在給腰間上藥。

他趕緊背過身去，心裡不由得浮現出洞房花燭夜時，那精緻的鎖骨、圓潤的肩頭……一時間有些口乾舌燥。

蘇清河就等著他忙完可以搭把手呢，他卻來了個非禮勿視！她頓時有些氣結。傷在這樣的地方，如今除了他，還有誰能給自己上藥？總不能指望兩個孩子吧？孩子都有兩個了，他這當爹的倒裝起了純情。更何況，她還穿著衣服呢，這裹胸從腋下到肚臍上，可是包得嚴嚴實實。

「你倒是幫幫我啊！」蘇清河把藥粉撒上了，但細布一個人真心纏不上。

沈懷孝聽見蘇清河吃力的喘氣聲，這才轉過身來。「妳躺著吧，我來。」看見血又滲出來，他面色一變，也顧不得害羞了。

蘇清河往後一躺，任由他的手在腰間穿梭來回。

觸感還是一樣的滑膩，腰肢還是一樣的纖細。沈懷孝將細布綁好，雙手竟有些捨不得離開。

「再取件衣裳來。」蘇清河疼得直冒冷汗。「我得起來，你肩上的傷不能耽擱。」

沈懷孝從衣櫃裡拿了鵝黃的棉襖出來，見只是平常的棉布，他皺皺眉。看來，她和孩子的日子並不好過。嘆了口氣，他也不把衣裳給她，反而直接拉了她的胳膊，幫她穿起來。

「我的傷倒是不打緊，外頭有一位貴人，他的傷必須先處理。」

蘇清河從他的眼裡看出了認真，也不反駁。「那你自己找紅色的瓷瓶，裡面有兩顆藥，你先吃了，能緩一緩。」

見蘇清河坐起身來，要自己繫扣子，沈懷孝眉頭一皺。「別動。」他撥開她的手，認真地為她繫好排扣。

這排扣是一朵朵梅花的樣子，格外別致，他的動作也不由得輕柔起來。

沈菲琪和沈飛麟衝了進來，就看到自家爹娘如此親密的樣子，兩人懵住了。

一家四口面面相覷，都僵著臉。

此刻，沈大拿著手裡的簪子，卻無從下手。

沈三接過簪子，輕輕地擰了幾下，釵頭上的花朵瞬間就綻放開來，花蕊處彈出一截紅色的東西。

沈三看了沈大一眼，兩人都有些驚詫。還真是鬼斧神工啊！

他輕輕地拈起紅色物體，慢慢地抽出來，是個細長的柱形物件，再次擰開，裡面放著比綠豆還小一些的白色藥丸。

兩人這才鬆了一口氣。這應該就是解藥了。

馬文這會子已經有了力氣，便帶著沈大、沈三去給眾人送解藥。

石榴先是去廚房燒了些熱水，才轉回堂屋，想去看看主子怎麼樣了？

安郡王此刻正坐在堂屋裡，白遠跟在身邊伺候，見石榴走進來，不由戒備地打量兩眼。

石榴眼神一閃，福了福身，便朝裡間的方向而去。

白遠瞳孔一縮，然後貼在安郡王耳邊說了一聲。

安郡王眉頭微擰，狀似漫不經心地瞥向石榴垂在兩側的手。

她走路的時候，手擺動的幅度就如同被丈量過一般，這是為了能在第一時間抽出藏在腰上的暗器，而特意訓練出來的。

這樣的人，只有一個地方有！

安郡王心裡頓時驚濤駭浪。他若無其事地收回視線，對白遠道：「把堂屋的門關上，怪冷的。」好似他之所以盯著石榴看，只是因為她進來後沒有順手關上門。

白遠應了一聲，配合道：「雪越發大了，風也邪乎得很，這火牆也不暖和啊！」

正說著話，就見裡屋的門簾被撩起，沈懷孝扶著蘇清河從裡頭走出來。

安郡王把視線落在蘇清河的臉上，放在大腿上的手，不由得緊緊攥起。

沒錯，是她！當年，母妃生的根本不是一對孿生兒子，而是一兒一女。那麼，為了奪寵而溺死親生子的罪名，是不成立的！

宮裡傳言，因為他與父皇長得相像，所以在有一個被貶入冷宮的生母的情況下，依然沒被過分冷落，可他心裡卻清楚，事情根本不是傳言中的那麼簡單。

母妃雖在冷宮，可依然康健地活著；雖然沒有自由、沒有奢華的生活，但衣食還是有保障的。

這在吃人的後宮中，若沒有人在暗處護著，是斷不可能做到這樣的地步。而這個護著母妃的人是誰？誰才有這個能力？安郡王在看到石榴以後，心裡便有些確定了。

原來，他要尋找的真相，父皇早就清楚。

父皇什麼都知道，卻什麼都瞞著，究竟是怎麼打算的？不過，既然父皇沒有說破，那麼，他也不能說破。

安郡王看向蘇清河的眼神，有些心疼。看著這張跟他有著八成相似的臉，他此刻的情緒複雜難言。

白遠膝蓋一彎，要不是安郡王攔著，他險些跪下去。這張臉只比自家殿下還要柔和一些而已。

跟著爹娘走出來的沈飛麟，看了一眼堂屋中的情形，心裡就有些明白。

那位坐著的人，出身相當顯貴。腳上的靴子，暗紋繡著三爪金龍，代表此人至少也是個郡王；再看他的氣質，定是久居上位者；還有長相，雖然大鬍子遮住了半張臉，可那眉眼，卻總是遮不住的。

「石榴。」沈飛麟不習慣叫石榴姊姊，他直接吩咐道：「那位是爹爹的上司，身上有傷，這屋裡太冷，一會兒寬衣上藥，只怕會受不住。妳去把火牆燒起來，不怕熱，就怕不夠熱。」他找了個藉口支開石榴。

屋裡的大人不由得把視線落在一個三歲小兒身上。玉雪一般的小人，嚴正地板著一張臉，真是萌得人一臉鼻血。

石榴馬上點頭，轉身出去了。堂屋的門，重新關上。

蘇清河吸了一口氣。別人看得出來，她自然也看得出來。不用說，她也知道這位貴人應該是她的骨肉至親。

她深深地朝眼前的貴人福了福身，安郡王趕緊起身攔了。「身上有傷，免禮吧！」

蘇清河點點頭。「寬了上衣，讓我看看你的傷。」

沈懷孝進裡屋把藥箱拿出來，放在蘇清河隨手能拿到的地方。

蘇清河一看見安郡王的傷，馬上倒吸一口涼氣。「雖然做了止血處理，但傷口太深，不容易癒合。好在冬天傷口不易感染，但至少也得兩個月的時間才能好全了。更何況傷在背後，最好能臥床休養，不可長途跋涉。」

安郡王皺眉道：「不行！這裡不安全。包括你們，都不能在這裡久待。最多半個月，這已經是極限了。」

蘇清河心裡一嘆，她道：「那我只能用針把傷口縫起來，這樣大概十天左右，傷口就能癒合了。不過，針穿肉很疼，我現在藥材不足，沒有太過有效的止疼湯藥。」

安郡王一愣。「還可以縫起來的嗎？那就縫起來吧，疼一點，不是什麼大事。」

蘇清河看向沈懷孝，徵求他的意見。

這位貴人雖然可能跟她有某種關聯，但究竟是什麼身分？能不能被這樣粗暴對待？蘇清河心中沒底。

「這位是安郡王，四皇子殿下。」沈懷孝看了安郡王一眼，才對蘇清河說道。

「四皇子?!」蘇清河放在醫箱上的手僵住了。

四皇子，是冷宮裡的娘娘所生，那位娘娘曾是賢妃。蘇清河不由得想起那枚血紅玉牌上的「賢」字。

她收斂神色，看向安郡王的神色更複雜了兩分。「原來是四皇子殿下，我會小心的。」雖然沒有相認，但她也沒刻意再去行禮。大家都心知肚明的事，不挑破總有不挑破的緣由。

「我暫時用金針替你止疼，但也只有一些緩解作用。」蘇清河示意白遠扶著安郡王，趴在臨窗的炕上。

沈菲琪趕緊把枕頭放好，讓他能躺得舒服一點。然而此刻，她的心裡卻震驚無比。原來這就是安郡王，他或許是自己的親舅舅！難怪上輩子安郡王會給世子定下她為世子妃。只是那時候娘和弟弟都死了，爹趕到的時候，連屍體也火化了，再也無從證明娘的身世。

上輩子一直不知道還有這樣的內情在，她真是活得糊塗。

安郡王揉了揉沈菲琪的頭。「這丫頭，真得人疼。」說著話，就順勢趴下來。

蘇清河笑笑，拿出手術包。裡面的工具不能跟現代比，但放在當下，絕對算得上是頂尖的。縫合線用的是桑皮線，而消毒用的酒精則是她自己提煉出來的。

她擺弄著手裡的器械，有些感慨。現代人都以為外科手術都是西方引進而來的，其實這是謬誤。中醫學歷史悠久，曾創造出許多簡單易行的外科手術療法和外科醫療用品，比如，切開引流、麻醉、清創縫合、截指、腸吻合、兔唇修補等手術方法和外科應用器材。

對於手術用的桑皮線，古代醫書多有記載，而桑皮本身，也是有藥用價值的。桑皮線，就是取桑樹之根皮，去其表層黃皮，留取潔白柔軟的長纖維層，經加工而成的纖維細線。桑皮線不僅製作方法簡單，應用方便，且不易折斷，更有藥性平和、清熱解毒，促進傷口癒合的治療作用。

這些東西，讓她這個現代的外科大夫，都不得不嘆為觀止。

白遠看著蘇清河手裡的針，倒吸一口冷氣。這東西在肉裡扎來扎去，能不疼嗎？

而沈懷孝在第一時間，就抱起炕上的兩個孩子，送去裡間。「乖，你們該去睡覺了，咱們不看那個。」他怕嚇著孩子。

蘇清河鬆了一口氣的同時，不免在心裡暗道：這人進入角色還挺快的嘛。

安郡王見堂屋裡沒有外人，就低聲問道：「這些年，過得還好嗎？」

蘇清河手一頓，點點頭。「挺好的。」她收斂心神，用酒精擦拭傷口，轉移話題道：「搽這個是消毒的，很疼，忍住。」

安郡王悶哼出聲，這玩意兒酒味大，螫得人火燒火燎的疼。這股疼還沒過去，就感覺針扎在肉裡帶著線穿梭。他馬上咬住枕頭。要是叫出聲來，可就丟人了。

白遠看著蘇清河表情淡然地縫合，針腳整整齊齊，心裡覺得這位主子未免心太狠。

等沈懷遠出來的時候，蘇清河已經進入尾聲了。不得不說，縫合以後的傷口，已經不那麼可怖了。

蘇清河重新給傷口上好藥。「今晚就這樣吧。明天抓了藥回來，喝幾服止疼消炎的藥湯就行。」說著，用細布把傷口包紮起來。

安郡王疼得一身汗水打濕了枕頭，不過，到底還是沒吭一聲。這讓蘇清河有些佩服。

白遠拉了被子給自家主子蓋上。「胳膊上還有傷，您給瞧瞧。」他說完就有些後悔。要是再縫，主子還得受罪。

蘇清河看了下傷口，搖搖頭。「無礙，不用縫合。上點藥、包紮一下就好。」

白遠這才鬆了一口氣，明顯感覺主子不那麼緊繃了。

蘇清河看向沈懷孝。「你肩上的更麻煩。」說著，她取出類似鉗子般的工具。

沈懷孝連同圍觀的兩人，齊齊打了個冷顫。

在替沈懷孝處理完傷口後，蘇清河就感覺身子有些搖搖欲墜。「還有沒有重傷的？抓緊時間吧。」

安郡王看了白遠一眼，白遠才道：「小的上點藥就好。」

蘇清河知道他們的顧慮。畢竟男女有別，不好讓她親自動手，於是笑道：「交代石榴一聲，她的縫合之術是我教的，在兔子身上試過，還不錯。若是有傷得深的人，也別撐著，找她幫忙吧。」

白遠點頭，感激地應「是」。在他看來，能縫住就行，美不美觀的，無甚大礙。

沈懷孝咬牙起身，扶了蘇清河。「走，進去歇了吧。」

蘇清河頭暈目眩，靠著沈懷孝進了裡屋。

沈懷孝將蘇清河安置好，見她實在沒精神，腰上隱隱又有些血跡。看來傷口又裂開了。

「妳安心歇著，我就守在外面。一會兒讓那個叫石榴的丫鬟過來，先給妳看看傷口吧。」

蘇清河搖搖頭。「我的傷藥很好，暫時不用動，明天我自己處理。」她睜開眼，看了看沈懷孝。「你也去歇了吧。」

沈懷孝心裡是想進來照看他們母子，但外面還有許多事情要處理。他沈默半晌才點頭，給兩個孩子蓋好被子，便轉身出去了。

第十章　家主

堂屋內，火牆燒得熱呼呼的，將酷寒擋在外面。

「咱們的人都安置在前院，大通鋪的炕熱，火牆也暖和。灶上已經燒了熱水送過去，那個丫鬟也去瞧傷了，沈將軍的兩個護衛安排得很妥當。」白遠提起爐子上的銅壺，給安郡王泡茶喝。「就是普通的茶，殿下湊合著解渴吧。」這茶葉還是自己在堂屋裡找出來的。

安郡王連灌了兩杯。「有口熱的就成。主人家如今還忙著，顧不上招待咱們……」

沈懷孝剛出來就聽見這話，他歉疚道：「殿下，寒舍簡陋，伺候的人也少，讓殿下受委屈了。」

安郡王瞥了沈懷孝一眼。他怎麼忘了！認真算起來，沈懷孝才是這個家的主人。他頓時不悅地哼了一聲，看向沈懷孝的眼神，有些挑剔。

遼東的冬天漫長而寒冷，所以，即便在堂屋，也是有炕的。不過這炕有些窄而長，平時當作待客的坐榻使用，若要睡人，也是可以的。

安郡王坐在炕上，占著一頭，沈懷孝自然占著炕的另一頭，中間隔著兩張炕桌。

沈大提著食盒進來，就見到自家主子靠在炕頭上，被子也搭在身上，他忙湊過去。「灶上的婆子身上毒解了，便簡單收拾了點吃的，給殿下和主子用。」

說著，就打開食盒。裡面不過兩樣鹹菜、一碟子餑餑和一大盆濃濃的骨頭湯。

兩人確實餓了，就著湯吃了幾個餑餑才算止餓，剩下的沈大和白遠全都吃光了。

沈懷孝擦了嘴，問沈大。「馬六和文萊呢？叫進來，我有話問他們。」

沈大替兩人捏了一把汗。這兩人當真算得上失職了，他不敢替他們求情，低低地應了一聲，轉身出去叫人。

兩人一直膽戰心驚地等著主子召見，所以來得很快。

見到沈懷孝，馬六和文萊馬上跪下請罪。「屬下失職，請主子降罪。」

沈懷孝看著兩人身上狼狽不堪，他嘆了口氣道：「起來吧。今兒在外面凍了那麼長時間，就別跪著了，地上涼。」

文萊和馬六謝了恩，相互攙扶著站起身來。他們一個年紀大了，一個腿腳不靈便，跪著也是受罪。

沈懷孝道：「說說事情的經過吧。」

馬六點點頭。「說起來，這件事最一開始是夫人發現的。」他將蘇清河直覺感到危險的事，說給沈懷孝聽。「後來屬下去找譚三海，才發現譚三海的不妥之處。」

沈懷孝眉頭微皺，心中暗道：直覺有危險？這個理由，怎麼聽都覺得牽強。

一直閉著眼睛、默默聽著他們說話的安郡王，此時眼皮微微動了動。這樣的理由，根本無法取信於人。那麼，第一個疑團來了。蘇清河的消息究竟從何而來？

沈懷孝摩挲著手上的扳指，低聲道：「繼續說。」

文萊接過話頭。「屬下讓喜娃去譚記酒館監視，這才發現了那個叫做梅香女人。只是那個女人從沒有出過譚記酒館，對於她的來歷，屬下能打探到的甚少，甚至連她是否在衛所隱藏其他人手，都未曾打探到。而咱們的人手，卻反被那個女人探知，在關鍵時候下了巴豆，致使屬下無人可用。」

沈懷孝點頭，臉上沒有露出異色，讓兩人心中不由得更加忐忑。

馬六繼續接著說：「後來，夫人找了屬下問話，言談中猜出屬下是主子留下的人，並且知道了譚記的事。夫人還問了好些事，為了不讓夫人誤會主子，屬下不得不回答夫人的問題。據夫人說，咱們這邊的消息，都是石榴透露給夫人的。」

沈懷孝眼睛一瞇，看向馬六的眼神有些凌厲。「這麼說來，府中的事，夫人也已經知道了？」

「是……」馬六垂下腦袋。「夫人對屬下並不信任。」

安郡王心中冷笑。知道你另娶夫人，她要是還對你信任有加，那不就是傻子嗎？

沈懷孝閉了閉眼，心裡苦笑。難道她認為他會殺妻滅子嗎？

「但從夫人的話裡，屬下能感覺得到，她對石榴也是不信任的。」馬六趕緊補充。

安郡王又在心中嘲諷一笑。這不是廢話嗎？這樣做，才能讓你們相互牽制對方。

「後來呢？說說今晚的事。」沈懷孝追問道。

「今晚，夫人要我們都警醒些，好似早就知道有人會動手。接著，她讓屬下在院子裡燃起火堆，屬下以為這不過是欺敵之術，好拖延一些時間。誰知，夫人竟不聲不響地下了毒，先把我們自己人迷倒，然後，把敵人都引了出來。」馬六回道。

「那夫人是怎麼知道刺客已經靠近了？要知道，這毒藥下的時機，可是早一點不行，晚一點也不行啊。」沈懷孝問道。

馬六低頭，有些慚愧。「屬下不知。只是如今想起來，那時候似乎有一股特別濃的梅花香氣，應該是那個女人身上的味道。」

沈懷孝皺眉。「那些刺客全都是死士，可見其組織嚴密，怎麼會留下如此特殊的氣味？這種錯誤，連一般的護衛都不會犯。」

馬六搖頭。「確實有一股子梅香，這也正是屬下不解的地方。」

文萊認同地點點頭，確定馬六所說屬實。

沈懷孝得不到答案，只得暫時擱置這個問題，又問道：「你們說，那些黑衣人明知道靠近火堆有危險，還一再靠近，這不是犯蠢嗎？」

文萊解釋道：「屬下猜測，這可能跟他們組織的規矩有關。那個叫梅香的女人，是第一個靠近火堆並中招的人，她可能是這個組織的頭領，身分地位不一般。而其他人明知道凶險還前仆後繼，估計是想救她。最後出現的白衣人，在那般重傷的情況下也要帶走梅香，屬下覺得，這種可能性還是很大的。」

「你覺得白衣人和黑衣人是一夥的嗎？」沈懷孝問道。

「不是！但必然有某種關聯，或者說，背後的人有某種關聯。」文萊沈思後，才道。

「也就是說，今晚除了咱們的人，還有三撥人。」沈懷孝低聲道。

「是的。梅香帶來的黑衣人，最後出現的白衣人，還有石榴。」馬六道。「不過石榴對夫人應該沒惡意，但對我們卻格外戒備。」

「那石榴和馬文又是怎麼回事？他們用的解藥，跟你們並不一樣。」沈懷孝看著馬六，問道。

馬六眼神閃了閃，低聲道：「是兩個小主子用帶毒的匕首，將那兩人傷了。」見主子驚愕地張大了嘴，馬六趕緊補充。「這不能怪小主子，只怪這兩人相互猜疑，都在指責對方不懷好意。小主子不敢輕信他人，只能傷了他們，但到底慈悲，留了二人性命。」要是換成致命毒藥，他們兩人的小命可不就沒了嗎？

安郡王睜大眼睛，不敢置信地問：「兩個三歲的毛孩子，怎麼可能傷得了他們？」

馬六的頭都快埋到胸前了。「屬下問過馬文，那小子說，完全是趁其不備，而且下手毫不猶豫，極為果決。馬文那小子也是習過武的，小主子們但凡有一點猶豫，定會被察覺。」

安郡王嘴角翹起。果然是粟家的血脈！這分狠勁，絕對是皇家的種。

沈懷孝不知該驚還是該喜，他吩咐道：「都把嘴給我閉緊了，不許透露出一點風聲。」

兩個孩子小小年紀，若是傳出狠辣的名聲，終究不好。

安郡王不屑地撇撇嘴。他果然是沈家人，虛偽！就算被人知道兩個孩子心狠又怎麼了？不狠毒一些，早成了冤死鬼。

等兩人下去，沈懷孝才道：「孩子們做的事，還請殿下代為保密。」

安郡王不屑地笑道：「本王的外甥、皇上的親外孫，誰敢說什麼？」

沈懷孝不悅地道：「在下聽聞殿下對世子的教導極嚴厲，世子還是皇孫呢；再說，他們的身分，或許永遠都不會被承認。」
安郡王臉上的表情一收，帶著幾分冷冽。「這個不勞你操心！太子比我還急著要恢復妹妹的身分。」
沈懷孝眉頭一皺。「殿下的意思是……太子是想藉機剷除異己？那麼，大皇子豈不是……」
安郡王眼睛一閉。「這可是你說的，本王什麼都沒說。」
安郡王和沈懷孝點到為止，對於剛才的話題，都沒有深談。有些事情，可意會卻不可言傳。
兩人身上有傷，當晚就在堂屋的炕上歇了。這也是因為安郡王和蘇清河兩人是兄妹，才沒有避諱，要不然，說什麼都要讓他挪到前院去的。
第二天，沈懷孝一睜眼，就見自家閨女趴在他的枕頭邊上。巴掌大的小臉，圓鼓鼓的，桃紅衣衫更襯得小姑娘白嫩水潤。一雙眼睛像足了他這個當爹的，水亮水亮；睫毛像是兩把小刷子，一眨一眨的，讓看的人心都跟著軟了起來。
「睡得可好嗎？」沈懷孝坐起身，揉了揉閨女的腦袋，才發現這丫頭頂著一頭亂糟糟的頭髮。「怎麼沒梳頭就出來了？」
沈菲琪的眼神閃爍了一下。上輩子，可都是爹給她梳頭的，一直梳到十二歲。她吸吸鼻子，緩緩道：「娘還沒醒，我不會梳頭。」

她上輩子是真不會梳頭，先是爹慣著她，天天親自給她梳；後來又有專門梳頭的丫鬟。這輩子，娘總是親手打理他們姊弟倆的事，她也沒親自動過手。何況，大冬天穿著厚棉襖，胳膊想抬起來可不容易。

沈懷孝呵呵一笑。「不打緊，爹起來給妳梳。麟兒呢？還沒起嗎？」

「早起了。」沈菲琪撇撇嘴。「說是要去叫人把前院的屋子都收拾出來，要不然不好接待來客。」

沈懷孝明白了。這是要把前院的正房收拾出來，給安郡王住；其他的廂房則給護衛住。

剛要說話，就見沈三抱著沈飛麟進來了。

沈飛麟端著一張臉，很有幾分氣勢。「放小爺下來。」

沈三呵呵一笑。「遵命！我的小爺。」

沈飛麟站穩身子，眉頭一皺。「我的話，你趕緊去辦。讓馬六和馬文住在門房，正屋給貴客住，兩側角房給親隨住。廂房收拾出來，一邊住護衛，一邊住我爹的人。前院有個廚房，讓啞婆收拾出來，再讓馬文從外面雇上兩個婆子，給你們做飯。可都記好了？別辦差了。」

沈三原本嬉笑的臉色，頓時認真起來，他看了沈懷孝一眼，見對方點點頭，他才點頭應下。「少爺放心，差不了。」

沈飛麟哼了一聲。「小爺吩咐的話，你看我爹幹什麼？我爹的人，我不能用嗎？」

沈三趕緊陪笑，連稱不敢。

沈懷孝擺擺手，讓沈三退下，才招手要兒子過來。「外頭怪冷的，你讓下人傳個話就好，何必親自跑出去？」

「雪下得這般大，不趕緊打發人去買藥怎麼行？」沈飛麟看見沈菲琪頂著鳥窩頭，不禁皺眉，他轉過頭裝作沒看見，只道：「我讓文萊和那個喜娃去辦藥材了。另外，天還沒亮就收到了幾張拜帖，總得回覆吧？」

這小大人般的樣子，讓沈懷孝忍俊不禁。「拜帖的事你不用管，他們樂意等，就讓他們等。衛所出了這麼大的事，他們對消息也太遲鈍了些。」說著，就不由得冷笑起來。

沈飛麟有些明白了，看來他這個爹，是故意要晾著那些人。

這就有些遷怒的嫌疑了。刺殺的事，別人怎麼可能提前知道？即便知道得晚了，也情有可原，畢竟像昨晚那樣的大雪天，人人都躲在家中，誰還出門呢？再說了，刺殺這種事，即便人家真的避開了也無可厚非，趨利避害是人之常情嘛。

他沒再多說什麼，朝父親點頭，然後轉向沈菲琪。「進去梳頭。」

沈菲琪戳了戳沈飛麟。「我是姊姊！不要你管。」小屁孩，一點也不可愛。

「進去自己梳！」沈飛麟可不會寵她。要想有長進，就得吃點苦頭，再不能讓人慣著她。

沈菲琪眼睛一瞪。「爹爹說要幫我梳，誰理你？」小屁孩，管得還挺寬。

「不行！要自己學著梳。」沈飛麟瞪回去。這丫頭真是白活了一世，怎麼還是不懂靠別人不如靠自己的道理。

沈懷孝揉揉額頭。「乖啊！爹爹都回來了，給琪兒梳梳頭也沒什麼，你們就別吵了。」

沈飛麟斷然道：「不行！難道爹爹能幫她梳一輩子？」

「都怪爹爹不好，等安頓好了，爹爹給你們買一些丫鬟、婆子，專門伺候著。」沈懷孝低聲哄道。這大戶人家出身的孩子，哪個不是奴僕成群？是他讓這兩個孩子受苦了。

「靠天、靠地、靠爹、靠娘，都不如靠自己。」沈飛麟看向沈菲琪。「娘說的話，妳忘了嗎？」

沈菲琪垂下眼簾，不聲不響地下炕，進了裡屋。

沈懷孝看見閨女的樣子，以為她心裡委屈，就道：「你怎麼能這樣跟姊姊說話呢？」

安郡王已經醒了半天，聽著父子三人說得起勁，就沒動。

這會子聽見沈懷孝似乎打算責備沈飛麟，他馬上替沈飛麟說了公道話。「麟兒說的才是正理。」他看了沈懷孝一眼。「別拿沈家的那一套教孩子。你不知道，我們這些個皇子，從小雖有嬤嬤和宮人服侍，但一應事情都得自己先學會了才行。讓人伺候是一回事，自己會不會又是另一碼事，自己都不會，怎麼知道下人幹得是好是壞？我們兄弟雖沒進過廚房，但燒水、泡茶這些瑣事，還是父皇親自教導的呢。」

沈懷孝狐疑地問道：「府裡的小世子也是如此嗎？」

「這個自然！像是騎馬狩獵，自己的獵物得自己處理，開膛破肚、扒皮抽筋後，再清洗乾淨，自己烤、自己吃。」安郡王正色道：「這才是真正為孩子好。」

沈飛麟暗暗點頭。他也曾是皇子，皇子遠不是別人想的那般輕鬆，他們面對的教養更加嚴苛。皇家的體面，都是下了苦功夫得來的，不是誰一生下來就與眾不同。

正說著話，沈大和白遠便進來了，兩人端著熱水，打算伺候主子梳洗。

石榴也跟著進來了，她先去看了看還在昏睡的蘇清河，然後才索利地把堂屋的炕收拾好，擺上炕桌，朝沈懷孝問道：「要現在擺早膳嗎？」

「擺吧！」沈懷孝點頭。估計大家都餓了。

石榴退了出去，就聽見白遠小聲地跟安郡王彙報。「昨晚追過去的兩個人回來了，不過沒有追到，在衛所西邊的林子裡，失去了蹤跡，小的懷疑有人接應。」

「早料到了。」安郡王點頭，盤腿坐到炕桌邊上，等著早飯。「那不是一般的刺客，能在衛所隱藏許久，肯定留有退路，沒追到人，也只是進一步印證我的猜想罷了。賞他們白銀百兩，讓他們吃飽了就歇著吧，咱們還得在這裡休整一段時日，最起碼得等這雪停了再走，都趕緊養傷吧。」

「屬下明白！」白遠回道。出去的時候，順手揉了揉沈飛麟的頭。

沈飛麟一個冷眼掃過去，沒把白遠嚇住，倒把屋裡的人給惹笑了。

「好了，到爹爹這兒來。」沈懷孝招手。「別總板著一張臉。」

沈飛麟面對沈懷孝時，感情是複雜的。

這個爹跟蘇清河那個娘不一樣。他在娘胎裡就有記憶，他知道是那個女人生養了他；再加上娘這三年來對他無微不至的照顧，以及捨身相救的情誼，在他心裡，對蘇清河這個母親是認可的。

可是父親呢？

他的心思不由得飄到那個身穿龍袍的男人身上。他有後宮佳麗無數，兒子就二十多個，他只是其中之一罷了。雖然他是寵妃的兒子，比別的兄弟見到父親的機會多一些，但也只是在父親心情好的時候，被當作貓狗一樣地逗弄，說到父子之情，全然沒有。

所以，對於這個突然出現在生活裡的父親，他心懷戒備，卻又不由自主地想要靠近。

沈懷孝看著兒子眼裡閃過傷感，心裡不由得微微澀然。自己作為父親，是不稱職的，在孩子的成長中，缺失了整整三年。

他俯下身，把兒子抱到炕上來。「該吃飯了，坐上來吧，地上多冷啊。」

外面風雪交加，一點也沒有停下來的跡象。石榴進來時，身上落下了不少雪花。

早飯是紅棗南瓜小米粥，裡面還加了葡萄乾；還有用鴿子肉做的小籠包子和蒸餃；再加上木耳炒肉、溜肝尖，以及之前儲藏下來的菠菜。

簡單清爽，都是補血的菜餚。

安郡王暗暗點頭。這樣的安排，也是費了不少心思。在這大雪天，能吃到綠瑩瑩的菠菜，委實不容易，不由讚道：「安排得不錯。」

「您吃得滿意就好。」沈飛麟一本正經地客套道。

安郡王拿著筷子的手一頓，不知道該怎麼接話。

沈懷孝哭笑不得。「兒子，爹回來了，這一家之主，是不是該讓給爹了？」

沈飛麟愣了一下，才微微點頭。

此時，沈菲琪從裡屋出來，頂著一對大小、左右皆不對稱的麻花辮子，開心問道：「爹這次回來，就不走了吧？」

沈懷孝把閨女拎上來，抬手將她頭上的絹花整理一下。看起來順眼多了。「吃飯吧！」對於走不走的問題，卻避而不談。

沈菲琪難得地機靈了一次，沒被糊弄過去。「爹爹不會再扔下我們不管吧？」

沈懷孝看向安郡王，一時有些為難。是帶他們去西北涼州，還是送他們回京城？他還有些拿不定主意。

第十一章　夫妻

沈懷孝的視線落在安郡王身上，緩緩說道：「在下原本打算，將他們母子三個帶到涼州……」

「那很好啊！」安郡王挾了一個包子，迫不及待地接了一句。

沈懷孝哪裡不知道安郡王的意思，但他考慮得更多一些。

他心不在焉地喝了口粥，才道：「如今涼州不安穩，今年冬天格外地冷，明年開春又免不了一場大戰，一旦開戰，什麼情況都可能發生。可若是回京，也未必就要回沈家，那個家，連我都不想回去，怎會捨得讓他們去受苦？」說著，不由得把視線落在兩個孩子身上，眼神也跟著柔和起來。「把他們放在京城勛貴的眼皮子底下，僅憑他們的長相，那些懷有歹意的人也不敢輕舉妄動。越是靠近天子腳下，越讓人心存顧忌。」

安郡王白了沈懷孝一眼。「你只知其一，不知其二。那些刺客背後都是些什麼人，你心裡沒數嗎？他們都衝著小小的衛所使勁，難道皇上會沒有察覺？你覺得皇上會不知道妹妹的真實身分？那為什麼明知道，卻還不動聲色？換句話說，就是時機尚未成熟，還不到揭開這個秘密的時候。此時，你若貿然把人送到京城，還指望皇上能保住她？跟皇上日夜籌謀的大事相比，他們的命又算得了什麼呢？」

他搖搖頭，語氣裡有些澀然。「關鍵時刻，你還不如麟兒清醒。孩子尚且知道靠天、靠地，不如靠自己。涼州雖危險，但都在你我的掌控範圍之中，若真到了京城，那才是鞭長莫及呢。連本王在京城都處處受制了，更何況是你？」

沈懷孝聽了安郡王的話，背後冒起了一層冷汗。這些事他不是沒想過，只是他仍對皇上報以期望。如今，安郡王的話如同當頭棒喝，讓他瞬間清醒過來。

是啊，天家無父子！

更何況，蘇清河只是皇上遺失在民間的女兒，從沒與皇上一同相處過，自然就少了情感的羈絆。

沈懷孝鄭重地向安郡王道謝。「多虧殿下提醒，在下險些犯了大錯。」

安郡王笑道：「如今，你也不是外人了。」親妹夫，算得上自己人。

沈菲琪咬著蒸餃，有些出神。

上輩子，爹爹帶著她在涼州生活一直到十二歲，這期間從沒聽說要送她回京城，這一世怎麼不一樣了呢？

沈飛麟低頭，專心地喝粥，他有些明白自家爹爹的心思了。

在爹爹的心裡，其實是比較想帶他們去涼州的，可在這之前，他必須先試探出安郡王的想法。他必須知道，去京城後，他們母子有幾成的機會能被皇上關照？若是去涼州，安郡王對他們母子回護的程度又會有多深？

只是，真正面對答案時，看爹爹的反應，肯定多少有點被嚇到了。比如那坐在皇位上的人一直洞若觀火一事，定是他根本就沒想到的。

之後，安郡王和沈懷孝兩人都沒再說話，這頓飯用得心事重重。

用完早飯後，安郡王揉了揉沈飛麟的小腦袋，樂呵呵地道：「好好照顧你娘，本王去前面瞧瞧你讓人收拾好的屋子。」

沈飛麟微微作了一揖，跟著笑道：「殿下慢走。」

聽見小外甥客氣地稱呼自己為「殿下」，安郡王有些無奈地笑了笑。「沒人的時候，就叫舅舅吧。」

沈飛麟還沒有開口，沈菲琪馬上笑逐顏開地叫了聲「舅舅」，惹得安郡王歡喜地摘下腰間的配飾就遞過去。「玉珮給琪兒，玉牌給麟兒。」

兩人不約而同地抬頭看向沈懷孝，直到沈懷孝點頭，才接過去，又道了謝。

安郡王見兩個孩子小小年紀，被教導得大方知禮，暗暗點頭。

這樣的孩子，想必會更得父皇喜愛吧。

送安郡王去了前院，見一切都妥當，沈懷孝沒有停留，馬上回了後院。

一方面是安郡王那邊的事，他不好旁聽；二是天冷，他不願意在外面杵著，還得煩勞別人招待他；三是蘇清河的傷，讓他很掛心，她到現在都還沒清醒。

進了裡屋，就發現石榴正在給蘇清河換藥。

「感覺怎麼樣？」沈懷孝見蘇清河醒了，馬上湊過去小聲問道。

蘇清河有氣無力地點頭。「外面都安排好了嗎？」

「有我在，妳安心吧。」沈懷孝點頭。「都安置好了，這些事妳別操心。」他看了一眼她的傷口，倒是不深，這才放下心來。

蘇清河點點頭，表示知道了，又朝石榴吩咐道：「一會兒煎了麻沸散來。」

石榴猜測她想自己動手縫合傷口，就道：「麻沸散一用，全身都麻醉了，您要怎麼縫合？」

「在藥效起來之前縫合，也就疼那麼一會兒工夫。手腳麻利點的話，受的罪就更小了。」蘇清河埋怨石榴。「當初讓妳學，妳不用心，縫合的傷口歪七扭八，太難看了。還是我自己來吧。」身上留下醜醜的傷疤，這是她不能忍受的。

「那是在腰上，又沒人看得見，怕什麼？」石榴小聲地嘟囔。

誰說沒人看得見？我也是有男人的，好嗎？

蘇清河沒有言語，不過還是瞥了沈懷孝一眼。

沈懷孝後知後覺地反應過來。這看得見她腰的人，可不就是他嗎？臉上有些不自在，他低聲咳嗽一聲。「那個，我不嫌棄。」

蘇清河愣了一愣，才明白他的話是什麼意思。

她暗自翻了個白眼，想道：誰在乎你嫌不嫌棄？是我自己嫌棄。

石榴麻利地幫蘇清河包紮好傷口後，就有些不好意思地退了出去。

蘇清河靠在抱枕上，頭髮散落在旁邊，身上披著棉襖，閉目養神。

沈懷孝則靜靜地坐在炕沿上。

兩人一時無話，就這樣對坐著。

外面時不時傳來兩個孩子爭執的聲音。如今正是該念書描紅的時辰。

「要不要吃點東西？」沈懷孝打破沈默。

「啞婆一會兒就讓人送來了。」蘇清河回道。她也確實餓了。

能得到回應，讓沈懷孝鬆了一口氣。他斟酌了半晌，才道：「京城裡的事情，妳都知道了吧？」

蘇清河挑挑眉。「京城裡的什麼事？」她裝起了糊塗。

沈懷孝看著蘇清河，她的臉色蒼白，本是颯爽之姿的女子，平白多出了幾分柔弱來。那明亮的鳳眼，不同於皇上的威嚴和安郡王的凌厲，而是澄澈如水，又深沈如淵。鼻子挺直，沒有絲毫女子該有的圓潤柔和之色，卻意外的有另一種俐落幹練的美感。嘴角微微翹起，這是唯一不像皇上和安郡王的地方，可也讓身為女子的她，氣質為之一變，讓人覺著可親許多。

時隔四年，再次面對她，已沒有了初見的驚嚇。

他竟然發現，她其實是極美的。即使與安郡王再相像，男女的差異，也使得兩人的氣質完全不同。

他看著她的眼睛，有些愧疚道：「輔國公府的事，妳都知道了？」

蘇清河微微一笑。「我當初嫁的是沈念恩，如今你是誰？」

沈懷孝動了動嘴，沈吟半晌，才道：「當初，我不是有心欺瞞。清醒的時候看見蘇大夫用梅花金針，我也只是詫異了一下而已。師出同門的人多了去，我並沒有把他和京城太醫院的『金針梅郎』聯想在一塊兒。直到他臨終前，找上了我，讓我無論如何要照顧好妳，並要將妳許配給我，他說，妳的身分完全能配得上我，配得上我的門第。當時，我有過各種猜測，但還是應下了這門婚事，不為別的，只因為他救了我的性命，妳就當得起我沈懷孝的妻子。」

他微微停頓了一下，見蘇清河的表情沒有異樣，才又接著道：「可是挑開蓋頭那一瞬間，看見妳的臉，我當時差點嚇傻了，馬上意識到事情不對。但人已經進了洞房，還能怎麼辦？要是讓妳在新婚之夜獨守空房，如此的羞辱，我怕妳承受不住；而且，明知道妳的身分，我哪裡敢這樣對待妳？當時就想著，即便妳是公主，我一個輔國公府的嫡子，也是夠資格娶妳的，這樁婚事，算得上是天作之合。」

他看向蘇清河，不由得想起那一晚。

這幾年，他常常夢見她，夢見那如雪如玉般的肌膚，那如泣如訴的呻吟。他想，他其實是喜歡她的，雖然不至於愛入骨髓，但至少，也深埋在心底了。

蘇清河還是第一次聽人說起養父的事，她不由得問道：「你是見到我的相貌，才猜出養父的身分？」

沈懷孝點點頭，苦笑道：「一見到妳，所有的疑惑就都解開了。當年賢妃生產之後，那晚在宮裡當值的太醫『金針梅郎』韓素，和賢妃的貼身嬤嬤就消失了。而蘇大夫名叫蘇寒，不就是韓素倒過來唸？那我還有什麼好不明白的？」

蘇清河聽到他提起賢妃，心裡不由得有些唏噓。

她也失去過孩子，作為一個母親，能夠想像得到賢妃的感受和心情，不由得問道：「賢妃……她還好嗎？」

沈懷孝心裡有些不是滋味，原來她在意的，並不是他有沒有另娶他人。「後宮之事，我所知不多，不過安郡王應該是清楚的。要不然，我去問問？」

「不必。」蘇清河搖搖頭，閉上雙眼。「我尚且自身難保，知道了又能怎樣呢？」

沈懷孝無語，他輕輕地拉過她的手。「我想說的是，家裡另外給我娶妻的事。」說到這裡，他覺得有些難以開口。「我知道妳受了委屈。」

他看著蘇清河的眼睛，話怎麼也說不下去了，這何止是一句「受了委屈」就能說清楚的？可是，他也委屈，他的委屈又該怎麼辦呢？

即便他真的死了，他名義上的妻子，也不能是個人盡可夫的女人。

可是，誰又為他想過？為了家族的利益，誰會在乎他的感受？沈懷孝心底不由得泛起一股子悲涼。

或許，當沈念恩，能比當沈懷孝活得更自在些。

蘇清河垂下眼簾。此刻她該怎麼抉擇？

他是兩個孩子的父親，即便將來她的身分被承認了，可在這麼一個父權社會中，她不能不考慮自己的決定對孩子的影響。

女兒要婚嫁，兒子要仕途，若作錯了決定，子孫後代都是要遭人詬病的。

蘇清河在心裡沈吟。說實話，她對沈懷孝沒有恨意，他是個讓人討厭不起來的人，她真正顧忌的，無非是沈家而已。她的身分，在沈家人眼裡，或許沒有那麼貴重，畢竟沈家已經出了一個太子妃。

皇家女兒遠不如媳婦金貴，都說嫁出去的女兒是潑出去的水，在皇家尤為明顯。夫榮妻貴，女人比的可不就是丈夫和兒子？可公主們下嫁，所生的兒子不再是皇家人，這跟為皇家繁衍子嗣的媳婦們，自然是不同的。

她的手被沈懷孝扯得有些疼，她能感覺出他的緊張。

「你讓我想想，好嗎？」蘇清河輕聲道。

沈懷孝鬆了一口氣。「在我的心裡，只有妳才是我的妻子。」他的語氣很鄭重。

蘇清河幾乎想張口就問：*那麼和沈家比起來，哪一邊更重要呢？*

她嘴唇動了動，還是把話給吞下去了。

在古代，一個家族對男人的重要性不言而喻，要是她聽到的不是自己想要的結果，兩人就會陷入僵局。而如今，她還不想、也不能將兩人的關係鬧僵。

她需要一個緩衝期，仔細地觀察一下這個人。

相對無言，其實是一件尷尬的事情。

還好，門外傳來腳步聲，緊接著就聽見閨女的聲音。「大丫姊姊，妳拿的什麼？這麼香！」

「我娘打發我給夫人送吃的，姊兒要是想吃，廚房裡還有。」大丫的聲音裡透著笑意。

昨晚一覺睡得沈，醒來就見家裡來了不少客人，聽說男主子也回來了，所以她和弟弟都不敢瞎跑了。對昨晚的事，她一無所知，因此這會子說起話來，還透著一股歡快勁。

「那妳趕緊送進去吧。」沈菲琪抿嘴一笑。「一會兒，妳拿兩個番薯來，再拿點栗子，我想烤來吃。」

大丫一笑。「知道了，一會兒給您送去。」

沈飛麟無奈地搖頭，他敲敲桌面，提醒沈菲琪專心。

沈菲琪嘟起嘴。弟弟這種生物，最討厭了！

沈懷孝聽見閨女的話，臉上不由得露出幾分寵溺之色。「這丫頭！」嘴上嗔怪，臉上卻不以為意。

他起身放下炕桌，就見一個十二、三歲大的姑娘，提著食盒走進來。以他的眼光來看，這完全是個沒經過調教的丫頭，跟在主子身邊伺候，是不行的。

蘇清河見飯菜擺好了，便讓大丫下去。「陪著姊兒玩去吧。」

大丫見沈懷孝在屋裡，進來後都不敢抬頭，這會子才興高采烈地應了。

等人出去了，沈懷孝才道：「琪兒身邊的丫鬟，要好好挑。如今先應付著，等安頓下來，我再仔細安排。」

蘇清河在心裡翻了個白眼。有人伺候？衣來伸手、飯來張口，還有什麼不妥的？她反駁道：「孩子不能慣壞了，這些你別管，我心裡有數。」

見沈懷孝面色一僵，她知道自己說話太衝了，便補救道：「你也太寵她了。」語氣裡帶著幾分嬌軟的嗔怪。「咱們當爹娘的也不可能跟著她一輩子，若萬事都由著她，寵成一副不知世事的性子，將來是要吃虧的。」

她拉了他的袖子。「我知道你想補償孩子，但也不是這麼個補償法。愛之深，則為之長遠計。不如這麼著，兩個孩子都啟蒙了，我是用兵法給孩子啟蒙的，這些我也教不好，不如由你來教吧。」

拿兵法給孩子啟蒙？這讓他眼睛一亮。「什麼兵法？」

「《孫子兵法》。」蘇清河嚥下嘴裡的湯，答道。

沈懷孝聞言，看向蘇清河的眼神就多了幾分慎重之色。有這般見識的女人，不多。

他起身。「妳先用飯，我去瞧瞧孩子們。」

蘇清河目送他離開，才鬆了一口氣。總算可以好好吃頓飯了。

用了一小碗蛋羹、一碗粥、兩個小籠包子後，蘇清河就不敢再多吃了。一會兒還有藥要喝呢。

石榴進來收拾碗筷，又將熬好的麻沸散放在一旁的炕桌上。

蘇清河淨了手，自己從藥箱裡把需要的工具拿出來，放在手邊，才端起藥碗，一口氣喝掉了。

針穿在肉上，這種清晰的痛感，讓人再也不想經歷第二次。好在傷口不長，十幾針就完事了。她咬牙忍著，冷汗順著臉頰往下流，直到最後兩針，明顯感覺到麻沸散起了作用，手指都有些沒知覺，這才停下來。

接下來的，自有石榴善後。等石榴包紮完，蘇清河已經昏睡過去了。

沈懷孝早已經進來了，見蘇清河極為專注，沒發現他，他也不可能出聲讓她分心。但蘇清河的韌勁，卻再一次刷新了他對這個女人的認識。

眼前的這個女人，他的妻子，跟京城裡那些大家閨秀是不一樣的。這一刻，他無比清晰地意識到這一點。

見石榴把傷口包紮好，藥箱也收起來，他才道：「去打盆熱水，送進來。」

石榴馬上應了，連忙將堂屋爐子上正在冒著熱氣的銅壺，一股腦兒地提進去。

沈懷孝親自倒了熱水，把木盆放在炕桌上。「去拿一套夫人的衣裳出來，然後出去守著。」

這是要親自給夫人擦洗了？石榴心中暗想，轉頭翻了翻衣櫃，默默地備好衣裳，便面無異色地退下去。

劇烈的疼痛，讓蘇清河出了一身汗，衣服都被打濕了。他輕輕地褪了她的衣裳，眼前的景色很美，但他心裡卻沒有多少旖旎。

能忍常人所不能忍，這樣的女子，讓他心裡多了幾分敬佩。

用熱毛巾給她擦洗身子，再換上乾淨的衣服，又把她抱到外間的炕上安置。

他吩咐石榴。「裡面的血腥味太重，藥味熏人，妳去開了窗通通風，再把香點上。」

石榴應了一聲，便動作麻利地去收拾了。

裡間的動靜，沈菲琪和沈飛麟早就聽到了。這會子兩人趴在蘇清河身邊，臉上滿是擔憂之色。

「傷口沒事了，養養就好。」沈懷孝將被子蓋在蘇清河身上，嚴實地壓了壓，小聲道：「藥力一過就醒了，無礙。」

「肯定很疼！」沈菲琪的聲音帶著哭腔。

是啊，很疼……這是為了他才受的傷。沈飛麟在心裡這樣對自己說。

這一刻，他下定決心，再不會讓娘為了他而受傷。

他不僅要有自保之力，還要有能力保護他想保護的人。

想想上輩子手無縛雞之力的自己，他的眼裡就閃過一絲火光。他上輩子是多麼無能，才會被一個女人一把推出去，命喪黃泉。

會遭遇這樣的事情，不僅是因為他對那個被他稱為「母妃」的人沒有絲毫提防，更重要的是，他太弱了！

第十二章　教養

「爹爹……」沈飛麟把眼裡的憤恨掩藏起來，仰起頭道：「我想習武。」

沈懷孝愣了一下。「怎麼想起要習武了？」不待沈飛麟回答，他就笑道：「咱們輔國公府是以武勛起家，家裡的子弟都是要習武的，即便你不說，爹爹也會替你安排。只是你現在還小，再過兩年吧。」

雖然他接觸的孩子不多，但如他們家這兩個一般聰慧的，還真是沒見過。

據說也有生而知之的人，但他不希望他的孩子是如此，都說慧極必傷，這並不是什麼好事。他叮囑道：「在自己家也就罷了，你們在別人面前，還須收斂一二。」

沈飛麟不由得抬頭看了這個男人一眼，就見他的眼神像是能看到他的心底，讓他沒來由地一慌。

爹爹發現了他們的不同，卻沒有認為他們是異類，反而是對他們寬和的包容、小心的保護。

他突然覺得，有這樣一個父親，也不錯。

「知道了，爹爹。」沈飛麟嘴角翹起。他的心向沈懷孝開了一扇小窗。

沈懷孝感覺到兒子身上的戒備一點一點地消失，心情也跟著飛揚起來。

「娘早就囑咐過了。」沈菲琪嘟起嘴。「可你又不是別人，自己的爹爹，怕什麼？」

這話沈懷孝愛聽。是啊，在他這個當爹的面前，有什麼好掩飾的？

「妳娘說得對，咱們都聽妳娘的。」他揉揉閨女的腦袋，惹得小丫頭咯咯直笑。

父子三人盤腿坐在炕上，炕桌上擺著圍棋。

沈菲琪拈著棋子，盯著棋盤許久，才試探地放了一個。一觀察到對手的神色不對，便馬上將棋子拿起來，換個地方擺。

沈飛麟一臉的無奈，強行忍住心中的怒意。

沈懷孝則面含微笑地看著兩人，時不時地提醒一下沈菲琪。

蘇清河睜開眼睛，看到就是這樣一幅畫面，這父子三人相處得和樂融融。

外面的風呼嘯著拍打在窗櫺上，讓人心生寒意。可映入眼簾的這一幕，卻讓她從心底暖了起來，鼻子一酸，眼眶有些發熱。

丈夫、兒子、女兒，一個完整的家！

上輩子，她和丈夫是相親認識的。

他是軍人，結婚三天後接到命令返回部隊，還沒來得及培養出感情，就分開了。再接到消息時，他已經犧牲了，留下懷著身孕的她。她已經不記得自己當時的心情了，但她還是毅然生下了孩子，撫養他們長大。

也不是沒想過再婚，可有了孩子之後，她去相親時總是帶著挑剔和戒備打量對方，排在第一位的永遠不是自己的感受，而是想著對面這個人會不會善待她的孩子？會不會傷害孩子？接觸過幾個對象之後，她也就收起再婚的心思。因為她發現，想讓別人如她一樣對待孩子是不可能了；而她的工作尚可、收入穩定，還是有能力獨自一人撫養孩子。

可即使如此，孩子的生命裡還是缺少了父親的角色。她至今都還記得孩子問她爸爸去哪兒了？以及哭著、喊著要爸爸的情形。生死相隔，讓她去哪兒給他們找回親生父親呢？

而這一世，她還要再次剝奪孩子們享受父愛的權利嗎？

她把視線落在陪著孩子下棋的沈懷孝身上。他身材修長，又不失健碩，長期習武讓他整個人身上透出一股英武之氣。一張臉劍眉星目、稜角分明，若非此刻陪伴著孩子的他神情柔和，倒顯出幾分凌厲。

沈懷孝早被她盯得渾身不自在，他回過頭問道：「可是醒了？」

蘇清河有些窘迫地應了一聲，只見兩個孩子扔下棋子就湊過來。

「娘！」兩人異口同聲道。

沈懷孝扶起她，在身後墊了兩個靠枕，讓她更舒服一些，嘴裡吩咐著兩個孩子。「別鬧你們的娘，小心壓著傷口。」

「沒事。」蘇清河笑看著兩個孩子。「今兒早上可加了點心？」

少食多餐，是她給這兩個孩子養成的習慣。

兩人搖搖頭，同時看向沈懷孝。

敢情這是在打小報告？沈懷孝有些哭笑不得。「吃了不少栗子，點心我給免了。」

蘇清河點頭，一點沒有多問的意思。「那就好。」親爹還能虐待他們嗎？

沈懷孝瞪了兩人一眼。「不是什麼都要自己學嗎？先把桌上的棋盤收拾了，一會兒該吃午飯了，就在炕上用吧。」

沈菲琪噘起嘴，瞪向沈飛麟，眼裡滿是「都怪你多事」的意思。

沈飛麟抿抿嘴角。這個姊姊沒點心吃，自己愛告狀，還好意思怪他。

都說孩子是夫妻間的潤滑劑，這話還真沒錯。有他們兩個在，蘇清河從不擔心兩人之間會因為沒有話題而尷尬。

「我怕他們積食，平時只讓他們吃七成飽，正餐之間再添點湯水或點心填填肚子。」蘇清河小聲解釋。

「這是對的。小時候，嬤嬤也是只給吃半飽，直到習了武，嬤嬤才不盯著了。」沈懷孝點頭肯定，然後想起什麼似的問：「麟兒說他想習武，妳覺得呢？」這會子他倒沒有把沈家子弟都習武的話說出來，怕提到沈家，會傷了她的心。

「習武？」蘇清河看了兒子一眼，見兒子正看著她，眼裡滿是期盼，便安撫地笑了笑，道：「只要他能堅持，我不反對。」這冷兵器時代，習武最起碼能防身，就算學不出什麼大成就，強身健體也是好的，只當是給孩子加了體育課，有什麼不行的？她不由得把視線落在閨女身上，見她一副幸災樂禍的樣子瞧著弟弟，心裡一動，又道：「琪兒也一塊兒練吧！」

話音一落，父子三人都詫異地看向她。

女子以貞靜為要，怎麼會想起讓姑娘家習武了？

沈懷孝還沒開口說話，沈菲琪就先不樂意了。「娘，我不要。」她還記得上輩子臨安縣主騎射皆出色，可背地裡，還不是被人笑話。她不要！

知道閨女心中在意什麼，蘇清河朝她招招手。「到娘這兒來。」

沈菲琪不樂意地小步挪過去，嘴噘得高高的，都能掛得住一串糖葫蘆了。

蘇清河用眼神制止沈懷孝將要出口的話，問道：「日子是自己在過的，別怕他人說什麼。那些會在背後笑話人的，都是些沒見識的，何必在意？」她揉揉閨女的腦袋。「首先，習武能強筋健骨，娘盼著妳康健；第二，習武在遇到危險的時候能自保，娘盼著妳平安。」

沈菲琪不由得想起昨兒晚上的刺殺。其實娘是擔心危險還不曾過去吧？雖然如今有爹爹護著，但老虎還有打盹的時候呢，與其寄望別人，還不如自己擁有一身本事。別人的笑話跟活著相比，算得了什麼？

她點點頭，低聲道：「娘，我聽妳的。」

沈懷孝也以為蘇清河是被昨晚的陣仗給嚇住了，緊接著道：「也不至於緊張成這樣，我找幾個會功夫的丫鬟給她就是了，何苦讓她受那分罪？」

蘇清河打發閨女去收拾炕桌，才低聲對沈懷孝道：「不光是因為這個。這女兒家，身子康健尤其要緊，要不然挑媳婦為什麼總選些珠圓玉潤的姑娘？女兒家只要嫁了人，就要孕育子嗣，這女人生產，可不就是從鬼門關走一趟？更何況，我娘……賢妃她生了雙胞胎，我也一胎生了他們倆，這要是閨女隨了我們，我想想都害怕。」

她不由得想起生這兩個孩子的時候，自己足足疼了三天。她能幫別人做剖腹產，但沒人能幫她做，何況沒有現代的設備，在成功率一半都不到的情況下，危險更大。

沈懷孝心裡驀地一疼，看了看粉團團的小姑娘，哪裡捨得？

「我也沒指望她學出什麼來，只要多動，讓身子健壯些，這樣我就知足了。別像那些嬌小姐們，隨便動一動就氣喘吁吁。」蘇清河有些悵然。

「聽妳的。」沈懷孝點點頭。

他的女兒還不至於習了武就嫁不出去。只要是為了孩子好，其他人的閒言閒語，有他這個當爹的給他們擋著呢。

蘇清河眼裡有了笑意。還好，他不是個迂腐得聽不進話的人。

沈菲琪沒想到娘想得這麼遠，一時心裡頗多感慨。有娘的孩子是個寶，她得感謝老天讓娘活著，只要娘活著，她就不會再遭遇那些苦難了吧？

沈飛麟拉了沈菲琪，不想讓她這副傷感的表情被爹娘看到。

蘇清河把兩人的動作看在眼裡，心裡更高興了。

兒子總算活過來了！三年的守候，才讓兒子接受這個世界。他不再以事不關己的心態，冷眼看待一切了。

沈懷孝倒了一杯熱在爐上的紅棗茶，給蘇清河遞過去，正好門外傳來稟報聲。

「進來吧。」沈懷孝臉上的表情瞬間收斂起來，顯出幾分冷硬，就連聲音裡也透著清冷。

他對蘇清河點點頭，才朝正堂走去。

蘇清河這時候才發現，正堂和外間之間放著一架花鳥屏風，雖不是什麼好材質，但足夠大，足有八扇，正好能隔開所有視線。這是怕她在裡屋悶得慌，想要到外間的炕上養傷，又因為是女眷，怕被回報的隨從衝撞了，才放置的吧。

真是個細心的人。蘇清河這樣想。

沈大進來的時候，就見自家主子坐在正堂的椅子上，臉上沒有什麼異樣。只有在聽到屏風後的動靜時，才露出幾分柔和之色。

他不敢往屏風那邊瞄，低頭回道：「安郡王殿下打發人來問，說是要過來一起用午飯的話，可方便嗎？」

沈懷孝朝屏風方向看了一眼，心裡沈吟。

安郡王不會無端地要進後院，怕是有事。想到這兄妹倆雖然見了面，但沒說上幾句話，只怕相互之間都有些牽掛吧。他點頭道：「晌午吃羊肉鍋子，殿下要是不嫌棄，就一起來吧，人多熱鬧。」

這邊沈大還沒有回應，就聽見屏風裡面一陣糯糯的童音，高興地呼喊了一聲。

沈懷孝的表情馬上柔和下來，嘴角也露出笑意。

沈大知道，這是家裡的寶貝小姐。看主子這樣子，定是疼小姐疼到骨子裡了。他應了一聲，下去傳話。

沈懷孝繞過屏風，看見閨女就笑。「這麼愛吃鍋子？」

「啞婆做的料碗特別香！」沈菲琪吸著口水，一臉期待。

沈飛麟的面色有些無奈。一說到吃，他這個姊姊的自制力實在有限。

「想吃就讓人給妳做。」沈懷孝寵溺地抱起閨女，見蘇清河不贊同的樣子，就道：「又不是金貴東西，難道吃不起？其他方面不慣她，在吃喝上別委屈她。怕她吃肉不好消化，那涮些素菜也就是了。素菜鍋若做得好，也挺香的。等以後，爹爹再給妳找兩個專做鍋子的廚子，讓妳想怎麼吃，就怎麼吃。」後面的話是對沈菲琪說的。

蘇清河看了看閨女的笑臉，想了想，到底沒攔著。「慣著吃、慣著喝，其他的可不能慣著！」

沈菲琪心裡一鬆。上輩子，她確實有兩個廚子專門伺候她，只是後來，她的身體每況愈下，回過頭想想，跟這兩個廚子，只怕也脫不了干係。

這輩子，她總要查個清楚的。

若能把這兩個廚子弄進府裡，她就掌握了先機。可要是廚子換了人，來的不是上輩子那兩個，想查可就難了。

沈飛麟看見沈菲琪眼裡一閃而過的光，難免上心幾分，但到底有些安慰。她也算是有些長進了。

沈懷孝和蘇清河正說著話，兩人倒是沒注意到閨女的異樣。

「要是養成一個饞嘴的姑娘，可怎麼得了。」蘇清河指了指閨女，嗔道。

不待沈懷孝說什麼，外面傳來沈大的聲音。「主子，殿下來了。」

沈懷孝放下閨女，親自迎了過去。「快裡面請。」

門一開，風就捲著雪花往裡灌。

「今年的雪，下得是有些邪性。」安郡王帶著白遠連忙閃身進來，屋裡的熱氣讓他狠狠地打了個噴嚏。

白遠上前給安郡王去下大氅，沈懷孝則趕緊親自捧了熱茶遞過去。

等安郡王喝了幾口熱茶，稍微暖了暖身子，沈懷孝便讓白遠和沈大留在正堂用飯，自己則和安郡王一起繞到屏風後頭。

蘇清河一見到安郡王，作勢要起來，安郡王忙攔下了。「別多禮了，又不是外人。」

沈菲琪和沈飛麟都在炕上給安郡王見了禮。

安郡王眼裡馬上就有了笑意。「這種天候出不了門，孩子悶在屋裡，只怕要憋壞了。這宅子還是有些小。」後面的話是對沈懷孝說的。

蘇清河不知道哪裡小了？光這一個堂屋就四、五十坪大。上輩子，她帶著兩個孩子，也不過住八十坪而已。更何況，這宅子前院、後院加起來，有幾十間屋舍，哪裡小了？

她往沈懷孝和兩個孩子臉上一瞄，父子三人都一臉認同之色。

就見沈懷孝附和地點頭。「是小了。不過涼州那邊的府邸地方開闊，該夠住了。」

安郡王搖搖頭。「只能說剛好夠住。你當時怎麼選了那麼一處府邸？繁華是繁華，但到底還是小了些，兩邊住得嚴嚴實實的，想擴張院子都不成。我看還是住在我邊上吧，那裡有一處花園子，按江南樣式建的，小橋流水，在西北可少見了。」都是一家人坐在一起吃飯，他也就不再自稱「本王」，也顯得親近些。

沈懷孝頗有深意地看了安郡王一眼。把這母子三人放在他的眼皮子底下，才是他真正的目的吧……這是不放心自己呢？還是不放心沈家？或者，安郡王另有什麼別的企圖？

仔細想想，在安郡王的眼皮子底下，自己的一舉一動，只怕都逃不過他的法眼；而自己手中，雖然握不住沈家的勢力，但聯繫還是有的。

看來安郡王不放心的，是沈家。畢竟輔國公府中，還有一個沈家擅自替他娶來的女人。如今安郡王要的，不過是他的抉擇罷了。在家族與妻兒之間，他必須選一邊站。

沈懷孝閉了閉眼睛。不是他要做不肖子孫，而是他也有他要守護的。沈家……既然他在沈家沒那麼重要，那麼，就這樣做吧。他睜開眼睛，神色間多了幾分坦然。「一切都聽殿下的安排。」

安郡王這才露出滿意的笑容。

他要的不過是沈懷孝的表態，在這母子三人和沈家之間，他必須有個決斷才行。要不然，他寧願冒著被父皇厭棄的風險，也要將妹妹和外甥接到自己府中。

蘇清河暫時還不知道，這兩人打的是什麼啞謎？

沈飛麟看向安郡王的眼神，卻柔和了幾分。

別人或許不懂，但做過皇子的他，還能不知道這些話裡面的意思嗎？出身皇家，他能有這分心腸，著實難得。難怪明啟帝會這麼放心地把北邊的軍權都放在他手裡，看重的可不正是這分赤子之心。

「我只擔心會牽連哥哥了。」蘇清河雖然猜不透兩人話中的涵義，但不意味著她沒發現安郡王所表現出來的善意。既然他們相認的時機不對，那安郡王如此的作為，肯定會讓皇上不喜。

「別擔心。」沈懷孝安慰蘇清河。「皇上放心讓殿下領兵，未嘗不是看中殿下的心性。要是殿下明知道妳的存在，反而諸多顧忌、不敢相認，才會讓皇上不安。如今這樣正好，雖然皇上可能會氣殿下不知輕重，卻會更安心。」

安郡王看著蘇清河，眼眶有些紅。這聲哥哥，讓他有些動容。「要是母妃知道……不知道該多高興？」

蘇清河神色一黯。那也是個守候著孩子的母親啊。「她……還好嗎？」

「不愁吃喝吧。」安郡王的聲音有些澀然。「除了不能見人，應該都好。我已經有好些年沒見過她了。」

蘇清河心裡一顫。當年究竟發生了什麼事？居然硬生生地讓他們母子三人，生離死別二十年。

「就怕我的出現，會讓她在宮裡的日子不好過。」蘇清河的聲音有些乾澀。

「無礙。」安郡王的臉上帶著幾分厲色。「只要軍權還在我手上，誰都不敢輕易對母妃不利。再說父皇他……也未必就是真的無情。」最後這句話像是在呢喃。

沈飛麟坐在一旁聽著他們的對話，眼裡的精光一閃。

看來沈懷孝可不光是個會寵溺孩子的父親。以他的見識和對人心的掌握，足以支撐他在朝堂上走得更遠更高。

這位舅舅也不是一般人，他知道自己的優勢在哪兒，所以，只要把這分優勢放到最大，他就能立於不敗之地。皇上看中他這分在皇家顯得不合時宜的心性，他就不時地顯露出來給他看。

在皇宮，沒有母親護著還能安然長大，如今更是手握軍權，這樣的人又怎麼會簡單？皇室的人，都是戴著一副面具的。

不過，就算舅舅對他們的這分用心裡，真摻雜了別的目的，卻也是難能可貴了。或者說，那正是他們母子三人所需要的。

第十三章　兄妹

枸杞羊肉湯在鍋裡翻滾著，沈懷孝盛了湯遞給蘇清河。「先喝一碗清湯的，暖一暖身子。」

安郡王也給兩個孩子舀湯。「這可是好東西，多喝點無妨，正好補補。等到了涼州，那裡的羊肉更好。」

「這裡離海比較近，海貨還算有一些，可到了西北，海貨不就更難得了？」沈菲琪眨著大眼睛問：「想吃怎麼辦？」

「咱們琪兒愛吃海貨？」安郡王挾了塊吸飽湯汁的凍豆腐給沈菲琪，笑道：「這有什麼難的？別人家或許不易得，但在咱們家不算什麼。」

沈懷孝另外拿了個小碗，一邊挾菜給蘇清河，一邊看著閨女直笑。「咱們家就有海貨鋪子，想吃什麼，讓夥計給帶回來就是了，不至於這麼巴巴地惦記著。」

蘇清河看了閨女一眼。這丫頭打聽海貨鋪子想做什麼？

沈飛麟用手肘碰了沈菲琪一下，示意她適可而止。這小丫頭，就那點道行還敢在兩隻狐狸面前玩心眼？

沈菲琪笑了笑，吞下剩下的話，笑嘻嘻地把臉埋在碗裡。

沈飛麟白了一眼，嘟囔一句。「就長了吃的心眼。」這算是替她收了尾。

不過是孩子話，安郡王和沈懷孝倒沒多想。

安郡王詫異的是，這麼小的孩子，竟然知道地理位置，包括各地的產出。他不由問道：「難道教孩子看輿圖了？」

輿圖這東西，不是誰都有資格擁有的。

沈懷孝面色平靜地說：「那倒沒有，孩子的娘是用兵法給他們啟蒙的。」兵法所包含的可就廣了，熟悉地理、氣候，也算是其中一項。

安郡王看了蘇清河一眼。「這個想法好！不過，還是得給孩子配上嬤嬤，宮裡的規矩嚴，父皇喜歡懂規矩又不失活潑、大方爽利的孩子。」

蘇清河點點頭。「哥哥看著安排吧。」王府出來的嬤嬤，總比沈家的強。

「以前伺候母妃的人，我一直都養著呢。」安郡王涮了幾片白菜葉子。「分一半給妳，妳看著安排吧。」母妃進了冷宮，留著伺候的宮人也只有兩、三個，其餘的父皇都交到了他手裡，那些奴僕也還算忠心。

蘇清河點點頭。她還真沒有拒絕的理由，畢竟手上沒有可用的人。若是現買的人，再調教也不能跟在宮裡浸淫多年的人相比。京城是必須要回去的，在這之前，還是先看看這些人再說；實在不行，只當個閒人養著也就是了。

安郡王見蘇清河沒有拒絕，而是坦然地接受，心裡也鬆快了起來。他對沈懷孝挑明道：「你們沈家的事，我沒興趣知道，所以你也別多想，覺得我是要安插眼線在你身邊。誰家嫁女兒都得有陪嫁，你只當是本王給自家妹子補的嫁妝吧。」

沈懷孝搖搖頭。「殿下多心了，在下哪裡會多想？」

安郡王又從懷裡掏出一個匣子，塞給蘇清河。「拿著，這是我這個做哥哥的一點小小心意。」

蘇清河沒有打開，順勢就收下了。

安郡王這才滿意地點頭。

吃完飯後，安郡王起身離開。「來日方長，今兒我就不多待了，妳安心養傷。」

蘇清河點頭應「是」，讓沈懷孝送他出門。

安郡王一出了門，沈菲琪馬上撲過去打開盒子，裡面的東西讓她嚇了一大跳。

蘇清河一看，盒子裡放著二十萬兩銀票、兩處五百畝莊子和京城裡五間鋪子的地契，確實有些多。

沈懷孝回頭看見，說道：「收著吧，安郡王不缺銀子。」

「太多了……我有些不安呢。」蘇清河只覺得手裡的銀子燙手。

沈懷孝張張嘴，話在嘴裡轉了幾轉，終究沒有說出口。

蘇清河的出現，徹底補上了安郡王的短處。一旦洗清賢妃身上殘害親生子的罪名，她就還是皇上的妃子，甚至為了補償，可能會再升一升位分，到時候安郡王也該升為親王了。成為手握兵權的親王，就有了跟其他幾位皇子逐鹿的資格，甚至更有優勢。

那個位置，太過誘人，他不信安郡王從沒起過爭奪的心思。

即便太子早定，但那又如何？皇上聖體康泰，以後的事情暫且說不準呢。歷史上有幾個太子是能順利登基的？

一旦安郡王攪和進去，只怕更熱鬧了。

他娶了安郡王的胞妹，而他的長姊嫁給太子，將來沈家該何去何從呢？自己又該站在什麼立場？他都不敢往深處想了。

這也是為什麼他一開始不敢向安郡王求助的原因。他怕這母子三人，成為安郡王奪嫡之路的馬前卒！

蘇清河看了沈懷孝一眼，垂下眼簾。

安郡王的用意，她也能猜想出八分來，但那又如何？跟沈家比起來，她更願意相信這個哥哥。

至於哥哥是不是真心，她感覺得到，以她看來，至少有八分真誠，這就足夠了！剩下的兩分野心，也是人之常情。

只要她還有利用價值，不用哥哥說，她也會義無反顧地主動迎上去讓他利用。這天下從來沒有白吃的午餐，不付出些什麼，怎麼可能得到想要的呢？再說了，他們之間的血緣關係，也不是她想躲開就能躲開的，她注定要跟安郡王綁在一條線上。

京城，皇宮

乾元殿裡，人到中年的明啟帝粟墨林歪在榻上，身上搭著狐皮的褥子，滿臉的疲色遮不住渾身的威嚴。

此刻他不知想到什麼，微微地嘆了一口氣，閉上雙眼，問道：「老四現在到哪兒了？」

老四，指的是四皇子，安郡王粟遠冽。

楊邊站著一個身材有些發福的白臉太監，微微躬著身，聲音倒不尖利。「回皇上，按著日子算，四殿下應該已經到了。」

「這孩子還是太莽撞，不計後果。」明啟帝的聲音裡聽不出喜怒。「都說老四最像朕，哼！朕瞧著，除了相貌，那性子哪一點隨了朕？」

「怎地不像？像足了您年輕的時候，一樣的俠義心腸。」這太監名叫福順，打小就跟在明啟帝身邊。那時候，這位陛下還只是個不受寵的貴人所出的皇子。

先皇的那場病，讓實力堅強的諸位皇子一個個不安分地跳出來爭奪皇位。可先帝偏偏選了當時最不起眼的陛下，不光是因為他實力弱，更因為這位陛下以忠厚老實示人，滿朝誰不讚一聲「寬和厚道」？

像他年輕的時候嗎？

明啟帝搖搖頭。他的忠厚是裝出來的，而這個兒子，至少有五成是真的。只有他自己知道，他的性子從來都算不上好。寬和厚道不過是自保的手段，有這個名聲在，不論哪個兄弟繼位，都不會拿他開刀。只是沒想到，最後反倒是讓他撿了個大便宜。

對於兒子刻意展現自己的忠厚仁義，他心裡不僅沒有惱怒，反而有些安慰。要是不懂自保之道，他才該愁死了。他的兒子，不該是任人宰割的綿羊，而該是嗜血的狼。

養子如羊，不如養子如狼。

不過如今，兒子們都大了，他突然能理解先帝當年的心情。這如狼的兒子，帶給他這個父親的，不是恭順與忠誠，而是威脅！

狼群裡，只能有一隻頭狼王，那年老的狼王會是什麼下場呢？明啟帝不敢深想。

想到四兒子，他長長地嘆了一口氣。「他這性子，五分隨了朕，五分隨了……他娘。」

福順身子躬得更低，想到那個在西寒宮中的主子，他沒來由的也一嘆。

「但願那孩子能躲過這一劫……」明啟帝呢喃道。

福順一副什麼也沒聽到的樣子，心裡卻明白，皇上說的孩子，是他當年護送出宮的小公主。那個孩子出身顯貴，但命運多舛，如今只能看天命了。

「去西寒宮看看吧。」明啟帝掀了身上的狐皮褥子，站起身來。「悄悄地去，不用人跟著。」後面的話，是對著隱在暗處的人說的。

福順趕緊拿了大氅來，給明啟帝穿好，而暗衛則已經把路上的閒人都打發乾淨了。

西寒宮，偌大的宮殿裡，只有偏殿裡透出幾許亮光來。

「娘娘，晚了，該歇息了。」梅嬤嬤把燭火挑得更亮堂一些。

燭光下的女人，並不是絕色，她身姿挺拔，即使坐著，也能讓人感覺出她的風骨。她的眉宇之間，沒有半點深閨怨婦的哀愁，倒是滿身的平和之氣，讓本來稜角有些分明的臉，顯得柔和起來。這是個英姿颯爽的女人。

此刻，她一身布衣木釵，然而手裡正縫製的衣物，卻是難得的好料子。

梅嬤嬤鼻子一酸。這衣裳是給年輕女子縫製的，淡青色的布料上，有著點點桃花從花枝上飄下，裙襬繁花滿地，迤邐多姿。她知道，娘娘這是給那個沒來得及看一眼的小公主，趕製明年要穿的春裳。

二十年了，每年都是春、夏、秋、冬四箱子衣物，不論是衣裳、鞋襪、荷包、汗巾，都是娘娘親自動手做的。從巴掌大的小肚兜，到孩童的小裙子；從少女的馬面裙，再到婦人的襦裙，甚至包括了婦人有孕時穿的衣裳，都準備得妥妥當當。西寒宮的庫房裡，就有兩個庫房專放這些衣物。

賢妃雖被幽禁，但其實封號還在，她還是賢妃。生活起居的一應待遇，也從沒少過，但她就是不肯對自己好一點。

賢妃收了針線。「明兒再做一天，就成了。也該給洌兒做了。」

「安郡王殿下已經娶了王妃，自有王妃打理，您不用這麼操心。」梅嬤嬤勸道。

「是啊！妳不說我還真是忽略了，我也該給孫兒們做幾身才是。」賢妃的眼睛亮起來。「孫子、孫女，再加上外孫、外孫女，這活兒還真不少呢。」

梅嬤嬤沒有說話，背過身擦了擦眼淚。娘娘也就只能靠這些話來安慰自己了，她還能說什麼呢？娘娘自己也知道，這些東西，可能永遠都不會穿在她掛念的人身上，可她依舊執著，否則，沒有了這點支撐，娘娘在這宮裡，也就熬不下去了。她笑著點頭。「娘娘的手藝越發的好了，小主子們會喜歡的。」

話音剛落，門就從外面被推開。明啟帝走進來，賢妃沒抬頭，坐在榻上未移動半分。

梅嬤嬤低頭退了下去，順手將門關上。

「我來了。」明啟帝在這個女人面前，從沒有自稱過朕。

「我這裡，除了你，別人也進不來啊。」賢妃的語氣淡淡的，將做給女兒的春裳小心地疊起來。

明啟帝看著簡陋的屋子，有些無力。「正殿裡哪裡不合心意，我讓人改了就是，何苦住在這裡，故意要戳我的心窩子？」

「你挖走我的心肝，這會子倒裝起好人了？」賢妃冷笑一聲，嘴角牽起一絲涼薄的笑意。

「玫兒！」明啟帝喚了她的閨名。「當年……」

「別提當年！」賢妃抬起頭，視線卻不曾看向他，眼裡彷彿充斥著灼人的火焰。

當年，他們在寺廟邂逅，他十五歲，她十三歲。他是不得皇上喜歡的皇子，她是文遠侯府喪母的嫡女；他為父皇的無視而黯然神傷，她為偏心庶出的父親而寒心淒涼。

他不知道她是高門不得寵的嫡女，她也不知道他是出身皇家的龍子，兩人總是不期然地偶遇，少年慕艾，相互動心，其中不知藏了多少的曖昧情思。只是，後來……

如今，人已中年，再回頭看看，他們已想不明白，兩人怎麼會走到今天這個地步？

長久的沈默著，兩人卻都沒有絲毫的尷尬。

「那個孩子……她還活著。」明啟帝輕輕地說了這麼一句。

第十四章　魔怔

賢妃的手抖了起來。雖然她心裡早有猜想，但二十年來，她沒問過，他也從來沒有明確地說過。這是第一次！

她轉過頭，看向坐在她對面的男子。他老了，已不是她記憶中那個英俊的青年了。明啟帝露出幾分苦笑。二十年了，兩人常常這樣面對面，但她從來沒有看過他一眼，原來，她要的也不過是這麼一句話。他以為她是知道的，那是他們倆的女兒，他也曾期盼過她的到來，怎麼可能狠心地要了孩子的性命？

「我是不是老了？」明啟帝看著眼前的女人。她身上透著成熟的韻味，但樣貌卻是一點都沒變，時光彷彿特別優待她。

是老了，眼角都已經有皺紋了，這些年，他的心想必也很累吧。

「冽兒如今在西北戍邊呢，做得還不錯。他已經有兩個兒子、一個閨女了。」明啟帝不等賢妃說話，就說起了孩子的事，見賢妃聽得認真，又道：「那孩子，也已經成親了。駙馬選得不錯，是大家出身，人品、相貌也都配得上她。婚後生了一對龍鳳胎，這點像妳，聽說小外孫長得跟我像極了，兩個孩子，都三歲了。」

這是報喜不報憂，不好的絲毫也沒有提到。

「都已經嫁人生子了嗎？」賢妃的聲音有些顫抖。

「冽兒已經去找他妹子了。」明啟帝拍拍賢妃的手。「我會儘早安排，讓他們早點回來。咱們的孩子，我不會讓她吃虧的。」

如今，許多事只能加快腳步了。他已經能預料即將到來的暴風驟雨。

此時，東宮書房裡，滿地狼藉。

太子粟遠凌額上青筋暴起，指著跪著的黑衣人。「孤從來不知道，你們除了孤，還能效忠於別人！」

「屬下該死！」黑衣人伏地叩頭。「但來人手持東宮印信，屬下不敢有絲毫怠慢。」

「東宮印信？」太子收起暴虐之色。「你沒有看錯吧？」

「屬下雖不才，但還不至於犯這樣愚蠢的錯誤。」黑衣人心裡真覺得冤死了。

「依你看，那母子三人，可能逃脫嗎？」太子眯了眯眼，問道。

「她從來沒失手過。」黑衣人低聲回道。

太子倒吸一口冷氣。這個愚蠢的女人，竟敢假借他的名義調動暗衛，去刺殺這麼一個要命的人！他這邊剛得了消息，自覺抓住了老大的把柄，可以將他拽下來。誰知道，自己的後院，居然出了這麼一個扯後腿的女人。以前看著她還算聰明，沒想到也是個蠢貨。

門外傳來太監平仁的稟報聲。「殿下，太子妃打發人來，請您去用消夜。」

「孤沒空。」太子粟遠凌冷聲道：「今晚歇在蘭漪殿。」

平仁暗嘆一聲。看來太子妃又惹惱殿下了，要不是輔國公府目前正得用，這位太子妃還真是比不上蘭漪殿的左側妃得寵呢。

沈懷玉擺弄著盤子裡剛剪來的鮮花，玫瑰半開半合，散發著淡淡的香氣。「到底不如牡丹富貴。」

瑤琴是打小伺候沈懷玉的，如今她依舊跟著這位主子，做起了管事嬤嬤。她把一朵正紅的玫瑰簪在太子妃的髮髻上。「這都晚上了，自然是清新柔媚些才好。」這大冷天能有這麼好的玫瑰，也不知道花房是費了多少心思。

沈懷玉哪裡不知道這個道理，她點頭笑笑。「今晚乘機把那件事跟太子爺稟報一聲。擅用印信的事，說到底，也是本宮的不對。」

「以奴婢說，那個女人也太把自己當一回事了，竟然敢威脅太子妃。」瑤琴的聲音壓得很低。「可不能縱著她。」

「妳說得沒錯。」沈懷玉冷笑一聲。「這是最後一次了！」

「只不過可惜了那兩個孩子，那也是沈家的血脈……」瑤琴嘆了一聲。

「怪只怪他們母親的出身太低，只不過是一個鄉野郎中的女兒，就想進國公府第？簡直癡人說夢！」沈懷玉不屑地道：「小弟若要怨本宮，我也受了。要真是為了兩個不知道能不能養大的孩子，跟本宮這個姊姊生分了，那本宮就只當沒這個弟弟好了。反正國公府由大哥當家，還輪不到他說話。」

「是。」瑤琴低頭應著，心裡卻不由得泛起了寒意。

「也怪本宮肚子不爭氣。」沈懷玉摸了摸肚子。「否則，當日就不會出那樣的下下之策。如今小弟不回家，母親對本宮也是有頗多怨言。」

瑤琴不敢多話，只安慰道：「夫人會體諒太子妃的難處的。畢竟是親生母女，哪裡就會真的生太子妃的氣？」

沈懷玉知道這是安慰人的話。這四年來，她母親還真是從沒給過她好臉色看。如果沈懷孝不回家，想來，她們母女之間的隔閡就再也難以修復了。她嘴角牽起一絲嘲諷的笑意。「說到底，母親還是更看重名聲，她生了我們三個，可不論哪一個，她都是不愛的。」

這話瑤琴不敢接了，正想著該怎麼寬慰主子，就聽見腳步聲傳來。

水晶珠簾被撩起，發出悅耳的碰撞聲，丫鬟布棋低頭快步走進來。「太子妃。」她匆忙向沈懷玉行禮。「剛才平仁讓人傳話，殿下今晚要歇在蘭漪殿，就不過來了。」

沈懷玉一愣。這還是她第一次被太子拒絕，頓時滿面通紅，有些羞惱。「此話當真？」

布棋趕緊跪下，卻不敢正面回答。「或許是下面的人傳話傳差了，奴婢這就去請殿下。」布棋站起身，快步往外走。

沈懷玉將梳妝檯上剪好的那盤花枝，全部撂下地。「站住！還去幹什麼？現在不知道有多少人暗地裡等著看本宮的笑話，這時候湊過去幹什麼？還沒被羞辱夠嗎？都是那個姓左的賤人……」她狠狠地踩了下落在地上的玫瑰，用腳擰了擰。「且等著吧！」

瑤琴和布棋暗暗地對視一眼，都低下頭，不敢多話。

東宮，蘭漪殿

「殿下來了！」一粉裝麗人笑意盈盈地迎過來，親手解了粟遠凌的披風，又把自己的手爐塞過去。「暖一暖，這一路過來，怪冷的。」

女子溫聲細語，關懷備至，看著他的眼神彷彿是許久沒見，滿是思念。即便貴為太子，從不缺美人，但女子的心意卻讓他受用不已，心也不由得跟著軟了起來。「有丫鬟們呢，哪裡用得著妳動手？」

「妾身閒著也是閒著。」說著，左側妃親自倒了茶，遞過去。

「瞧妳這樣子，不知道的還以為孤冷落了妳，好幾年沒來瞧妳似的。」粟遠凌斜倚在暖炕上，人也慵懶了起來，對著美人調侃道。

「在妾身心裡，殿下每次走，都如同是出了遠門。」她說完，紅著臉露出幾分靦覥的笑意。

那每次來，豈不是都是遠行歸家？送丈夫遠行，自是一種千般的不捨；盼丈夫歸來，又是萬般的記掛；丈夫回家，該是萬千的歡喜了。這是比任何甜言蜜語都還要動聽的情話。

粟遠凌拉了女子的手，相對凝眸。紅燭搖曳，鴛鴦帳暖，多少溫柔盡在不言中。

輔國公府

高玲瓏卸掉臉上的妝容，轉身倚在靠枕上，問道：「慧姊兒可睡下了？」

李嬤嬤約莫四十來歲，是高玲瓏的奶嬤嬤。她看著自家奶大的姑娘，心裡微微地嘆了一口氣，面上倒是露出幾分笑意來。「姊兒嚷著要吃蟹粉糕，這東西寒涼，老奴哪裡敢給小祖宗吃，好不容易才哄睡了去。」

「這個小孽障。」高玲瓏嘴裡這麼說著，眼裡卻滿滿都是慈愛。

「不早了，小姐也歇了吧。」李嬤嬤還是習慣稱呼她為小姐。

「也不知道咱們這位姑奶奶，事情辦得怎麼樣了？」高玲瓏的語氣透著嘲諷與不屑。

李嬤嬤知道自家小姐嘴裡的這位姑奶奶，指的是沈家大小姐，如今的太子妃沈懷玉。她含糊地應了一聲。「既然答應了小姐，也沒道理不辦好。」

高玲瓏點點頭，看著燭火，也不知道在想些什麼。

李嬤嬤對於這位主子的想法，其實不太能理解。

良國公府和輔國公府相互對峙，已百年有餘，她身為良國公府的小姐，嫁進沈家又有什麼好處呢？更何況還是在發生那樣的事情以後。

如今，在這府裡，有誰把自家的小姐當成真正的主子了？小姐在這裡過得有多苦、有多難，沒人比她更清楚。

「嬤嬤，妳是不是也覺得我不該這麼做？」高玲瓏的臉上露出幾分奇怪的笑意。「他們算計我，以為我就甘願被他們算計，就這麼犧牲自己？毀了我的清白，就想讓我為他們所用，作夢！」她的聲音透著蝕骨的恨意。「我心裡早就有人了，那就是我的爺，只有我是他的妻子，誰也不能跟我分享他。慧姊兒也只能是我跟爺的掌上明珠！」高玲瓏看著李嬤嬤，一字一句地說。

李嬤嬤知道，主子又魔怔了，她哄勸道：「當然，慧姊兒當然是小姐和姑爺的掌上明珠，唯一的寶貝女兒。」

高玲瓏這才微微一笑，露出幾分羞赧。「爺還沒見過姊兒，看見她，一定會歡喜的。」

李嬤嬤知道，主子不是真的瘋了，她只是想活在自己的世界當中。但是，一旦有人要攪擾她的美夢，她會是個不擇手段也要維護美夢的人。

面對這樣的主子，她偶爾也會感到不寒而慄。

此刻遼東衛所中，蘇清河躺在裡間的炕上，表情有幾分尷尬。

沈菲琪噘著嘴。「怎麼能讓爹爹一個人睡外面？裡面的炕又不是睡不下，讓爹爹進來睡。」她小小的身子只穿了中衣，坐在被窩裡看著蘇清河，氣鼓鼓地質問。

沈飛麟白了沈菲琪一眼。他跟沈菲琪不一樣，沈菲琪對爹的感情最深厚，也許跟她上輩子的經歷有關。可他對娘的感情更厚重，願意尊重她的選擇。

這一對夫妻之間，明顯有些問題還沒有解決，所以才相互迴避。

蘇清河看著閨女，滿眼都是無奈，她輕聲道：「娘和爹爹身上都有傷，你們睡覺不老實，要是擠在一處，碰到傷口就麻煩了。乖，趕緊睡吧。」

沈菲琪眼裡的亮光一閃。「娘的身上有傷，那半夜我要喝水、要撒尿怎麼辦？讓爹爹陪著，半夜也有人幫個手。再說了，沒有爹爹守著，我害怕！」說著，眼圈一紅，吸吸鼻子，眼淚就要掉下來。

沈懷孝在外面聽得清清楚楚，他掀開簾子進來。「乖，睡吧，爹爹在外面守著你們。」

「爹爹也來睡。」沈菲琪向旁邊挪了挪。「真的一點都不擠。」說著，她期盼地看著蘇清河。好不容易有爹又有娘，她可容不得任何人拆散他們。尤其是京城還有個虎視眈眈的女人，要是讓那個女人再算計到爹爹，她就白活了。她也看出來了，娘可不是一般人，只要娘對爹爹上心，誰也休想再算計到爹的身上。她暗自握拳，就是捆，也要把爹娘捆在一塊兒。

沈懷孝偷偷瞥了蘇清河一眼，見她沒有說話，心裡也不是滋味。他哄著閨女。「爹爹身子壯，睡不下。爹爹就在外面的炕上，妳想要什麼就叫爹爹，爹爹聽得見。」

爹這個蠢蛋！我正在給你製造機會，你怎麼就不懂順杆爬的道理呢？

沈菲琪無奈，使出殺手鐧，咧著嘴哭嚷。「我要爹爹！我要爹爹！」

蘇清河：「……」閨女，妳實際年齡可不小了，這樣鬧真的好嗎？

沈飛麟：「……」真虧妳能放得下妳那張老臉，不服不行。

沈懷孝：「……」閨女，妳爹不傻，可男女之間不是那麼簡單的。中間隔著你們倆，我就是想跟妳娘說說知心話，實踐一下什麼叫做「床頭吵，床尾和」，那也不方便啊。

沈菲琪：「……」你們這麼詭異地盯著人家看，人家還怎麼哭得下去？

第十五章 猜測

漫天的風雪，似乎沒有停下來的跡象。但衛所裡沈家的宅院門口，積雪清理得最是乾淨。就連宅子前的整條巷子，都被衛所的指揮使派人十二個時辰，不間斷地清掃。

如今衛所裡誰不知道，沈百戶回來了，人家跟王爺可親近著呢。沒看見指揮使親自去請了好幾次，人家王爺也不挪地方。這說明什麼？說明沈百戶絕對算得上是安郡王的親信。

在這鳥不拉屎的邊陲之地，出現了這麼一條大金腿，大夥兒還不得搶破了頭的鑽營。王爺太高貴，他們這些小官勾不上，可這沈百戶好歹是曾經的同僚不是？所以，來沈家拜訪的人絡繹不絕。

後院不能待客，一進的院子給安郡王住了。好在大門的兩側都有門房，馬六、馬文叔侄住在一側，另一側是個雜物房，足夠寬大，便收拾了一番，臨時充作沈懷孝的客廳用。

石榴沖了兩杯蜜水，遞給兩個孩子，對蘇清河抱怨道：「這些人平日裡對咱們沒怎麼照看，這會子倒是巴巴地貼上來，也不知道打的是什麼主意？魚龍混雜的，亂得很！」

蘇清河總覺著石榴的話說得頗有深意。魚龍混雜？衛所的人員其實十分簡單，都是一些軍戶，能巴得上來，還能讓沈懷孝客氣相待的，在衛所中至少有一定的地位，怎麼能說是魚龍混雜呢？她大概是想告訴自己，這些人裡面混了一些心思不純的人，甚至是敵人。

蘇清河眉梢挑了挑。石榴對安郡王倒是不提防，怎麼偏偏盯著沈懷孝不放呢？

再說安郡王和沈懷孝都知道她對石榴的身分是心存疑惑的，但兩人都像是失憶了一般，不曾提起過分毫，這又是為什麼？

石榴的身分，一定有讓他們忌諱的地方。這也就證明了，兩人對於石榴的身分背景，心裡該是有數的。

既然明明知道，偏偏裝作不知道，心裡存著忌諱卻反而要留在身邊。這就很有意思了。

她放下手裡的針線，朝石榴笑笑。「那妳就把來往的都是些什麼人一一記下就是，將來咱們也好甄別。」

石榴猶豫了一瞬，瞥了眼蘇清河的神色，見她確實沒有異色，才點頭應下。「這些人上門沒有空手的，奴婢想著是不是設一個人情來往的帳本，將來也好查看？」

蘇清河十分認同地點點頭。「還是妳想得周到，可不能讓人家說咱們不知禮數。這些年也沒有人情往來，我還真把這件事給疏忽了，妳能及時提醒我，可見是用了心的。以後還得這樣，我想不到的，妳若是想到了，就要說出來。」她拉了石榴的手。「咱們倆是伴著長大的，我身邊也就只有妳可信了。那天晚上，兩個孩子讓妳受了委屈，我跟妳賠個不是。」

「主子，萬萬使不得！」石榴有些手足無措。「那晚的情況，小主子們的做法才是對的，何況小主子們手下留情，奴婢並無大礙。您這樣說，奴婢萬萬不敢當。」

蘇清河點點頭。「妳是看著他們長大的，心裡疼他們，所以不計較。人心都是偏的，看來妳這心裡就是偏向他們。」她看了一眼認真描紅的兩個孩子。「如今家裡的事情，我且顧不上呢，妳多盯著點。」

石榴笑著應了，這才退出去。

蘇清河看著石榴的背影，眼裡閃過一絲幽暗的光。

這個石榴，雖然不會對她和孩子構成威脅，但是卻在監視著他們的一舉一動，尤其是針對沈懷孝。

這種感覺，讓蘇清河心裡高興不起來。明知道石榴是顆別人的棋子，卻還是不得不用。凡事都放在別人的眼皮子底下，沒有絲毫隱私，還真是彆扭極了。

沈菲琪和沈飛麟對視一眼，眼裡也滿是無奈。

前門客廳，沈懷孝坐在椅子上，身子往後靠了靠，問道：「人都送走了？」

沈大把火盆往主子跟前挪了挪，才道：「送走了。這幫子人可真能說，親熱得好似跟主子的交情有多深呢。」

「人之常情罷了。」沈懷孝搖搖頭。「但凡有點辦法的，也不會提著禮、腆著臉來拉關係。誰沒點難處？只要人品過得去，有幾分能耐的，能拉一把算一把吧。」他看了看炕上堆著的禮物，感慨道：「大家的日子其實都過得很清苦，置辦這些東西，怕是把老本都貼進來了。在咱們眼裡，這些東西連家裡的下人都不見得會用，可對人家來說，或許已經是傾盡所有了。回禮的事，你得用心了，回些實用一點的禮。」

沈大呵呵一笑。「夫人已經吩咐了。每家每戶一疋棉布、一斤點心、一斤茶葉，再加上五兩銀子。」

四樣禮，還帶著銀封，算是很體面了，顯得尊重，又把各家的難處都照顧到了。畢竟送來的禮，沒有哪一家是超過五兩的。他只要花個百十兩銀子，就能換得一個好名聲，這是極划算的買賣。

沈懷孝一愣。內宅有人打理，確實省心不少。他笑了笑，道：「既然夫人辦好了，你就可以偷懶了。」

沈大咧嘴一笑。這個夫人，比他想像中的好上許多。

沈三進來，瞥了沈大一眼，沈大馬上收斂臉上的神色，轉身出去。

「怎麼出來了？」白遠剛好從大門外進來，瞧見沈大，打了一聲招呼。

沈大呵呵一笑，也不問白遠出門幹什麼了，只是道：「屋裡來了不少人，才剛送走，這會子裡面那氣味，簡直憋不住了！我出來透透氣。」說著，拿起放在角落的掃帚，將被風颳到臺階上的雪往下掃了掃。

白遠眼神閃了閃，也不深究他這些話的真假，他用手點了點沈大。「你們主子還在裡面呢，你就敢嫌棄氣味不好，你真有種！」說著，還豎了豎大拇指。

沈大無所謂地一笑，目送白遠繞過照壁。

白遠進了前院的堂屋，見安郡王正坐著喝茶、看書。

「聽見你回來了。」安郡王眼也不抬，拿著書又翻了一頁。「跟沈大磨什麼牙呢？」

白遠低聲道：「屬下剛進大門，看見沈三進去了，緊接著沈大就出來了。」

安郡王「唔」了一聲，就沒再言語。沈三進去，沈大出來，明顯就是沈三有事稟報，沈大出來是把風的。

白遠知道主子明白了他的意思，也就不多話，只是靜靜地守在一邊。

而沈三在客廳中，也聽見外頭沈大和白遠的說話聲，直到外面安靜下來，他才回道：「咱們留下的人，已經甄別過了，暫時沒發現有什麼可疑的，只有譚三海，可如今也死無對證了。咱們的消息是怎麼洩漏出去的，恐怕還得從石榴身上下功夫。」

沈懷孝搖搖頭。「這個石榴，動不得。」

沈三皺眉道：「主子可是顧忌夫人？這倒不必要，夫人對石榴，恐怕也沒多少信任。」

沈懷孝再度搖頭。「不是夫人的問題，是這個石榴的來頭我有些拿不準。暫時不想動她。」他想起了安郡王的詭異態度。連安郡王都裝作若無其事，那麼石榴的來歷他大致就有了方向。能讓安郡王有所顧忌的人，放眼天下，也就那麼幾個。況且，安郡王敢讓石榴留在蘇清河身邊，就證明她對蘇清河是無害的，那麼她的來歷，就更明確了。對蘇清河沒有壞心，又能讓安郡王顧忌，還能有誰呢？

石榴跟在蘇清河身邊好幾年了，這步棋其實早早就已經佈置在棋盤上，只是沒人發覺罷了。

沈三見沈懷孝一臉沈思，就道：「石榴這丫頭，對咱們的人確實格外關注，連每天來拜訪的人，也都登記造冊了。」

「哦？」沈懷孝低頭一笑。「她要記，就讓她記，她想知道什麼，就想辦法把能告訴她的透露給她。你盯緊她，看她是怎麼傳信的，都傳給了誰？別打草驚蛇，把接頭的人記下來就成。」

沈三點點頭。「遵命！」

沈懷孝擺擺手，沈三才退下去。

沈大進來的時候，見主子將窗戶開了一小口子，正透著氣呢。

「碰見白遠了？」沈懷孝喝了口茶，問道。

「是的。」沈大點頭。「屬下剛出去，就碰見他進門。」

沈懷孝點點頭，有些無奈。彼此都在對方的眼皮子底下生活，就這一點不好，誰也不能說點私話。他放下茶杯。「走，陪殿下說說話去。」

沈大拿了披風，給主子披上。

安郡王看到沈懷孝進來，一點也不吃驚。「茶剛泡上，快來嚐嚐。」炕桌對面放著茶杯，一副正等著他的樣子。顯然，安郡王是知道他要來的。

沈懷孝也不以為意，解了披風，吩咐沈大。「去後院廚房拿盤點心過來。」說完就對安郡王道：「孩子的娘讓廚房做了些鬆軟的點心，我吃著還算可口。」

沈大端來點心之後，就退了出去。

安郡王嚐了一塊，點心鬆鬆軟軟，透著一股子香甜的奶味，配著茶吃正好，一點也不膩。「這是給兩個孩子準備的吧？」又端起茶盞喝了一口。

「邊陲之地，不比京城繁華，也只能想點辦法給孩子甜甜嘴。」沈懷孝嘆了一口氣。

「到底是委屈了他們。」

「小時候吃點苦頭，對他們有好處。這兩個孩子，看著就比別人家的聰明，好好養著，父皇看見了也一定會歡喜的。」安郡王頗有深意地道。

沈懷孝心裡明白安郡王的意思。只怕是說皇上為了補償，至少會給兒子一個不低的爵位。那國公府他既然沾不上，也不必失落，畢竟人這輩子拚死拚活，可不就是為了子孫後代嗎？

他點點頭，接受這份善意的提醒。「麟兒那小子，年紀不大，可主意不小，不好管束。」

「小子麼，皮一點好。」安郡王應了一聲，又拿起一塊點心吃了起來，完全是一副閒談的架勢。

沈懷孝沈吟了一瞬，主動道：「在下已經讓人查過了，暫時沒有發現不妥之處。若要想把事情查明白，就得往深裡查……」他沒再說下去，等著安郡王開口。

言下之意，就是怕這深水中藏著什麼不能動的大魚，一旦牽扯進來，不好善後。

「沒事就好，沒事就天下太平了。」安郡王沒回答沈懷孝的話，自顧自地說了一句。

沈懷孝便知道了安郡王的意思；這是不主張自己再查下去。

安郡王笑看著沈懷孝。「有些事情，心裡既然已經猜到了，就根本不需要查下去。」

沈懷孝垂下眼簾，沒有說話。

安郡王給沈懷孝倒了茶，輕聲道：「不過都是別人棋盤上的棋子。棋子的命運，從來就不由自己。」

沈懷孝明白。安郡王是想說，他們這些人早就被皇上擺在棋盤上了，什麼時候該有什麼動作，那得看皇上的眼色行事，誰敢擅動，誰就要有被替換的準備。身為棋子，必須要有棋子的自覺。

沈懷孝握著茶杯的手緊了緊。「殿下說得是。」他沈默了半晌，才又問道：「殿下也甘心做一枚棋子嗎？」

「有一句話叫做『識時務者為俊傑』。若是對自己有利的話，適時地當一枚乖乖的、受人擺布的棋子，又有何不可？」安郡王輕笑一聲。

沈懷孝眉梢一挑，不由得想起了這麼一句話——能大能小是條龍，只大不小是條蟲。能屈能伸，說起來容易，可做起來難。他點點頭。「殿下的意思，在下明白了。」

「你是個聰明人，也是個明白人。」安郡王把點心碟子往前推了推，打住話題，道：「趁著新鮮趕緊吃，這點心就吃那麼一股子鬆軟勁。」

沈懷孝順勢拿起一塊。「再吃兩塊就收了吧。晚上燉魚，是農家做法，味道獨特。」

「這天候，能弄到鮮魚也是難得。」安郡王感興趣地說。

「別人送的禮。兩簍子鮮魚，每一尾都個頭肥大，肯定是鑿冰撈的，也就吃個新鮮。」

沈懷孝接著聊下去，兩人就這樣說起了閒話。

啞婆一邊處理著手裡的魚，一邊盯著大丫燒火。「把柴架上就成了。妳就坐在灶前，也不冷，順手把蔥、薑、蒜都給挑洗乾淨了。」

大丫笑著應了一聲。「娘，這些魚總得二、三兩銀子吧。」

「差不多。」啞婆笑道：「天寒地凍的，若不是日子實在過不下去了，誰會冒險弄這個？這可是要命的買賣。」

「老爺回來了就是不一樣。這些個東西，聽說都是人家送的。」大丫眼裡有著豔羨，她低聲道：「聽說這次是回來接夫人和哥兒、姊兒走的。娘，妳說咱們該怎麼辦？」

啞婆這幾天也在想這個問題。主家臨走前，少不得打賞一番。有了銀錢，屋子能翻修，還能置辦個小店鋪。可他們孤兒寡母的，沒有人護著，手裡即便有些銀子，也長久不了。可若想跟著主子，少不得要賣身為奴，讓後代子孫為奴為婢，她下不了這個決心。

大丫用筷子的一端，刮著生薑上面的表皮。灶膛的火映在少女的臉上，明明滅滅，就見她抿著嘴，看了啞婆一眼。「娘，依我看，咱們跟著主子走吧。要不是夫人慈悲，就這兩天的天氣，我跟弟弟非得凍死在咱們家炕上了。馬文昨兒還說，咱們家的房子塌了一角，這雪太邪性，那兩間草房是扛不住了；就算要翻修，今年也來不及，地都凍實在了，主家這一走，咱們要住哪兒？何況，我跟弟弟從來沒吃得這麼飽過。能吃飽、睡好、不受凍，就是好日子了，活下去最要緊。再說做奴才的，未嘗不體面。」

壯哥兒從外面進來，笑嘻嘻地湊到灶膛口烤火。「姊姊說什麼呢？」

「你幹什麼去了？外面怪冷的。」大丫把位置讓給壯哥兒，道：「別淨淘氣，家裡住著貴人，別衝撞了。」

「才沒有呢。」壯哥兒笑著從懷裡摸出一錠金元寶。「娘，妳瞧。」

啞婆嚇了一跳，面色大變。「哪來的？」這可是一兩金子，相當於十兩銀子，夠買他們母子三個了。

「貴人賞的。」壯哥兒有些自得。「今兒我陪著哥兒、姊兒在外面溜冰，貴人誇我伺候得好，賞了金子給我。」

大丫看了啞婆一眼。「娘，該下決心了。」

啞婆咬咬牙。「先做飯，晚上我去求求夫人。跟著主家，好歹能庇護你們長大。」

大丫應了一聲，回過頭拿了壯哥兒手裡的金元寶，貼身收起來。「姊收著，將來給你娶媳婦兒用。」

第十六章　信息

後院堂屋裡，蘇清河起身，先將兩個孩子沾著雪的外衣都給扒了，再把兩人塞到被子裡。「這樣的天還去溜冰，不是要鬧出病來了嗎？都是你們爹慣的。」說著，指揮石榴道：「這些髒衣服不忙著收拾，先倒兩碗滾熱的薑湯來，讓他們祛祛寒。」

石榴笑著應了，又替兩個孩子說了話。「孩子麼，多動動也沒事。」

沈菲琪嘻嘻笑。「再過幾天就得走了，在路上可沒家裡暖和，我先適應、適應唄。」

沈飛麟純粹是想出去看看。他出生三年了，對外面的世界還一無所知，如今既然想好好生活，就得趕緊融入環境才行。

這才有了兩人跟衛所裡的孩子一起溜冰的事。

蘇清河給兩人把了脈，確定無礙，才稍稍放了點心。看著他們喝完薑湯，又摀在熱炕上，才道：「一路上的事不用你們操心，誰也不會讓你們凍著。」

前兩天，她就讓馬六找人改造了自家的馬車。她哪裡捨得他們在路上受苦？

沈懷孝從外面進來，笑道：「可是玩野了？受涼了嗎？」他脫了大氅，站在火爐邊去了去身上的寒氣，才繞過屏風，靠近孩子。

「還好。」蘇清河瞪了兩個孩子一眼，才問起沈懷孝。「這雪今兒算是小下來了，各人身上的傷，也都癒合得差不多了。沒說什麼時候走嗎？家裡的東西要怎麼安置？」

「沒什麼要收拾的，要是捨不得宅子，讓人隔三差五的照看也就行了，若缺什麼，到了涼州再置辦。」沈懷孝看著兩個縮在被子裡的小腦袋瓜子，聲音不由得輕柔起來。

破家值萬貫，想必沈懷孝是不懂這個道理的。不過千里迢迢的，確實是輕便些較好，她也沒反對。「只把日常用的都帶走吧。」

沈懷孝點點頭。「涼州雖然也地處邊陲，但那裡的氣候條件比這裡更嚴酷一些，風沙極大，而且異族人多。不過好在還算繁華，來往商旅不絕，想要南北貨，沒有買不到的。那裡民風也較開放，常有女子在外走動，妳若想出去走走看看，也很方便。」

蘇清河搖搖頭。「只要安全，在哪裡都好。」至於逛街，還是免了。頂著這麼一張臉，出去了也是徒惹是非。

「娘，咱們帶誰去？能帶大丫他們嗎？」沈菲琪仰起腦袋，問了一句。身邊沒有可用的人可不行。

「得看人家願不願意了，妳別操心。」蘇清河拍了女兒一下，讓她安靜地摀著被子。

「我瞧著啞婆伺候得還行，她家的姑娘、小子，暫時跟著琪兒和麟兒也成。到了新地方，必須有熟悉的人在，免得他們不適應。」沈懷孝跟蘇清河商量。「看能不能買下他們？要是伺候得好了，過上十幾年再放他們出去也成。」

蘇清河點點頭。「我抽空跟啞婆談談再說吧。」路上沒個人打理飯食，確實不行。石榴可幹不了廚房的活計。

沈懷孝看了看蘇清河，見她面色雖紅潤，近看卻顯出幾分憔悴來，就知道她是身子還沒養好。「妳的身子能扛得住嗎？」

蘇清河一笑。「一路都坐在馬車上，想必沒什麼大礙。」

沈懷孝嘆了一聲。兩人雖為夫妻，但中間始終像是隔了一層看不見的牆。如今暫且顧不上這些，等到了涼州，可得找她好好談談了。

而啟程的日子，比想像中快了許多。

當馬車緩緩啟動，蘇清河多少有些不捨。

車窗被封得嚴嚴實實，就怕進了風會凍著孩子，蘇清河連想從縫隙裡回望一下生活了四年的地方也不能。耳中聽著眾人跟安郡王和沈懷孝道別的聲音，心裡反而安定下來。

往涼州去，沒有照著安郡王和沈懷孝來時的路返回，而是先往南走，再往西走，這樣大半的路程都沒有想像中的寒冷。

一路上安郡王沒有刻意隱瞞身分，住的也是驛站。雖然不比家裡舒服，但也有熱湯、熱飯，比想像中的好了許多。

蘇清河沒有露面，一直戴著圍帽。這張臉還是不要四處招搖的好。

沈菲琪和沈飛麟則是滿心的好奇。暖和的時候，他們兩人也樂意被護衛抱著，騎在馬上看看四處的風景。

東宮

「沒成嗎？」太子起身，問了眼前的黑衣人。

「梅香回來了，沒成。而且身上所中之毒，也還沒解開。」黑衣人答道。

「沒成就好。」太子鬆了一口氣的同時，不免心中疑惑。「就她一個人回來了？」

「是，其餘人全都折損了；她也是被別人所救，才僥倖逃脫出來。」黑衣人想起梅香發僵的身體，打了個寒顫。

「被誰所救？」太子面色一變，厲聲責問。

「屬下不知……」黑衣人身子俯得更低。「那人引著我們發現梅香，之後便不知所蹤，應該沒有惡意。」

沒有惡意？簡直是豬腦子！

太子面色鐵青。「暗衛就是必須在暗中行事，如今被人摸到了老巢，在別人眼裡，你們已經沒有絲毫的秘密可言。而孤的統領卻還說什麼沒有惡意？」他一腳踹在黑衣人身上。「挖出你們，就等於挖出了孤的隱秘，等於抓住了孤的把柄。而你，我的暗衛大統領，你至今毫無所覺，你想用你的愚蠢，證明孤識人不明嗎？」

「屬下該死。」黑衣人冷汗淋漓。

「你是該死。」太子在房裡焦躁地來回徘徊。「不過在死之前，不惜一切代價也要給孤把對方找出來！」

「是。」黑衣人應了一聲，見太子擺擺手，他才膽戰心驚地退出去。

直到黑衣人走遠，太子才掀翻了案几。「這群蠢材！」

平仁低頭進來，臉上沒有任何波瀾，只是招了兩個小太監將屋裡打掃乾淨。他斟了茶遞過去。「主子息怒，別為了奴才們氣壞身子。」

太子看了平仁一眼。「也就你最乖覺，知道什麼時候該出來，什麼時候該縮回去。」

平仁訕笑兩聲。他要沒這分眼力，能在這位主子跟前伺候這麼些年嗎？沒點趨利避害的本事，在這宮裡早被啃成渣滓了，更別說出人頭地。

他小心地覷了主子的臉色，才道：「奴才就是覺得，不管啥時候，都不能礙了主子的眼。」

「這話說得很對。」太子抿了口茶，眼神有些高深莫測了起來。「只是這個世上，到底是礙眼的人多了一些。」

平仁馬上又縮了回去。他知道，主子說的這些礙眼的人，絕不是他們這些個奴才，他們還不夠格。

他閉緊嘴巴，裝沒聽見。這些話，還是少聽為妙。

誠親王府

大皇子粟遠淞，是明啟帝的長子，人稱「大千歲」，被封為誠親王；他的母親則是黃貴妃。

黃貴妃的父親黃斌，乃兩朝元老重臣，位列丞相之位，可謂是位高權重。

而這位大皇子成年後，娶了黃斌的孫女，也就是他的親表妹黃鶯兒為正妃，使他跟黃家的關係更加緊密起來。

黃家既是母族，又是妻族。這樣的關係，就如同綁在一架戰車上，足以相互信任。

此刻粟遠淞靠在軟枕上，誠王妃黃鶯兒坐在他身邊，輕輕地幫他揉了揉額頭。

「歇著吧。」誠親王拉下王妃的手。「別太累了。」

「不累。」誠王妃輕聲道：「表哥，難道真的不動手了？由著安郡王……」

誠親王擺擺手，制止王妃的話，心裡不由得升起幾分不悅。老四再怎麼著，那也是天家的子孫，就算他們之間互相爭鬥，那也是他們之間的事。

這黃家的心太大了！居然連皇子也不放在眼裡，這讓他心裡有些無奈。他需要黃家勢力的支援，但未嘗不忌憚這股勢力。

況且，這黃家，可是先皇的人！這也就意味著他們是皇上心中的刺。

說到底，黃家的勢力像是一把雙刃劍，最終傷到的是誰，還說不準。這些道理，他心裡比誰都明白，但又能如何？當他從母妃肚子裡出來的那一刻，他身上就貼上了丞相一黨的標籤。

他制止了王妃的話。「有些事，能做不能說。老四敢這麼大張旗鼓，就是不怕人知道，這時候，誰動手都是找死。」

「但他手裡的兵權太可怕。」誠王妃不無憂慮地道：「他跟太子，可比跟咱們親近多了。」

「呵呵……」誠親王嘲諷地一笑。「老四跟太子親近？別逗了。」他說著，就不由得笑了起來。

誠王妃推了他一把。「笑什麼？賢妃和元后可是親姊妹，有著共同的母家。在你們這些兄弟中，誰也近不過太子跟安郡王。」

誠親王坐起身，拍了拍王妃的肩膀。「我的好王妃，妳還真是天真。」天真不可怕，可怕的是帶著這種天真和無知，企圖染指權力。在誠親王看來，這完全是作死。「妳啊……還是在府裡好好看著珍姊兒跟寶姊兒吧，別瞎摻和。這裡面的事，妳弄不懂的。」他成親好幾年了，膝下卻只有兩個寶貝閨女。

在老四心裡，恐怕最恨的，就是那位太子殿下了。

想到這裡，誠親王的心情就無端地好起來。老四沒偏向他，但更無親近太子的可能。他看似輸了，但太子也沒贏，平手罷了。

坤寧宮

如今住在坤寧宮的這位皇后，是明啟帝的繼后，出身良國公府高家。入宮後，生下六皇子粟遠凜。繼后所出之子，也是嫡子，被封為榮親王。

此刻榮親王正坐在坤寧宮，不滿地抱怨。「沒能截殺成功，還真讓人覺得窩囊。老四的命可真硬，這會子又大搖大擺地巡邊返回，竟還讓下屬帶著女眷一起走，真是猖狂！老大的暗衛也不行，兩下裡配合，居然也沒能成事。」

「早說過了，別輕舉妄動。」皇后看著兒子，有些無奈。「如今，你該把視線放在東宮，盯著老四做什麼？只要東宮的那一位還是太子，你謀劃再多都是空的。」

榮親王拿了案几上的果子，狠狠地咬了一口。沒錯，只有先把太子拉下來，他才有坐上那張龍椅的機會。畢竟，除了太子，只有他是嫡子。

「母后，您確定老四不會站在太子身後？」榮親王又問了一次。

皇后嘴角露出幾分嘲諷的笑意。「他不僅不會站在太子身後，必要的時候，還會在暗地裡踩上東宮幾腳。」

榮親王眉頭一皺。「為什麼？」

「這就說來話長了……」皇后悠悠地嘆了一口氣，臉上露出幾分悵然之色。

蘇清河靠在馬車裡，聽沈懷孝說著京城的事。

「這麼說來，太子因為是元后的嫡子，名正言順地入主東宮；誠親王則是皇長子；榮親王則是繼后的嫡子。」她閉上眼睛。「還真是每個人都有資格爭奪那個位置，各自背後扶持的勢力也不容小覷。」

連最沒有背景的安郡王，都因為手握兵權，成為一方勢力。

沈飛麟在一旁陷入沈思。這些人看似都有依仗，其實不然。

太子雖搶先占著東宮，可成年之前，都是在皇上的眼皮子底下生活。他能有多少勢力，也都是在皇上的默許下得來的，他在皇上眼裡，幾乎是透明的。直到娶了太子妃，他才得了輔國公府沈家的勢力。

可如今，母親和父親的結合，讓沈家在未來的選擇多了起來。他覺得，對於這些事，皇上恐怕都是心知肚明，也許還在暗處推波助瀾。如此一來，太子所依仗的沈家，也就不那麼堅定了；又或者，乾脆將沈家一分為二。畢竟父親也是沈家的嫡子，不論哪一點達成了，都將分化、削弱太子的勢力。

而大皇子誠親王，他背後的丞相府，更不值得一提。自古以來，君要臣死，臣不得不死，只要君主不是傀儡，那麼這個丞相府就不是威脅。更何況，這位丞相是先皇親信，皇上留著他，不管是出於什麼考慮，都不會任其壯大。

六皇子，是繼后一脈，也就是依靠良國公府的勢力。而良國公府和輔國公府之間的對峙，沒有人比皇上更清楚。

不要說兩家之間本就有矛盾，即便沒有矛盾，皇上也會挑撥出矛盾。兩家越是相互對立，才能更好的牽制對方。那麼，六皇子的存在，就是為了牽制太子。

由此可見，兩大國公府的對立，是皇上所需要的。

那麼，沈家給父親娶了一位良國公府的女子，實在是走了一步臭棋。別說母親是真公主，即便真是民女，沈家府裡的那一位，也占不到便宜。

在六皇子成年之前，靠大皇子牽制太子；在六皇子成年之後，就由六皇子來接替大皇子，繼續牽制太子。

那麼大皇子，也就該退出這個舞臺了……這才是皇上的打算吧！

在這個過程中，自己的母親又該扮演什麼樣的角色呢？

沈飛麟想到這裡，不由得打了個寒顫。

蘇清河目送沈懷孝下了馬車，才揉了揉兒子的頭。「別琢磨了。」她拿小被子給兩個孩子裹嚴實了。「車到山前必有路，想多了也沒用。」

沈飛麟勉強地笑了笑。

這一世，他還是和皇家扯上了關係，進了皇家，手上想要乾淨是不可能了。他把身子往被子裡縮了縮。有些事，他得好好想想了。

蘇清河看著被馬車的震動搖得昏昏欲睡的閨女，微微嘆一口氣。

即便前路再難走，她必須硬闖出條生路來。就算不為自己，也得為了兩個孩子。

安郡王騎在馬上，問著騎馬趕來的沈懷孝。「都說了嗎？」

沈懷孝點點頭，眼神頗有些複雜地看了安郡王一眼。「說了。她悟性極高，不用在下解釋，就明白其中的利害關係。」

安郡王一愣，嘴角挑起笑意。「到底是皇家的種，總是有些不同於常人的地方。」

沈懷孝嘆了一口氣。「聰明人都是勞碌命。」

安郡王哈哈一笑。「你得這麼想，笨蛋在皇家是會早死的，她這樣正好！當公主也得帶著腦子的。」

沈懷孝一時啞然。別說皇家，即便在國公府，不也一樣？

安郡王轉移話題。「本王已經讓人把南苑收拾出來了，讓馬車直接往南苑去吧。」

南苑，是緊靠著郡王府的花園子。

「都說南苑是西北第一苑，是咱們沾了殿下的光了。」沈懷孝客氣地道。

安郡王搖搖頭。「那倒不至於，跟江南和京城還是不能比的。先這麼湊合著住吧，不能太委屈兩個孩子。」他看了沈懷孝一眼，笑道：「本王雖然不喜歡你們沈家人，但這兩個孩子，本王還真是喜歡到心坎裡了。」

沈懷孝一噎。這話讓他該怎麼接？

白遠咳嗽一聲，笑道：「南苑地方大，也省得兩個小主子老是悶在屋裡。」他這話倒是替沈懷孝解了圍。

沈懷孝感激地朝白遠笑了笑。「這兩個小祖宗就連在屋裡，也淨想著淘氣呢。」

安郡王擺擺手。「你也別老拘著孩子，要是管過頭，會失了靈氣。」

沈懷孝點點頭。「殿下說得是。」他心裡卻有些無奈。輕不得、重不得，還讓人怎麼管教孩子？他不欲多說，拱手道：「在下還是去車上看看。伺候這兩個小的也不是輕省事，孩子的娘一個人估計忙不過來。」

安郡王點點頭。「去吧！」

白遠看著走遠的沈懷孝，低聲對安郡王道：「殿下，您這麼說話，沈將軍只怕心裡不大好受呢，這又是何苦？」

「本王心裡自有打算。要是這些話他都受不住，以後在清河和沈家之間，他又該何去何從？」安郡王看了白遠一眼。「本王知道你的意思，你是怕清河夾在中間難做人。可這些話，本王不去試探，不時時敲打敲打，又能指望誰？讓清河逼迫自己的丈夫嗎？不如本王這個當哥哥的來做惡人，反而能讓他們夫妻之間不留嫌隙。」

白遠嘆了一口氣。「咱們家這位姑奶奶也不容易。」沒法子稱呼公主，只能用姑奶奶這麼個稱呼了。

「是啊，的確不容易。」安郡王棄了馬，也上了馬車。「本王先躺一躺。」

第十七章　舅父

後面的馬車中，沈懷孝靠在車壁上，腳下是熏爐。

他看著縮在蘇清河身邊的兩個孩子，輕聲道：「到涼州之後，兩個孩子身邊的人要仔細些。將軍府的人，我不打算讓他們去南苑伺候；他們對我忠心、對沈家忠心，但未必對妳跟孩子也同樣忠心。要把我跟沈家徹徹底底地撕扯開，不是一朝一夕的事。」

蘇清河輕輕地搖頭。「你跟沈家哪裡能分得那麼清楚？況且，上面的人未必想讓你分清楚。」

沈懷孝嘆了口氣。「妳總是這麼理智。」

「我想查查京城裡那個女人的事。」蘇清河突然說了這麼一句。

沈懷孝坐起身來，認真地看了蘇清河一眼，眸中的亮光一閃而過，輕輕答了一聲。「好。」

蘇清河沒注意到沈懷孝的神色，她的注意力完全放在狀似睡著的女兒身上。在她說到「那個女人」的時候，明顯感覺到閨女的身子瞬間僵硬起來，甚至微微有些發抖。

這讓她不由得心疼。那個女人，可能就是孩子的心結。

她的手輕輕地拍撫在閨女身上。「至於沈家的人和事，必要的時候，我想聽你說一說。」

沈懷孝點頭。「咱們是夫妻，我沒有瞞著妳的道理。對沈家來說，妳也不是外人，『家醜不可外揚』這句話，用不到妳身上。」

蘇清河看著眼前的男人，輕聲道：「難為你了。」

沈懷孝搖搖頭，沒有說話。

難為嗎？的確是難為。沈家還有自己的親祖父和父母在呢，如今，他……

他低下頭，看著兩張稚嫩的小臉，心又再次堅定起來。

他一個人被犧牲可以，但兩個孩子何其無辜？為了孩子們，他不能再只是那個任人擺布的沈家公子了。

此刻，一個三十來歲、膀大腰圓的漢子，帶著隨從站在涼州城門外。

「大人，王爺也該到了吧？」那隨從抬頭看了看天色道。

「是啊，該到了。」那漢子點點頭，目光沒有從城外的官道上移開過。

他心裡有些焦灼。早前收到王爺半路被刺殺的消息，後來又收到王爺帶著女人、孩子上路的信，這讓他心裡更加的焦灼。

王爺不是一個心裡沒有成算的人，這次不知道鬧的是哪齣？

官道上，遠遠能看見一個黑點在移動，黑點越來越近，是大批的人馬。

漢子策馬迎上去，白遠笑著問他。「舅老爺，怎麼是您親自來了？」

原來這人是安郡王的親舅舅，賢妃的同胞弟弟白坤。而白遠就是白家的家生子出身，被安郡王選在身邊伺候。

白坤擺擺手，問道：「王爺呢？身上的傷可好了？」

「舅舅上來吧！」安郡王的聲音從馬車裡傳出來。「本王好著呢。」

白坤跳下馬，躍上馬車，掀開車簾的一瞬間，從頭到腳都僵住了。安郡王的懷裡，坐著一個三歲的小兒，那張臉簡直跟安郡王一模一樣。

「王爺！」白坤的面色大變，聲音有些發抖。「這是怎麼回事？」他伸手指向坐在那裡的沈飛麟。

安郡王看了沈飛麟一眼，促狹地朝白坤笑道：「舅舅進來說話，這樣僵著不難受嗎？」

白坤喘著粗氣，進了馬車，好半天才穩住心神。「王爺糊塗！這種時候，怎麼鬧出這樣的事來？」他看了沈飛麟一眼。「這孩子的這張臉一露出來，京城的幾位爺還不得鬧得人盡皆知。王爺讓天下人怎麼想？讓府裡的王妃怎麼想？王妃已經為您生了兩個小王爺，您現在鬧了這麼一齣，可怎麼了結？」

沈飛麟暗地裡翻了個白眼，掀起車簾，朝騎馬前來的沈懷孝喊了一聲。「爹爹，我要騎馬。」

沈懷孝騎馬上前，將兒子撈起來。「那咱們就騎馬。」

馬車裡的白坤用看傻子一樣的目光看著安郡王。「王爺這不是欲蓋彌彰嗎？那孩子的一張臉，說他不是您的兒子，是沈家那小子的兒子，也得有人信啊！這簡直是餿得不能再餿的主意，誰想出來的？是不是白遠那小子？」

安郡王朝白坤搖搖手，壓低聲音道：「舅舅只知道父肖子，怎麼忘了還有外甥肖舅的說法呢？」

「什麼外甥肖舅？王爺還是我的親外甥呢，您怎麼就那麼像皇上？一星半點也不像我呢。再說了，又有哪個公主會長得像……」白坤說到這裡，突然就住了口，他不敢置信地看著安郡王。「王爺是說，那是您的親外甥?!」

安郡王點頭。「有些事情，還得舅舅幫忙打掩護，他們不適合露面。」

「她……找到她了？」白坤聲音有些顫抖地問。

「找到了，就在後面的馬車上。」安郡王面對自己嫡親的舅舅，沒什麼好隱瞞的。

「姊姊……姊姊她知道了嗎？」白坤似哭似笑，神情有些複雜。

「母妃她……應該已經知道了。」安郡王嘆了一口氣。「想必父皇會告訴她的。」

「難道皇上知道？」白坤問道。

安郡王不置可否地道：「在這天下，還有什麼事是父皇不知道的？」

白坤面色一白。「那麼，姊姊這些年所受的罪，又是為了什麼？當年，他口口聲聲說會善待姊姊，就是這麼善待的？真是……」

「舅舅慎言！」安郡王打斷白坤的話。「不該說的，別說。對於母妃，父皇還是有情的。」

「是啊……」白坤道：「皇恩浩蕩。」

安郡王聽出了幾分嘲諷的意味，可他不欲在這個問題上糾纏，轉移話題道：「對於妹妹的安置，舅舅得上心一些。如今想要他們母子三人性命的，可不在少數。」

「三人？」白坤皺眉，表情滿是疑惑。

安郡王解釋道：「妹妹生了一對龍鳳胎，除了剛才那小子，還有個丫頭，很是嬌憨可愛，也在後面的馬車上。」

「這點隨了姊姊。」白坤的聲音柔和下來。「放心吧，我會安排妥當的。別說那是我的親外甥女，就是為了王爺您，我也會照顧妥當的。保住她，就等於為王爺鋪平前路，這些輕重，我心裡有數。」

安郡王這才點點頭，吁出了一口長氣。

南苑是涼州唯一一處背山臨水的宅子，占地近百畝。其中屋舍儼然，有假山奇石，有奇花異草，還有湖泊溫泉、小橋流水，可說是一點也不遜色於京城的園林。

這園子是內務府督造的，太子特意交代過要用心建造。因此，內務府這幫子奴才就怕不精心，對太子殿下沒法子交代。

可越是太子的心意，安郡王越是不能住，只怕惹來什麼風言風語。便以軍中簡樸，不敢好逸懈怠為由，沒有住進去。

如今這麼大張旗鼓地收拾起園子，難免讓下面的人有諸多猜測。

鍾善是伺候賢妃的老人，這些年一直留在安郡王府打理外務。他火燒火燎地檢查了一遍，見外院各處沒有不妥之處，才去內院見蘭嬤嬤。

「老姊姊，屋裡都歸置好了嗎？」鍾善一進內院，就大聲問道。

屋裡出來一個四十多歲的婦人，很是幹練。她給鍾善手裡塞了個暖爐，小聲抱怨道：「能住了，好不好的，得看主子們怎麼說了。咱們這位王爺啊，什麼也沒交代下來，讓咱們怎麼收拾？什麼樣的身分就該有什麼樣的排場，如今要住進來的是什麼人，我這心裡也沒底。」

鍾善跺了跺腳，看著院子裡綻放的紅梅，嘆了一聲。「這誰說得準呢？」

兩人對視一眼，心裡不約而同有些猜測。可千萬別鬧出什麼金屋藏嬌的事來，要真是那樣，他們的處境可就尷尬了。

此刻，馬車已停在南苑門口，安郡王什麼也沒交代，起身就回了隔壁的王府。

兩個孩子睡得正沈，蘇清河也沒叫醒他們，只用小被子把兩個孩子裹緊，然後將兒子遞給沈懷孝，自己則抱了女兒，在石榴的攙扶下下了馬車。圍帽將她遮擋得嚴嚴實實，讓人看不清容貌。

鍾善帶著幾個小太監把人迎進來，心裡不免吁了一口氣。

沈懷孝他還是認識的。顯然，這些人是沈將軍的家眷。

雖然不明白自家主子為什麼讓他們來伺候沈家的人，但這些不該是他一個奴才可以過問的。

蘭嬤嬤等在二門，看見一路走來的人，趕緊上前行禮。「見過將軍、見過夫人。」

沈懷孝點點頭，蘇清河腳步一頓。「嬤嬤別多禮了。石榴，扶嬤嬤起來。」

蘭嬤嬤看著這個身材頎長的女子，黑色的圍帽遮住她的容顏，但無法遮擋那窈窕的身段。那挺直的腰背不由得讓她想起一個人——老主子賢妃。那也是個時刻都將腰背挺得筆直的女子。

她站起身來，看了一眼跟在沈懷孝身後的鍾善，兩人對視一眼，彼此默契地交換了一下眼神。

看來，他們倆都有這樣的感覺。

鳳鳴苑，是安郡王特意讓人收拾出來給蘇清河住的主院。主院帶著兩個小跨院，剛好給兩個孩子住。

沈懷孝和蘇清河把兩個孩子安置在暖閣裡，又留了石榴和啞婆的女兒大丫在裡面照看，才轉身到了廳堂。

蘭嬤嬤和鍾善正站在廳堂裡等著主子的吩咐。

沈懷孝伸手，將蘇清河頭上的圍帽摘下來。

蘇清河這才仰起頭來，看向蘭嬤嬤和鍾善。

兩人一看見蘇清河的臉，一時間驚愕、惶恐、激動等情緒湧了出來。最後兩人不自覺地跪下來，淚流滿面，口稱「公主殿下」。

「叫夫人就好。」蘇清河心裡鬆了一口氣。這張臉的作用勝過千言萬語，難怪安郡王能一句也不交代，想必他已經想到了這樣的結果。

「見過夫人。」兩人真心實意地拜見。

「起來吧。」蘇清河扶起他們。「你們心裡應該也明白這是怎麼一回事，所以，外面的事情，還有勞你們多操心了。」

「公主殿下……不，是的，夫人。夫人太見外了，那些都是老奴們應該做的。」鍾善擦了臉上的淚，哽咽地道。

在宮裡過了二十年，有什麼事情是他不懂的？他太知道這位小殿下的出現對於賢妃和王爺意味著什麼。

沈懷孝看向蘇清河。「那我去外院安排一下，等會兒還得回將軍府一趟，晚上會回來陪妳和孩子們用飯。」

蘇清河點頭。「你放心忙去吧。」

鍾善跟著沈懷孝出去了。看來這位沈將軍，應該就是駙馬爺了。

蘭嬤嬤見蘇清河身邊只跟著一個婆子，忙叫了丫鬟進來。「夫人，這幾個丫頭您放心用。」

四個丫鬟，長相端正，沒有哪個是妖妖俏俏的人。紅桃憨厚，綠柳爽利，青杏潑辣，紫竹穩重。

第一印象就讓蘇清河心裡多了幾分滿意。正要說話，只見和暖閣相通的玄關處，珠簾一響，兩個孩子手拉手走進來。

小姑娘滿臉迷糊和嬌憨，小男孩則肅著一張粉嫩的臉。石榴和大丫跟在後面，小心地看護著。

「娘！」兩個孩子異口同聲地喊。聲音軟糯，讓人的心馬上化成一灘水。

蘇清河招招手。「醒了？」

沈菲琪馬上跑過去，沈飛麟則慢慢地踱著方步。

蘭嬤嬤一看見沈飛麟，就知道不會錯了。蘇清河跟安郡王相像，但男女畢竟有別，還是有些差別的。但沈飛麟不同，蘭嬤嬤是看著安郡王長大的，這個孩子跟安郡王簡直是一個模子刻出來的。

蘇清河笑道：「這兩個孩子一胞雙胎，可卻不怎麼相像。丫頭像他爹，小子倒像我。」

蘭嬤嬤心道：這不是像娘，而是像娘舅，也像外公。她又把視線落在蘇清河懷裡的小姑娘身上。這孩子果真與沈將軍極像，她不由想起沈家公子「貌若好女」的傳言，如今看這小姑娘的長相，想不信都不行。

只是這對母女的嘴角都有些往上翹，這一點倒是跟賢妃娘娘相似。

蘇清河給兩個孩子介紹道：「這位是蘭嬤嬤，那邊站著的是紅桃、綠柳、青杏和紫竹。」

「嬤嬤好，姊姊們好。」兩個孩子坐在母親身邊沒動，同時開口問了一聲好。

蘭嬤嬤和丫鬟幾人忙道不敢。

「這兩個孩子身邊沒有妥當的人照顧著，蘭嬤嬤看誰適合？」蘇清河看向蘭嬤嬤。

小主子身邊，自然得有忠心穩當的下人才行。蘭嬤嬤不由得想起沈家那些傳言，她突然明白夫人話裡的意思了。將軍府裡多少還有一些沈家的人，夫人打算從他們之中挑人，不就是擔心這個嗎？

她在心裡權衡一番，道：「先把綠柳跟青杏給哥兒；紫竹穩重，讓她跟著姊兒。老奴瞧著哥兒穩重，身邊不留舊人也無礙；而姊兒身邊的那個小丫頭是姊兒身邊的舊人，依舊跟著姊兒，和紫竹一道伺候，應該出不了差錯。紅桃有些老實，就留著照看夫人吧。」

蘇清河點頭。自己身邊有了紅桃，再加上石榴，也夠用了。

「還是讓啞婆去廚房吧。」蘇清河看了啞婆一眼。

啞婆也不是個糊塗人。在這樣的地方，她的手藝或許顯現不出來，但主子讓她去廚房，無非是讓她盯著，廚房可是要緊的地方。她點點頭，表示知道了。

蘭嬤嬤鬆了一口氣。多一雙眼睛，總是好的。再說了，主子的口味和習慣，沒有個熟悉的人指點也不成。

「讓壯哥兒跟在我身邊吧，一起讀書、習武。」沈飛麟插了一句話。

「應該的。」蘇清河點頭，對啞婆道：「妳也別不捨得，讓你們家的小子跟著哥兒吧？」

啞婆歡喜地應下。「這是我家小子的福氣，哪裡會不捨得？」

蘭嬤嬤詫異地看了沈飛麟一眼，心裡納罕。如此安排，也不知道這位小少爺是有意還是無意？若是有意，那可是不動聲色地在招徠人心，況且，跟在小少爺身邊和跟在姑娘身邊，還是不一樣的。跟在小少爺身邊的人，前程必定是不錯的；再說了，只要把啞婆的小子握在手裡，啞婆就永遠不可能生出背叛的心思。

啞婆的一雙兒女跟在小主子身邊，同吃同住，啞婆在廚房肯定會恨不能生出八雙眼睛盯著。畢竟這不僅事關小主子，更關係到她的孩子們。

蘭嬤嬤把這些一一記在心裡。伺候的時候，她可得更精心些了。

在丫鬟的伺候下，母子三人梳洗了一番，換上蘭嬤嬤提前準備好的衣物。

「先湊合兩天，明兒讓人來量了尺寸，再做新的。」蘭嬤嬤解釋。

「這衣裳就很好了，嬤嬤有心了。」蘇清河點頭。準備的衣物低調素雅，很舒適。

紅桃笑著湊趣。「夫人喜歡什麼香？奴婢也好熏屋子。」

「香料就罷了。當季的花卉，或是果品，用那個熏屋子，味道更自然。」蘇清河笑道。

蘭嬤嬤眼睛一亮。老主子也是喜歡這些個自然的香氣，那些再名貴的香料也是不用的。

正說著話，便聽見鍾善在門外求見。

「趕緊讓他進來吧，外面怪冷的。」蘇清河打發紅桃去傳話。

鍾善進來，稟報道：「白坤白大人前來拜訪，老奴特來問問夫人要在何處接待！」

「將軍不在嗎？」蘇清河問。男客自然該由沈懷孝出面。

「將軍剛回了將軍府。」鍾善頗有深意地看了蘇清河一眼。

蘇清河瞬間想起來了。這白坤不就是賢妃的親弟弟，那麼也是自己的親舅舅了。她趕緊道：「也罷，反正不是外人，只由我一個人接待，想必白舅爺也不會覺得招待不周。」

這白坤不僅是賢妃的弟弟，也是元后的弟弟，算是堂堂正正的國舅爺，稱呼一聲白舅爺也是適合的。

「快請貴客到花廳坐吧，我隨後就到。」蘇清河吩咐道。

蘭嬤嬤看了鍾善一眼，心想這位主子也是個聰慧的人。

第十八章 庶出

沈懷孝帶著沈大和沈三回到西將軍府，沈二趕緊把人迎進去。

「主子先歇歇，我這就讓人把熱水送上來，您梳洗一下。」沈二殷勤地斟了茶遞過去。

沈懷孝脫了大氅，靠在椅背上，接過茶盞。「最近府裡可有什麼事情沒有？」

「國公爺、世子爺和老爺，前後送了三封信過來。」沈二看了看主子的臉色，又道：「還有世子夫人送了幾個丫頭來，說是要服侍您起居的。」

沈懷孝面色一冷，順手把茶盞扔到沈二身上。「你是怎麼搞的？再敢讓亂七八糟的人進府，我看你乾脆跟她們一塊兒滾出去算了！」

「主子！」沈二覺得自己忒冤枉。這世子夫人是主子的親娘，人家當娘的給自己的兒子送丫頭，他一個下人，能說什麼？

沈大悄悄地瞪了沈二一眼。這個笨蛋！主子要罵，你受著就是，還不能讓主子出出氣了？

沈二看了沈大一眼，又見沈三一個勁兒地使眼色，這才將要辯解的話吞下去。「主子恕罪，都是奴才辦事不力。」

「那就趕緊去善後！願意回去的，賞點銀子打發人好好地送回去；要是不想回去的，你知道該怎麼辦。」沈懷孝的語氣裡帶著幾分陰冷。

為他娶了一個人盡可夫的女人，可曾考慮過他的尊嚴？如今送幾個丫頭打發他，當他沈懷孝是什麼人？

沈二點點頭。「主子放心，奴才知道該怎麼辦。」妄想攀高枝的，也不過是一碗啞藥，送到妓房罷了。他看見熱水已經送到，就趕緊把信放到主子面前。「您還是先去梳洗吧。」

沈懷孝冷眼看了桌上的信，轉身進了浴室，剛解了腰帶，就突然頓住手。「先不洗了，把水抬下去吧。」

又怎麼了？沈二腹誹。主子不過出去一趟，怎地毛病越發多了？

他看向沈大和沈三，就見兩人眼觀鼻、鼻觀心，一副沒接收到求助信號的樣子。

沈二不敢忤逆，忙應了。

沈懷孝重新坐下，分別看了祖父、父親和兄長的信。裡面無不透露著希望他取得安郡王的信任，為太子拉攏軍中人脈的心思。關於其他的事情，卻一字未提。

他冷笑兩聲，順手將信扔進火盆中，付之一炬。

「沒別的事了吧？」沈懷孝問沈二。

「送信的人還在等著主子的回信，好順手捎回去。」沈二小心地補充一句。

「讓他帶著那些丫頭都給我滾！什麼回信？回個屁！」沈懷孝瞪起眼睛，一副吃人樣。要他在安郡王的眼皮子底下為太子拉攏人脈，這不是嫌命長嗎？他們下這樣的命令，可考慮過他的處境？

沈二覺得自己真是倒楣透頂了，他趕緊低頭退下。

「慢著。」沈懷孝平了平心中的悶氣，對沈二交代。「你去告訴傳信的，就說信我已經看了，交代的事情我也知道了，但這些事情不是一朝一夕就能辦好的，我會盡力去辦，讓家裡往後不要再送信、送人來了，不安全。我也不再回信了，怕送信的在路上有什麼閃失。往後有事，我會讓人拿著印信，捎口信回去的。如今儘量不要聯繫，不聯繫，反倒好行事。」沈懷孝看了沈二一眼。「你可記住了？」

這不是糊弄人嗎？沈二在心裡嘀咕一句，嘴上卻默默地複述了一遍，最後才說：「奴才都記住了。」

沈懷孝這才點頭。「我最近不會住在府裡，有事你親自去安郡王府旁邊的南苑找沈大或沈三。這將軍府，暫時交給你打理，要是有人問起我的去向……」

「就說主子去軍營視察了。」沈二接話道。

「難得機靈了一回。」沈懷孝站起身來，拿了大氅往身上一披，就朝外走去。

沈大和沈三看著一臉委屈的沈二，幸災樂禍地笑著跟出去，留下沈二一個人滿心怨念。

沈二心中滿是無奈。今兒這霉頭觸得，都不知道是為什麼。

白坤正坐在南苑花廳裡，看著天井裡迎向寒風盛開的臘梅，心思不由得飄遠了。

他幼年喪母，是在姊姊的照料下長大的。後院的姨娘們恨不能吃了他們姊弟倆，要是沒有姊姊小心護著，他這個嫡子還不知道死多少回了。後來，父親又娶了繼母，繼母是小戶人家出身，見識淺薄，且視財如命，致使他們姊弟倆的日子更是雪上加霜。

那時候，最難熬的就是冬天。沒有炭火，屋裡冷得如同冰窖。姊姊院子裡也有幾株臘梅，每當臘梅花開，他沒有絲毫喜悅和欣賞的心情，反而有些懼怕和灰心。因為它的盛開，代表著一年中最冷的日子到了。

如今，這麼些年過去了，他也是有孫兒的人了，但還是不喜歡臘梅，他害怕想起那些年經歷過的日子。他不知道姊姊的西寒宮裡，是不是也如同當年一樣的冷……

「白大人。」蘇清河恭敬地行禮，輕輕喚了一聲，打斷了白坤的思緒。

白坤回過神來，就見眼前的女子保持著行禮的姿勢，他趕緊站起身來，想伸手扶一把，又覺得不妥當，手便僵在了半空。「快起來！快起來！這麼多禮做什麼？」

蘇清河站起身來，朝白坤盈盈一笑。「白大人快請坐。」

「好。」白坤看著眼前肖似安郡王的面孔，有些手足無措。「這就坐、這就坐。」

蘭嬤嬤上了茶，便退了出去，順手也帶走了伺候的丫鬟。她們就站在花廳外，能看見裡面，但聽不見說話聲。

「這些年，妳過得還好嗎？」白坤收斂心神，關切地問了一聲。

「養父和養母對我愛若珍寶，我過得很好。」蘇清河雖然沒有親自經歷過，但在原主的記憶中，確實是如此。

白坤鬆了一口氣。「那就好。」想了想，又道：「說起來，真沒想到妳那養母能這般待妳。畢竟，紀嬤嬤算不上姊姊的親信。」

「不是親信嗎？」蘇清河挑眉，總覺得白坤的話裡有話。

「是啊，要是親信，就不會帶走妳了。」白坤笑了一笑。

蘇清河點頭，表示明白。這是在暗示，養母不是賢妃的人，那麼她會是誰的人呢？帶走她而不傷害她，只可能是皇上的人。也就是說，當年的事情都是皇上安排的嗎？

想必這一點，安郡王也是不久前才想明白。對於父親，他一個做兒子的不好說些什麼，便讓白坤來告訴她。更甚者，他是不想讓沈懷孝知道，否則不會這麼恰巧，剛好避開了沈懷孝。

如果真如白坤所說，很多事情就解釋得通了。比如石榴，養父、養母不會平白無故安排這麼一個人給她，她最初對石榴的信任，不正是因為石榴在她身邊時日最久嗎？如今看來，石榴跟養母，應該是出自同一個地方。

蘇清河的心裡閃過許多念頭，笑道：「有時候，得用的未必就是親信，親信也未必就得用。只要有用，其他的不重要。」

「這話說得在理。」白坤的眼裡閃過一絲讚賞。「王爺也常常如此感嘆。」

看來，皇上在安郡王身邊也安插了人。既然如此，那麼涼州城中，又有多少人其實就是皇上的探子呢？恐怕就連這個南苑中，也為數不少。

原來白坤是專程上門來提醒她的。蘇清河接受這份好意。「我知道了，讓您操心了。」

白坤心中感嘆。這孩子真聰明，給了沈家那小子，糟蹋了啊！何況沈家還有那麼些個糟心事。「有什麼事，打發蘭嬤嬤或鍾善給我捎信。」

是說只有這兩人能全心信賴的意思吧？蘇清河點頭。「我知道了。」

送走了白坤，蘇清河陷入沈思。把皇上的探子留在身邊，若是用得好了，其實未必沒好處。必須讓這些人覺得被重用，還要防備著不讓他們知道不該知道的事，這需要一些技巧。

她還沒能想出個所以然來，沈菲琪就衝進來。「娘，我院子裡收拾得可好了，有個很大的花房，我想住過去了。」

「小沒良心的，就這麼急著離開娘？」蘇清河伸手摸了摸閨女的手，覺得暖才放心。

「就在娘邊上，哪裡是離開娘了？」沈菲琪覺得自己再跟娘住下去，爹跟娘還不知道什麼時候才能和好？

「我也想搬。」沈飛麟需要自己的空間。

蘇清河知道兩個孩子的情況，也沒太多擔心。「那就搬吧，反正在跨院，挺近的。」

「搬什麼？」沈懷孝沒讓人通報，進來的時候，就聽見個母子三人在說著話。

蘇清河起身，一邊伸手幫他把身上的大氅脫了，一邊打量著他的神色，心裡暗道：這是遇上什麼不順心的事了吧？

沈懷孝臉上的神色，頓時就軟了下來。

「爹爹，我要搬到自己的院子去住。」沈菲琪衝過去，一把抱住沈懷孝的腿。

沈懷孝小心地拉開閨女。「爹還沒梳洗呢，身上髒。」說完就看向蘇清河。

蘇清河吩咐紅桃去準備熱水，又對他說：「再忙也要先梳洗一下，能解解乏。」

沈懷孝裝傻道：「我這不是急著回家嗎？在外面哪有在家裡自在舒服？」

蘇清河也沒在意。家裡自然比外面舒服，這是實話。

沈飛麟暗自翻了個白眼。這話鋒變得可真快，娘一來，以前的將軍府馬上就不是家了。

蘇清河打發沈懷孝。「你趕緊去洗，等等該吃飯了，這兩個小的，只怕是餓了。」

「那就讓人擺飯吧。」沈懷孝站起身來。「我很快就好。」

飯菜擺了一桌，野山菌熬製的湯底，散發著誘人的香氣。

沈飛麟見沈懷孝還沒有出來，就小聲跟蘇清河嘀咕。「娘，我看爹爹進來的時候，不怎麼高興的樣子，應該是將軍府裡發生了什麼事。若是沈家那邊的事，那樣也好，沈家把爹往遠了推，咱們可不能幹這種傻事。再說了，爹爹各方面還是挺好的，您要想再找，也未必就能找到更合心意的。您就給他一次機會，試著相處看看吧。」

蘇清河一愣。這孩子說的都是些什麼？她摸摸兒子的頭。「娘知道了。」心裡不由一嘆。其實孩子還是希望自己的家庭是父母健全的吧。

沈飛麟看了看蘇清河的臉色，見確實沒有勉強之色，才吁了一口氣。

女人活在這個世上，總比男人艱難些。他自己也是男人，知道男人的心思，想找個完全不介意女人過往的男人，難啊！雖然在沈家的那個女人有些麻煩，但從大局來看，根本就成不了事，皇上可不願意讓輔國公府和良國公府親如一家。雖然不知道輔國公府怎麼會走了這麼一步棋，但也正是這步棋，才使沈懷孝跟沈家分裂開來。

輔國公府對於沈懷孝來說，不是助力，而是一個沈重的包袱。

蘇清河心裡一笑。她一出生，就被當成了棋子，身邊的人全都是皇上安排的，那麼她的這樁親事，自然也是皇上早就布局好的。如今想來，養父怎麼就那麼巧，準確無誤地在戰場上把沈懷孝給撿回來？而沈家的事，應該是突發事件，皇上壓根兒就沒料到，但不知道是出於什麼目的，也沒有阻止。她和沈懷孝的親事，哪裡是她想怎樣就能怎樣的呢？好在沈懷孝是個不錯的人。

「想什麼呢？」沈懷孝打斷蘇清河的思緒。「孩子叫了妳幾聲也不應。吃飯吧。」他絲毫沒有追問的意思。

蘇清河笑道：「想白大人來訪的事。」她解釋一句，就給兩個孩子盛起了湯。

「白坤？」沈懷孝手一頓。他怎麼忘了，涼州還有這麼一號人物在。「他也不是外人，大概就是來看看妳的。」

蘇清河遞了一碗湯過去，想了想，道：「文遠侯府的世子，好似是白榮。」

沈懷孝點點頭。「他是文遠侯的長子。」

長子？不是嫡長子嗎？蘇清河皺眉道：「難不成白榮是庶子？」

沈懷孝讚賞地看了她一眼。「白榮是庶長子。」

有嫡子，卻偏偏讓庶子承襲爵位，要麼庶子極為優秀，要麼嫡子極為不堪。可白坤看起來可不像是個糊塗人。那麼，只能是庶子背後，有極大的靠山。

沈懷孝低聲道：「早些年，聽家裡的丫鬟說，京城勛貴人家的池塘裡不敢養白色的荷花，後來，又不敢養白色的玫瑰。」

這話一出，讓蘇清河瞬間愣住了。花草都是用來賞玩的，為什麼不敢賞白荷、不敢賞白玫瑰，那只能是避尊者名諱。要讓勛貴們避諱，那麼，這尊者只能是出在皇家。

而賢妃的閨名，叫做白玫！按避諱的時間算，白荷在白玫之前，那麼，這位白荷應該就是賢妃的姊姊元后，也是太子的生母。

沈懷孝又解釋了一句：「白大人是白家的嫡子。」

白坤是白家的嫡子，也是太子的舅舅，卻跟太子不親近，反而親近安郡王。那是不是意味著，白坤跟賢妃才是一母同胞？若真如此，元后又是太子的生母，該不會……

「難道元后是庶出？」蘇清河有些愕然，只見沈懷孝點頭。

難怪文遠侯的嫡子遠走邊陲，而庶子卻承襲爵位。這位庶長子與元后是一母同胞，這靠山可大了。

世人盛傳元后與賢妃姊妹情深，沒想到真相竟完全相反。庶壓嫡！會和睦才見鬼了。

那麼太子和安郡王的貌合神離，也就找到了原因。

「可見，皇上當年作為皇子，肯定過得極為不易。」蘇清河低聲道。一個皇子，竟然娶了一個區區三等侯的庶女做正妃，想必心中十分憋屈吧。

沈飛麟靜靜地聽著父母說話，突然意識到一個問題，他問道：「那文遠侯怎麼還是文遠侯呢？不該是承恩公嗎？」

沈懷孝和蘇清河對視一眼，他們還真是沒想到這一點。皇后的娘家應該被加恩為「承恩公」的。

民間盛傳，皇上和元后是少年夫妻，患難與共，感情深厚，所以才立了還在襁褓中的二皇子為太子。如今看來，內情恐怕不簡單！只怕這個太子，皇上也是立得心不甘、情不願吧。

「吃飯。」沈懷孝將魚肚肉挾到兒子碗中，不由得對這孩子多看了一眼。

沈飛麟低下頭，又默默地扒起了飯。

沈菲琪此刻則想起一件事。沈家那個女人的女兒，名叫沈怡慧。當時，府裡不少人都說沈怡慧的性子像足了那位元后，又說元后是多麼端莊、多麼賢德。曾經，她以為像沈怡慧那樣足不出戶的大家閨秀，就是女子的典範，如今看來，竟是大謬！

她轉頭看向一身青衣的母親。她更想成為像母親這樣的女人，如同青竹般，壓得彎、折不斷。有時候，低頭彎腰不是謙卑，也不是懦弱，而是策略。

吃過飯，蘭嬤嬤已讓人把兩個孩子的院子歸置好了。

蘇清河和沈懷孝親自去看了看，才讓丫鬟們將孩子們常用的物什搬進去，又細細叮囑了丫鬟幾句，兩人才回自己的屋子。

第十九章 證實

此時天已黑了。外面的風呼呼地吹著，肆意得很。這涼州跟遼東一樣冷，空氣卻比遼東乾燥許多。

蘇清河吩咐石榴。「在爐子上多放些水壺，水壺上別蓋蓋子。順便去兩個孩子那兒，也囑咐一聲。」

石榴笑道：「小主子不在跟前，您這是不習慣吧？」

「家雀長大，撲騰著翅膀要飛了，可不看著點還是不行啊。」蘇清河搖搖頭，語氣有些傷感。

石榴這才笑著退下了。

沈懷孝在裡間等著，見蘇清河進來，問道：「可是把那丫頭打發了？」

蘇清河一愣，然後點頭。畢竟石榴在，兩人想說點什麼，都要有所顧忌。

「今兒接到家裡幾封信。」沈懷孝沒有瞞著蘇清河。「京城送了幾個丫頭來。」他拍拍蘇清河的手。「我已經讓人打發了。」

蘇清河一時沒想明白這送丫頭是個什麼意思？等想明白了，瞬間覺得反感。她有些能理解沈懷孝的感受了。

家中為他娶了那麼一個女人，卻反過來送丫頭，就有點補償的意思了。可這不是更讓人覺得噁心嗎？

當然了，送丫頭的人未必這麼想，或許只是想表達關心之意。

蘇清河意味不明地「哦」了一聲，就轉移話題。「還有什麼不愉快的嗎？」

「家中想讓我為太子拉攏人脈。」沈懷孝嘴角挑起一絲嘲諷的笑意。

蘇清河不敢置信地抬起頭來。

沈懷孝笑道：「怎麼？覺得我不該這麼直言不諱？」

蘇清河點頭。「沒想到你會把這件事告訴我。當然了，我更沒想到你家裡會這樣交代你。在他們眼裡，安郡王是沒腦子嗎？想在哥哥的眼皮子底下拆臺，還能有什麼好果子吃？」

「他們自然不會把安郡王當成傻子，而是把我當作了傻子！」沈懷孝輕聲道。

蘇清河正要說話，就聽見腳步聲。是石榴回來了。

「主子，小主子那裡都已經安排妥當，兩個小主子，如今也已睡下了。」石榴在外面揚聲稟報。

「知道了。」蘇清河應了一聲。「妳和紅桃也去歇著吧，晚上不用值夜，跟以前一樣。外面有人，我睡不踏實。」

「是。」話音一落，只聽見腳步聲響起，直到慢慢聽不見腳步聲，蘇清河才回過頭來，卻見沈懷孝已經脫得只剩下中衣了。

沒有孩子在中間插科打諢，氣氛變得曖昧而尷尬起來。

沈懷孝眼神一黯。「妳睡裡面，我睡外間的榻上。」

房間裡很暖和，沒有用炕，而是拔步床。

拔步床，就像是一間小房子，麻雀雖小，五臟俱全。除了床，外面還有碧紗櫥，當門扇關上，完全是分隔開的獨立空間。

沈懷孝說的外間，就是指碧紗櫥。碧紗櫥的空間也不小，榻足夠寬大。

蘇清河點頭。「我……我還需要一些時間。」說完這話，她有些不自在。

沈懷孝嘴角不由翹起。這已經比他想像中的好多了，他還以為自己會被趕出去呢。他壓下心中的歡喜，面上則適時地閃過一絲黯然和一絲包容。

蘇清河覺得這一覺睡得極其舒服安穩，睜開眼睛，天色已經十分明亮了。

她身邊一床攤開的被子鬆鬆散散地放著，想必沈懷孝已經起了，還順手把外間的榻收拾好了。他這是不想讓下人知道，他們夫妻兩人沒有同床的事吧。

正好，她也不想平白惹人猜測。

心裡閃過這樣的念頭，就馬上起身，把床帳收拾得更像是夫妻同床的樣子，才披了棉襖走出床帳。

拔步床，也就是「八步床」，想走出床帳，還得走好幾步呢。

「您起了？」蘭嬤嬤就守在外面，見到蘇清河，臉上立即露出幾分慈和的笑意。

「睡得沈了。」蘇清河不好意思地笑了笑。「將軍呢？琪兒和麟兒還沒起嗎？」

「將軍帶著哥兒、姊兒去演武場了。」蘭嬤嬤喊了紅桃去收拾床榻，這才一副欲言又止的樣子看著蘇清河。

蘇清河的養母也是宮裡的嬤嬤，哪裡不知道這些規矩？蘭嬤嬤這是不贊成琪兒跟著習武吧。她笑道：「習武的事，是我的主意。這兩個孩子是雙胎，生下來就比別的孩子小些，身子骨也弱。我就盼著他們沒病沒災，只要身子康健，別的暫且顧不得了。等琪兒大一些，再教導規矩也來得及。」

蘭嬤嬤點點頭，把要說的話吞下了，伺候蘇清河梳洗。

「讓丫鬟們伺候就行了。」蘇清河客氣道。

「這是老奴的本分。」蘭嬤嬤沒有叫人來。

蘇清河就知道，她這是有話要私底下跟自己說，也就由著她為自己寬了衣服。等坐進浴桶裡，才道：「嬤嬤有什麼話就說吧。」

「夫人，老奴想著，是不是該多選一些人上來，先觀察著看看？如今的人手，哪裡夠用？京城哪家的夫人、小姐身邊，沒有二、三十人伺候的？更何況您……」蘭嬤嬤嘆道。「老奴跟鍾善是娘娘身邊的舊人，可其他人畢竟出自王府。」王府的人，自然心也是向著王府的。而王府可不光是王爺的王府，還有在京城的王妃呢。這畢竟不是長久之計。

蘇清河點點頭。「哥哥之前也說過，人手得咱們自己選、自己好好挑著。涼州妳熟悉，妳看著辦。」

蘭嬤嬤這才鬆了一口氣。先不說別的，就這麼點伺候的人，想把主子伺候得舒服，那簡直是難為她了。

蘇清河梳洗完，選了玫紅錦緞的棉襖、灑金的棉裙換上，頭上只簪了兩朵紅梅，透著一股子別樣的清麗，讓剛進門的沈懷孝眼前一亮。

「我也要簪花。」沈菲琪頭頂冒著熱氣，顯然方才活動量不小，熱得出汗了。

蘇清河趕緊迎過去。「都進去洗洗，瞧這一身的汗。」

沈懷孝帶著沈飛麟在外間的浴室，蘇清河抱著閨女去了裡間。等他們都換上乾淨的衣服出來，早飯已經擺好了。

「一開始，活動量不能太大了。」蘇清河給兩個孩子盛了奶粥，叮囑沈懷孝道：「他們年紀小，我怕會扛不住。」

「我心裡有數。」沈懷孝看了兩個小的一眼。「這些事妳別管，把他們交給我就好。」

蘇清河嘴唇動了動，到底沒說話。

她還真怕自己一時心軟，對孩子的要求放鬆下來。

沈菲琪和沈飛麟這會子哪顧得上其他，挾了蒸餃就往嘴裡塞，顯然是餓了。

蘇清河見兩個孩子的飯量明顯大了，也就放了心。

吃完飯，打發兩個孩子去暖閣的炕上默書，沈懷孝才拿了個匣子出來。「這是我這些年置辦的產業和積蓄，妳收著吧。住著王爺的宅子，總不能日常開銷也走王府的帳。」

「我知道了。」蘇清河也沒客氣，點點頭就收了。

她手裡有安郡王給的銀子，倒是不缺，但也沒有拒絕沈懷孝的道理。當爹的不養兩個孩子，誰養？

她把盒子收起來後，才轉過頭道：「剛才蘭嬤嬤還在說買人的事。」

沈懷孝低聲一嘆。「要說下人，當然是世僕更好用些。但咱們的情況特殊，也講究不了那麼多了。」

蘇清河點頭，心中有了想法，便轉移話題問道：「你今兒出門嗎？」

「馬上要走，去軍營裡。」沈懷孝站起身來。「晚上回來吃飯。」

送走沈懷孝，蘇清河看了看兩個孩子，見兩人都端坐著描紅，她也就沒多管。這點自制力，兩個孩子還是有的。

而她要忙的事情，還有許多。

安郡王府

「沈家送信的人，一大早就被沈將軍身邊的二管家打發走了，身邊還跟著兩個丫頭。至於沈將軍有沒有見這個送信的人，屬下還沒有打探出來，想打探出來只怕也不容易。」白遠低聲道。

安郡王細心地擦拭著手裡的劍。「這麼說，沈懷孝身邊的籬笆紮得很牢。」

「是的。」白遠道。「他去南苑也只帶了沈大和沈三。聽說，在南苑收拾的書房，只是為了招待親近的男客，私密的物事都進了後宅。」

安郡王眉頭一舒。「那就好，以後沈將軍的事，就不用盯著了。」

「殿下……」白遠不解地看向安郡王。

安郡王一笑。「只要他不瞞著清河，以誠相待，別的也用不著我操心。若說怕沈家玩花樣，那盯著沈懷孝也無用。對沈家來說，沈懷孝這枚棋子已經廢了，真正機密的事，是不會讓他參與的。更何況，這裡可不是京城，不是誰想作亂，就能亂得起來的。放寬心吧。」

「沈將軍住在南苑，有利自然也有弊，咱們同樣在他的眼皮子底下。」白遠提醒安郡王。「他可是個精明人，時間一長，咱們的底子只怕也會被他摸透了，是不是得防著點？」

「這世上沒有誰是百分之百可信的，要不然也不會有『人心隔肚皮』這句話了。」安郡王把劍收回劍鞘。「適當的防備是有必要的，但要給予更多的信任。一些機密要事，可以讓他參與，再怎麼說，那也是本王的妹夫，咱們在一定程度上，利益是一致的。」

白遠一想，也就點點頭，不再多說什麼。

京城，皇宮，乾元殿

「老四那邊有什麼消息沒有？」明啟帝放下手中的筆，站起身來，活動著僵硬的身子。

福順亦步亦趨地跟著。「得了涼州的消息，說是已經在收拾南苑了。如今殿下一行人應該已經到了。」

明啟帝動作一頓。「這是什麼時候的事？」

福順低聲道：「三天前收到的消息。」

「胡鬧！」明啟帝皺眉道：「他這跟宣告天下有什麼不同？」

「只怕是擔心將軍府裡不安全。」福順忐忑地為安郡王辯解一聲。

「他這是想看看朕對那孩子的維護，能到什麼程度。」明啟帝瞪了福順一眼。

福順低下頭，這話他可不敢接。

「越來越放肆了！」明啟帝喘了兩口粗氣。「你說說，他這麼大張旗鼓的，讓朕該怎麼辦？不護著行嗎？不護著……」

明啟帝的話沒說完，福順就明白了皇上的顧慮。

這位小公主的出現，洗清了賢妃的罪名，可同樣坐實了皇貴妃的罪名。在世人的眼裡，自然會變成是皇貴妃為了爭奪皇后寶座，陷害了賢妃。

拉下黃貴妃，就等於劍指丞相黃斌，那麼，大千歲的處境就堪憂了。黃斌可不會坐以待斃。

明啟帝在大殿中來回踱步，半晌才對暗處的人道：「安排人過去，記住，只要護住那母子三人，就是大功一件。」

暗影裡傳來一聲沒有絲毫感情的應答聲，明啟帝這才吁了一口氣。

誠親王府

「此話當真？」粟遠淞驚怒地站起身來，弄倒了身前的案几，上面的陳設碎了一地。

「殿下，可有事？」門外響起護衛的詢問聲。

粟遠淞這才察覺到自己的失態，他拂了拂濺到身上的茶葉沫。「無事。傳本王令，書房百步之內，不許任何人靠近。」

「是！」門外的應答聲乾脆俐落，緊接著就是腳步聲遠去，代表連守門的人也退遠了。

「說吧，究竟是怎麼回事？」二十來歲的粟遠淞蓄著短鬚，神情恢復了威嚴和沈穩。

「丞相大人囑咐說，此事事關重大，得從長計議，讓王爺不可輕舉妄動。」說話的是個一臉病態的黃臉中年書生，他是黃丞相的首席幕僚諸葛謀，人稱諸葛先生。

「那麼，這個消息已經證實了嗎？」粟遠淞小聲問道。

諸葛謀點頭。「千真萬確。據說這位公主，已被安郡王接到了身邊。」

「原來如此。」粟遠淞坐下，沈吟道：「本王就說嘛，他好端端的去遼東做什麼？還說什麼是下屬的女眷……」

諸葛謀面色一僵。「說是下屬的女眷也沒錯。輔國公的那個小孫子，王爺可有印象？」

「輔國公世子沈中璣的嫡幼子，本王知道。前幾年就盛傳，這位是勛貴小輩之中難得的人才，後來娶了良國公的孫女，戴了頂不小的綠帽，鬧了好大的笑話。聽說，為了這件事，他跟府裡鬧得離了心。兩大國公府的事，本王焉能不知？」

「正是這位公子，他名叫沈懷孝。」諸葛謀小聲道：「據傳來的消息說，沈懷孝在家裡給他娶妻之前，就已經在遼東成親了，娶的是救命恩人的養女。而這個養女，就是安郡王接回去的人。」

「這麼巧？」粟遠淞悚然一驚。世上哪有那麼多的巧合？

粟遠淞用手指輕輕地敲著桌面。他從不信什麼巧合，在這諸多巧合的背後，一定藏著什麼算計和陰謀。

「當年的事情，先生知道多少？」粟遠淞抬眼，面色有些肅然。

「當年，丞相還不是丞相，確實有想過要讓貴妃娘娘坐上后位。但結果，卻與丞相大人當年的計畫相去甚遠。這些事的詳情，恐怕只有貴妃娘娘知道。」諸葛謀低聲道。

「母妃……」粟遠淞點頭。「這些事情我知道了。你也告訴外公，在事情沒弄清楚之前，讓外公也別擅自行動。這件事情，想必太子也已經知道了，那麼東宮的眼睛必然已經盯上咱們了。如今，一動不如一靜。別亂了方寸才好。」

「是，在下一定把話帶到。」諸葛謀站起身，拱了拱手。

「讓人從暗門送你出去。」粟遠淞擺擺手，看著諸葛謀出了書房。

他的身子往後一靠，只覺得滿心疲憊。看來他還得進宮一趟，有些事，還是得問問當事人。

輔國公府

沈懷忠腳步匆匆地走進書房，打斷了正在說話的輔國公沈鶴年和世子沈中璣。

「什麼事？這麼慌張做什麼？」沈中璣打量了下輔國公的臉色，搶先開口訓斥兒子。

「行了。」沈鶴年呵呵一笑。「你也別在為父面前這麼袒護自己的兒子，這點小把戲，當年在你祖父面前，為父也為了你玩過。」

沈中璣不好意思地一笑。「這孩子還是缺了點穩重氣。」他轉頭看向沈懷忠。「什麼事？說吧。」
沈懷忠上前見了禮，看了眼在書房裡伺候的下人隨從。
沈鶴年見沈懷忠這般謹慎，就知道事出有因。
他擺擺手，打發了屋裡的人，才道：「如今只剩下我們祖孫三代，沒有外人。說吧，究竟發生了什麼事？」
「剛剛收到消息，小弟在遼東娶的那個鄉野郎中的女兒，另有一層身分。」沈懷忠眼裡閃過慌亂。「據說，是安郡王的同胞妹妹，遺落民間的滄海遺珠。」
沈鶴年「噌」地一下站起身來。「你說什麼？」
沈中璣馬上扶住沈鶴年的手臂。「父親，您別著急，這對咱們來說也未必是壞事。」
沈鶴年看著沈懷忠。「可有依據？」
「一路上，咱們的人都盯著他們，那個女人戴著圍帽，看不清容貌。不過，兩個孩子的形容，都已經畫下來。」說著，沈懷忠就從懷裡掏出畫像。
沈中璣面上頓時有了喜意。長子什麼都好，就是成親快十年了，也沒有給他生個小孫子出來，孫女也只有兩個。
他早就知道幼子在外面有孩子，心裡也不是沒想過要把孩子接回來，橫豎沒有讓自家血脈流落在外的道理。只是幼子這幾年對家裡總是淡淡的，這事也就放下了。
他知道，自己怨不得幼子，可是一個家族中，總得有人犧牲吧。
況且，這個小兒子比起自己的長子，絲毫不遜色，甚至更勝一籌。在這個家裡，傳承有序，若是幼子壓制了長子，那就是亂家的根本！所以，他和父親才會忍痛壓制幼子，給長子充分的成長空間。

如今看來，他應該是錯了。

第二十章 黑鍋

書案上，畫卷已經展開，正是沈菲琪和沈飛麟飯後活動的畫面。

驛站的門前，一棵樹葉已經落光的柿子樹下，一個身披大紅斗篷的小姑娘，眉眼如畫，正踮著腳尖，想搆柿子樹的枝椏。她伸長胳膊，一副懊惱的樣子。

在她的側面，是個披著寶藍斗篷的男孩，他面色肅然，眼裡閃過幾絲戲謔之色。他手持一根細竹竿，想去把枝椏上的柿子打落下來。

畫像極為生動。沈鶴年和沈中璣一見兩個孩子，就心生喜愛。

「您們看那小姑娘，跟小弟小時候的樣子幾乎一模一樣。您們再看看那男孩，不覺得眼熟嗎？」沈懷忠提醒二人道。

沈鶴年和沈中璣父子對視一眼。他們怎麼會看不出來？那小男孩的樣貌，神似端坐在龍椅上的那位。像！太像了！不僅是長相，還有那冷肅的神情，簡直一模一樣。

要是往常，沈家出了一個像極皇上的孫兒，該是一件無比自得的事。但如今，他們親手將出身如此高貴的母子三人，硬生生地逼到了一個非常尷尬的位置上，這如何喜得起來？

沈鶴年眉頭一皺，一看畫像，任誰都不敢說那個女人與皇家無關。要真是無關，她遮擋容貌做什麼？可偏偏只把孩子的樣貌展現出來，怎麼看都有些欲蓋彌彰的意思，也不知道安郡王打的是什麼主意。

他此時也有些後悔，想起東宮的太子妃，嘆道：「到底是婦人之見，當初怎麼就……」

「父親，如今後悔，也為時晚矣。」沈中璣冷聲道：「不過府裡的這個女人，可得看住了。當初那種情況下，都被她謀算成了，順利地嫁到咱們家，可見不是個省心的人。」他轉頭看向沈懷忠。「跟你媳婦說一聲，讓她盯住那個女人。」

沈懷忠點點頭，如今可不敢再出紕漏。他又小聲問：「太子妃那裡是不是得說一聲？」

沈鶴年皺皺眉。「傳個信過去吧。」

沈懷忠這才退了出去。

「父親。」沈中璣有些忐忑地看向沈鶴年。「太子的處境……」

沈鶴年搖搖頭。「如今說這些，為時過早，不過咱們好歹還有退路。孝兒這一房，以後不必壓著。」他把視線落在畫卷上，指著畫中的沈飛麟。「就憑孩子的這張臉，也能得個不錯的爵位，也就免得孝兒和忠兒有利益衝突。兩兄弟的關係還是必須近一些，相互扶持，才能長久。」

沈中璣面色一變。「那之前送去的信，只怕……」

「慢慢來吧。到底是骨肉至親，難道還能真離了心？」沈鶴年嘆道。其實，這些話他說來也有些底氣不足。不過，有孝道擺在前面，這件事還不至於沒有轉圜的餘地。

壽康宮

黃貴妃先讓身邊的太監李福去迎接大皇子粟遠淞，才轉頭對齊嬤嬤抱怨道：「這可是有些日子沒進來了，總算想起宮裡還有我這個母妃。」

「大殿下忙著正事，人沒進來，可好東西進上來多少啊？可見心裡是時時刻刻都惦記著娘娘的。王妃不是也時常帶著小郡主們來請安嗎？」齊嬤嬤知道主子心裡高興，才越發說些湊趣的話。

「孫女們雖好，但到底沒有個孫兒，顯得美中不足。本宮的這個姪女啊，就是太善妒。淞兒沒有兒子，就等於是沒有繼承人，在這一點上，便無法讓他父皇滿意。」黃貴妃臉上露出幾分不滿之色來。

「娘娘多慮了。」齊嬤嬤指了指東邊。「那邊不也沒消息嗎？」

黃貴妃知道齊嬤嬤指的是東宮，她笑道：「所以，淞兒要是占了先機……」

話還沒說完，粟遠淞就進來了。「母妃想讓兒子占了什麼先機？只要您說，兒子一定給您辦到。」

「這孩子！」黃貴妃嗔了一句，就趕緊叫宮女們端了薑棗茶來。「今兒外面可冷了，快祛祛寒氣。」

「還是母妃疼兒子。」粟遠淞皺著眉頭灌了兩杯，才道：「母妃，兒子有些事想問問您。」

黃貴妃見他神色鄭重，就看了齊嬤嬤一眼。齊嬤嬤趕緊帶著伺候的人，退了出去。

「要問什麼？」黃貴妃看了兒子一眼，滿臉的疑惑。這孩子已經好些年沒讓她操心了。

「當年，賢妃的事。」粟遠淞斟酌了半天，還是問出口了。

「什麼?!」黃貴妃驚叫出聲。她沒想到兒子會問起賢妃的事。都過了二十年……她臉上露出幾分苦澀的笑意。「你想知道什麼？」

黃貴妃的反應出乎粟遠淞的意料，他有些疑惑和後悔。「母妃要是不想說，就當兒子沒問過。」

「若不是事關重大，想必你不會問出口。」黃貴妃臉上有些肅然。「可是出了什麼事？」

「剛得到消息，老四找到了一母同胞的雙生妹妹。那麼，當年那個據說被賢妃溺死的男嬰，不就是有人刻意陷害？」粟遠淞低聲問。

「果然是如此。」黃貴妃臉上有了幾分嘲諷的笑意，語氣帶著釋然。

「母妃，您這是……」粟遠淞有些不知所措。

「世人都以為是本宮陷害賢妃的吧？淞兒糊塗！你也不想想，母妃要是有這般手段，當初就會斬草除根，怎麼會讓那個女嬰活在世上？這不是留下把柄等人捉嗎？」

「沒錯。」粟遠淞也懵了。用一個死嬰將女嬰換出宮，不就是讓賢妃的一雙兒女都好端端地活在世上嗎？誰陷害人會這麼陷害的？這說不通啊！「難道，不是母妃做的？」

「皇宮本就是個吃人的地方，我對賢妃生出過惡念，這也沒什麼好隱瞞的。但當時，母妃在宮中還沒那麼大的實力，可以把這件事安排得天衣無縫。」黃貴妃搖搖頭。

「那麼，母妃這是給誰背了黑鍋？」粟遠淞驚怒地問道。一問出口，就發現自己問了一個蠢問題。這不是替人背了黑鍋，而是被人蓄意陷害。

誰？這個人究竟是誰？二十年了，母妃對這件事隻字不提，又是為了什麼？

黃貴妃輕輕地搖搖手，示意兒子別再問下去。「母妃身子乏了，你先回去吧。」

粟遠淞的心裡有些苦澀，他很想問個明白，可母妃不願再說下去，他也不能勉強。他緩緩地說了句。「那兒子先告退了。」便心神恍惚地離開了。

看著兒子的背影，黃貴妃失神地坐在大殿裡。

齊嬤嬤端了熱茶過來。「娘娘，您怎麼不告訴大殿下？」

「告訴他什麼？」黃貴妃的眼神有些茫然。「有些事，還是別知道比較好。」

「只怕大殿下會想偏的。」齊嬤嬤不安地道。

「偏就偏吧，也差不到哪兒去的。」黃貴妃扶著齊嬤嬤站起來。「扶本宮進去，本宮該歇歇了。」

東宮

沈懷玉看著銀碗裡的藥湯，皺起眉一口喝了下去。瑤琴趕緊拿了蜜棗遞過去，沈懷玉含了兩粒，這才好些。「這勞什子藥湯？苦死人了。也不知道有沒有用？」她摸摸自個兒的肚子，神情有些悵然。

瑤琴笑道：「據說那婦人年逾四十，尚能懷孕生子，想來這方子該是不錯的。太子妃定會心想事成的。」

「借妳吉言吧！」沈懷玉靠在軟枕上。「都說十事九不周，果然，這世上的事，總是難十全十美的。想本宮生在公侯之家，及笄之年便被冊為太子妃；這些年，殿下待本宮也還好，一個月總有二十天是歇在本宮這兒的。可就是本宮這肚子，委實不爭氣。」

「太子妃寬寬心吧，只要這關過去了，前面自是一片坦途。」瑤琴只揀了好話說給太子妃聽。

「妳啊……」沈懷玉抬手點了點瑤琴。「妳這張嘴，就沒說過孬話。」

布棋從外面進來，就聽見太子妃在誇讚瑤琴，她的嘴角輕輕一抿。瑤琴若是喜鵲的話，那她就是主子身邊的烏鴉了吧……她低著頭，屈膝行禮。「太子妃，大爺讓人傳了消息進來。」

「大哥？」沈懷玉馬上坐起來。「大哥沒事從不主動聯繫本宮，可是出了什麼事？」

布棋小聲道：「郎中女，滄海珠。大爺說了這六個字。」又從袖中小心翼翼地拿出一封書信。「大爺說了，讓太子妃看完就趕緊燒了。」

沈懷玉先露出幾分疑惑之色，展信一看，繼而面色大變。

「原來如此！」沈懷玉頹然往身後的軟枕靠了過去。「怪不得殿下上次發了那麼大的火。原來，那是個不能動的人。」她揮了揮手，讓布棋先退下。

等布棋躬身退了出去，沈懷玉才把信遞給瑤琴，讓她看了之後再燒掉。

瑤琴看了信上的內容，也是大吃一驚，趕緊拿了個盆子將信放在裡頭燒了，才上前道：「這可是誰也想不到的事。」

沈懷玉的手不由得握成了拳。「高玲瓏這個賤人，真是害慘本宮了。」

「太子妃如今生氣也於事無補，是不是該想個辦法補救一下？」瑤琴勸道：「畢竟殿下看中那個女人，只怕是為了扳倒大千歲……這可是大事！而且，安郡王手握兵權，咱們太子爺正想著法子要籠絡呢。」

「不！」沈懷玉站起身來。「妳可知道，要真讓滄海遺珠回了京城，高玲瓏這個瘋女人會如何？」

瑤琴面色一變。「太子妃是擔心她會把秘密說出來嗎？」

「必然會說出來！到那時候，本宮這個太子妃……還能是太子妃嗎？」沈懷玉的面色有些慘白，眼裡閃過幾分狠戾之色。

瑤琴神色一窒。「那……太子妃打算如何？」

沈懷玉看著瑤琴。「自然是維持現狀就好。那個什麼滄海遺珠，就讓她在滄海中沈沒吧！永遠別回來才好。」

瑤琴眼裡閃過恐懼之色。「太子妃三思，這可是謀害皇家子嗣啊！」

「皇家子嗣……」沈懷玉冷笑兩聲。「回京城之前，還算不得是皇家子嗣。要說皇家子嗣，那在我手裡折的還少嗎？」

瑤琴想起那些小產的太子侍妾們。但這是不一樣的！

「太子妃，要不要從高玲瓏身上下手？除掉她，咱們也算是永除後患了。」瑤琴氣息有些不穩。「省得她拿捏著把柄，您萬事都得顧忌著。」

「這法子若行得通，本宮也不會被拿捏到現在。」沈懷玉頹然道：「殺了她容易，但以那個賤人的狡詐，肯定留有後手，到時候，本宮的處境可就危險了。」

瑤琴額上的冷汗順著臉頰往下流。「太子妃說得對，那個女人太狡詐！」

「怎麼？怕了？」沈懷玉的聲音透著幾分冷意。

瑤琴勉強一笑。「太子妃，奴婢是真怕了。」她看了沈懷玉一眼。「但即便再怕，該做的事還是得做。」

「知道就好。咱們主僕可是一條命，本宮好了，妳才能好。」沈懷玉抬手理了理髮髻，重新收斂臉上的神色，端正地坐在榻上。

「是，奴婢謹記。」瑤琴跪下，輕聲道。

「知道該怎麼做了？」沈懷玉眼裡帶著審視，問道。

「奴婢知道。」瑤琴點頭，然後站起身來，準備退出去。

「別走漏風聲，蘭漪殿的左側妃可是時刻盯著本宮，想找機會洗清自己身上的污點呢。」沈懷玉淡淡地道。

「是。」瑤琴心裡一緊，垂手退下。

沈懷玉這才身子一軟，歪倒在榻上，她的臉上露出了幾分慌亂。

第二十一章　心意

臨近傍晚，涼州的天零零星星地飄起了雪花。

「主子，不早了，也該回了。」沈大提醒沈懷孝道。

沈懷孝把桌上的條陳整理了一遍，這才伸了懶腰，走出大帳。

「將軍。」幾個副將圍著火堆說笑，看到沈懷孝就打了招呼。「這麼早就回了？將軍可不太一樣了，有好些日子沒跟兄弟們吃酒了。」

沈懷孝翻身上馬。「以後找個機會，再好好請兄弟們。」

看著沈懷孝策馬離開，幾人才相視大笑。誰不知道，這位將軍金屋藏嬌，每天必然要早早地回去陪美人。一群糙漢子，也不過打趣幾句，心裡都是理解的。

沈懷孝策馬飛奔，風吹到臉上如同刀割一般，他正要把大氅的領子立起來擋擋風，一陣幽香隨風傳來。他拉住韁繩。「這是什麼香？」

沈三抬頭四顧，指著不遠處幾枝瘦梅。「那是鄉野瘦梅，這幾天天冷，也就開了。」

沈懷孝一瞧，只見兩棵老梅樹上開著嫩黃的花苞，稀稀疏疏的排在枝椏上，他不由得心裡一動。家裡的梅樹，都是豔麗的紅梅，還真沒有如此嬌俏的顏色。想到蘇清河總是愛用鮮花熏屋子，他跳下馬，朝梅樹走去。

沈三剛要攔，沈大就一把拽住他。「主子的事，你少摻和。」

沈三這才恍然，也就站在原地等著。

沈懷孝選了兩枝花骨朵飽滿的，折了下來，這才滿意地點頭。

南苑中，蘇清河看著進門的沈懷孝，愣了一愣。

「在路上看到的，帶回來給妳熏屋子。」他把梅枝遞過去。

蘇清河接過梅枝，有些不知所措。

「不喜歡嗎？」沈懷孝的眼裡閃過忐忑，臉上染了幾分紅暈。

「喜歡。」蘇清河不由自主地道。她把視線落在梅花上，如今她也搞不明白這裡的梅花品種了。她記得只有臘梅是冬月開花的，其他的都是早春開花。可如今，她就見了好幾種越冷開得越豔麗的梅花，這讓她有些疑惑。

「我聞著這花兒的味道淡雅悠遠，想必妳會喜歡，等明年春日，再讓人移栽回來。」沈懷孝看她拿著花枝出神，開口又道。

蘇清河搖搖頭，笑道：「長在鄉野，才有了這般靈氣，真移栽回來，倒被富貴之氣沾染得不倫不類，喜歡也不一定非得占回來。再說了，這南苑可不是咱們的。」說完，又讓丫鬟把案几上淡青色、小口大肚的瓷瓶灌了水拿過來，再將花枝插在裡面，擺在炕桌上。

「這話也有理。」沈懷孝見蘇清河像是真的喜歡，心裡也跟著歡喜起來。

沈菲琪一進來，就瞧見那瓶別緻的梅花。「爹爹，我的呢？」

「妳還小，不用花兒。爹爹讓人去給妳買兩籃子蘋果，放在屋裡熏屋子好不好？」沈懷孝抱起閨女，捏了捏她的小胖臉。

「別慣她！」蘇清河笑道：「她那邊緊挨著花房，什麼花沒有？」

沈菲琪嘻嘻地笑。這些東西她確實不缺，如今她屋子裡就放著水仙。

「不過臥房裡放果子倒是不錯的，凝神靜氣，也能睡得好。」蘇清河建議道。

「聽爹娘的。」沈菲琪乖巧道，還得意地挑著小眉毛看向沈飛麟。

沈懷孝笑道：「那麟兒想要什麼？」

「馬六和馬文。」沈飛麟看著沈懷孝。「兒子在南苑裡沒見到他們，爹爹把他們給我吧。」

沈懷孝和蘇清河對視一眼，然後才開口道：「你要他們叔姪啊？給你倒沒什麼，只不過你還小……」

不等沈懷孝把拒絕的話說出來，沈飛麟就求助地看向蘇清河。「娘！」聲音又軟又糯，但眼神分外執著。

蘇清河看向沈懷孝。「要是他們沒什麼要緊的差事，就讓他們到南苑當差吧。可能沒有熟悉的人，這孩子悶了。」

沈懷孝無奈地看了蘇清河一眼。還說他老是慣孩子，她也沒好到哪裡去。

「好吧。」沈懷孝臉上帶了幾分肅然。「但他們可不是來陪你玩鬧的，明白嗎？」

「明白。」沈飛麟一看目的達到，顯得特別乖巧。

「爹爹偏心！」沈菲琪看了弟弟一眼。她怎麼就沒想到還能要人呢？

「好了。」兒子能要人，可閨女還不行。蘇清河瞪了閨女一眼，果斷地說：「別得寸進尺，讓妳爹趕緊去梳洗。」

「這兩個小祖宗。」沈懷孝揉了揉兩個孩子的頭，小聲地抱怨道，眼中卻滿是笑意。

隔天一早，馬文縮著肩膀、跺著腳，低聲問叔叔馬六。「主子總算想起咱們了，在將軍府可悶死我了。也不知道主子給咱們的是什麼差事？」

馬六瞪了姪兒一眼。「小點聲，主子讓幹什麼就幹什麼，別多話。這裡可不是遼東。」

「還不如遼東自在呢。」馬文還有些少年心性。

在遼東他的小夥伴們多了去了，那裡可是他的天下。可到了這裡，連將軍府的大門，今兒還是頭一次出。

「還不閉嘴！」馬六瞪大眼睛。「也不看看這是什麼地方？這南苑上下都是王府的人，別丟了臉面。」

馬文這才縮了縮脖子，不再說話。

不一時，壯哥兒從裡面快步走出來。「馬叔、文哥，快跟我進去。」

馬文一見是個熟人，馬上笑道：「是你小子啊。咱們這是去哪兒啊？」

壯哥兒摸了一把頭上的汗。「去演武場，主子正等著呢。」

馬六打量了一眼一身短褐的壯哥兒。「這是開始習武了吧？」

壯哥兒嘻嘻一笑，沒答話也沒否認。

馬文眉頭一挑。看不出來，這小子嘴還挺緊，是個能跟在主子身邊的料。

演武場

沈懷孝讓人把閨女先送回院子，他正坐在一旁替兒子揉腿。經過幾天的操練，兒子腿上的肌肉這兩天開始疼了起來，正是最難熬的時候。

壯哥兒把人帶到後，就站到沈飛麟身後，一言不發。

馬六帶著馬文，給主子見了禮。

「都起來吧！」沈懷孝看了兩人一眼，就道：「今兒叫你們來，是麟兒想讓你們到他身邊伺候。」

馬文一愣。這小少爺才多大啊？

「怎麼？不願意？」沈飛麟軟糯的聲音硬是透著一股子冷意。

「不敢！」馬六低頭道。「只是不知道能為小主子做些什麼？」

「你們都是爹爹的幹才，我總不會大材小用就是了。」沈飛麟的聲音又柔和下來。「我身邊缺一個管外事的人，還缺一個跑腿的，這不算委屈了你們吧？」

馬文一聽，臉上一喜。馬六看了姪兒一眼，這小子的心思，他怎麼會不明白？當少爺身邊的管事，自然不能說是委屈他們，可一個奶娃娃能有多少外事？不過姪子若可以給少爺跑腿，將來倒是有可能成為少爺的心腹。罷了，就當是為了姪子著想吧。

「小的謹遵少爺吩咐。」馬六點頭道。

「讓壯哥兒帶你們回院子裡用飯，早飯後我再找你們說話。」沈飛麟順手把人打發了。

沈懷孝自始至終都沒有插話。

馬六也機靈，沒再看向主子，少爺讓他退下，他便沒有絲毫猶豫地退下了。

沈懷孝揉了揉兒子的腦袋。「還懂得恩威並施了。誰教你的？」

「爹爹。」沈飛麟仰起頭看著沈懷孝。「昨兒沈二來，爹爹不就是這麼對他的？爹爹把將軍府託付給他，委以重任，如今他做得好了，爹爹便賞他，這就是恩。之前，爹爹把他晾在門房一個時辰，就是威。」

沈懷孝一愣，不由得朗聲笑起來。直到回了院子，他還保持著好心情。

「怎麼了？」蘇清河見沈懷孝一臉的笑意，就好奇地問。

沈懷孝就把兒子的話學了一遍，嘆道：「我的師傅曾說過，世上有三種人。第一種人，不用教；第二種人，用言教；第三種人，要用棒教。」他揉了揉兒子的頭。「咱們麟兒就是第一種人，不用教！都說處處留心皆學問，可不正應了這句話。」

蘇清河推他去浴室洗漱，又把兒子塞過去。「兒子是不用教，不過閨女得用棒教。」

沈懷孝趕緊抱著兒子躲進浴室。心想，這是對閨女網開一面的事被發現了吧？

蘇清河冷笑一聲，看著坐在炕上，耷拉著腦袋的閨女。「妳也別再想著要怎麼糊弄我。明兒，我跟著妳一起操練。」

「娘！」沈菲琪伸出小手，勾了勾蘇清河的衣袖。「我真的走了半個時辰。」見蘇清河瞪眼，馬上改口道：「沒有半個時辰，也有一刻鐘吧？」

這不就砍掉一半時間了？蘇清河不為所動。「明兒起我陪著妳一起練，我看誰還能糊弄我。」除了第一次操練時閨女的身上汗濕了，其他幾次，回來的時候還冷得搓手跺腳，她有些無奈。自家閨女作戲的本事真是差到家了；要是換作兒子，只怕沒那麼容易露出馬腳。

蘇清河故意高聲說話，沈懷孝在裡面自然聽到了。

「我就說讓爹爹別糊弄娘。看，被發現了吧。」沈飛麟呵呵兩聲。

「你娘也太較真了！」沈懷孝趕緊把兒子跟自己都沖了一遍，便穿戴齊整地走出來。早飯很豐盛，沈菲琪挾起蟹黃包就吃了起來，方才的事一點也沒影響到她的胃口。

沈飛麟搖搖頭，嘆了口氣。他這個姊姊，還真是個萬年吃貨。

「今兒還去軍營嗎？」蘇清河遞了一碗牛肉羹過去。

沈懷孝搖搖頭。「王爺讓人傳了話，今兒要去王府商討軍機。」

「那晌午要回家裡用，還是……」蘇清河心裡一動，問道。

「不一定。」沈懷孝看了蘇清河一眼。「要是有其他將領在，估計得鬧酒。」

蘇清河心裡明白了。敢在王府鬧酒，那必然是安郡王在軍中的親信，如今讓沈懷孝參加，就是有意把他拉進那個圈子了。她踟躕地問道：「不為難吧？」

「不為難。」沈懷孝搖頭，他看了兩個孩子一眼。「有這兩個孩子在，咱們的血脈就有了交錯，自然得想辦法融合了。」

安郡王用完飯後，漱了漱口，見白遠腳步匆匆，就問道：「怎麼了？」

「京城的信。」白遠把信奉上。「王妃讓人送來的。」

安郡王接過信。「王妃怕是發現了什麼，也沈不住氣了。」他翹起嘴角，打開信紙。表面看來，也就是一封普通的家信，可這裡面自有暗語。看完信，安郡王的眉頭不由得皺了起來。「東宮？東宮的反應怎會如此奇怪？」

「出了什麼事嗎？」白遠問道。

「王妃說東宮欲放人到清河身邊，這事頗有蹊蹺。」安郡王道。「本王前天剛收到消息，說太子下令一定要護住清河和孩子們；怎麼看王妃信中所言，反倒讓人覺得東宮不懷好意呢？」

「會不會是王妃弄錯了？派人潛伏在身邊，或許是為了方便保護。」白遠道。

「不大可能。」安郡王搖搖頭。「你別小看女人，女人的直覺往往比男人敏銳。」

「這麼說，對東宮還是得防著？」白遠無所謂地道：「反正咱們也從沒放心過。」

「到底出了什麼事，能讓東宮的態度變化這麼大……」安郡王低聲沈吟。

「屬下馬上派人去打探。」白遠看了眼外面的天色道：「將軍們該來了，殿下先起身去前院吧。」

安郡王站起身，讓白遠幫他繫好披風。「走吧！」軍中的事情，才是大事，他還真沒多少時間去琢磨東宮的心思。

第二十二章　露頭

「都露出頭了吧？」乾元殿中，明啟帝看著手裡的摺子，頭也不抬地問道。

階下跪著戴著面具的黑衣人，他的聲音沒有絲毫起伏。「是。」

「盯著吧。」明啟帝點頭，又問：「在遼東救走那個女刺客的人，可查出什麼名堂了？」

「似乎跟二十年前的那撥人，是同一個來歷。」黑衣人低聲道。

「終於不再躲著了。」明啟帝冷笑兩聲。「朕的這些兒子，心思都不少，也都聰明，可就是少了一分耐心。跟那一位比起來……還差得太遠啊！」

福順恨不得把自己縮成球。這些話，他真心不想聽。

明啟帝瞥見福順的德行，不由笑道：「都幾十年了，你怎麼還是這麼不長進。」

福順乾笑兩聲，腿瞬間就軟了下來。「皇上，奴才膽小……」求皇上別在奴才面前說這些話成嗎？二十年前的噩夢，他再也不願想起。

明啟帝失笑道：「咱們主僕倆風風雨雨都走過來了，還有什麼過不去的坎？二十年前，朕就不怕他；二十年後，朕乃九五之尊，他又能奈我何？」

黑衣人不知道什麼時候已經不見了蹤影。福順早已習慣黑衣人來去如風，他淡定地去斟了茶。「皇上說得是。」

時移世易，二十年，已改變了太多東西。

京城，安郡王府

安郡王妃萬淑慧翻看著手裡的衣物，不確定地問：「當真是乾元殿讓人送過來的？」

白嬤嬤道：「錯不了。小太監是福順公公收的小徒弟，別人冒充不了。」

「這是何意？」萬淑慧皺眉。皇上要賞，自然該放到明面上來，這麼悄悄地打發小太監送來，是什麼意思？

她把視線放在那些衣物上，都是給孩子穿的，顯然是要給府裡的三個孩子。針腳細密，裡襯用的全是細棉布，甚至還用手細細地揉過，這是怕磨傷孩子細嫩的皮膚。宮裡的繡娘會這般用心嗎？不會，肯定不會。

皇上賞的東西，自然都是貴重且講究的，而不是這般樸素又實用。

想到這裡，她突然意識到了什麼，拿起衣裳細細地看那針腳。越看越是心驚，越看越是眼熟，她的心彷彿要跳出胸膛般，連呼吸也粗重了起來。她站起身，疾聲吩咐。「把王爺每年生辰時宮裡賞的衣裳找出來！快！」

白嬤嬤找了去年的衣裳出來，萬淑慧拿在手裡不停地翻看。

是了！應該沒錯。

她總算知道王爺為什麼對這些衣物如此上心，即便再舊，也要人好好地收起來，還要不時地拿出來翻曬。原來，這不是繡娘的手藝，而是宮裡的賢妃。

自己的這個婆婆，好似只存在於傳說中，所有人都忽略了她的存在，從不敢提起，最多在說到王爺時會提上一句——冷宮賢妃所出。

可就是這麼一個冷宮妃子，竟然能在兒子每年生辰的時候，把生辰禮送出來。可見她並不如傳言那般，在冷宮中過著淒慘的日子。

想到這裡，萬淑慧的心瞬間泛起了寒意。

她嫁給安郡王已經有五個年頭，為她生了兩個兒子，把側妃所出的庶女也照顧得甚是妥當。王爺不是個好色多情的人，在涼州也沒有放女人服侍，因此她心裡是知足的，最起碼在她看來，他們夫妻算是和睦，很多事情，王爺也不會瞞著她。

但直到今天她才知道，皇家的水太深！她永遠不可能知道那平靜的水面下，藏著怎樣的暗潮洶湧。一如賢妃的事，遠不是自己看到的那麼簡單。

不過，這件事王爺不說，自有他不說的道理，她也不會怪王爺為何瞞著自己。對於皇家的秘密，很多時候她寧願不知道。就好比在南苑住著的、可能是自己小姑子的那位女子，她也從不多問。

她小心地把衣裳收起來。「讓人把這箱衣物送去給側妃，讓姊兒穿吧。」

白嬤嬤拿了一箱小姑娘的衣物，轉身交給小丫鬟去辦，才回過頭來笑道：「沒想到宮裡對咱們家的小主子這麼重視。」

萬淑慧笑了笑，沒再說話。

這些賞賜中，給庶女的衣物硬是比嫡子少了兩件，以示嫡庶有別。可其實皇家，是最不講究嫡庶的地方。一想起王爺要她派人查探並多加留心的那些事，她就知道，自己丈夫的野心絕對不小。

不過，這些衣物既然出自婆婆之手，婆婆做出嫡庶的區別，也是給了她這個安郡王府的正妃該有的體面，她心裡還是很歡喜的。

這次皇上命人送來衣物，或許代表了某種信號。她沒有耽擱，趕緊寫了一封家信，讓人送出去。

乾元殿

「老四的媳婦，把消息遞出去了嗎？」明啟帝問道。

福順垂著頭，道：「已經送出去了。」

明啟帝滿意地點頭。「朕沒看錯她，是個聰明的。」

福順認同地點頭。沒有誰比他更清楚，皇上為了四殿下的王妃，費了多大的心思。

這萬家可不是簡單的人家。雖然看上去清貴非常，但萬家是真正綿延數百年的世家大族，不管朝代如何更迭，都能屹立不倒。這樣的人家，底蘊深厚，教養出來的姑娘，自然不會是目光短淺之輩。

雖然萬家在朝堂中的聲名不甚顯赫，但有些東西，不是那看著光鮮的表面所能取代的。

「不像有些人家，不知道是怎麼教養姑娘的？」明啟帝哼了一聲。

福順不敢接話。他知道，皇上這是對太子妃不滿了。

「老大的媳婦是太過自以為是。而這太子妃麼，不說也罷！要不是還有用，早就不該留著了……」後面的話，似於自言自語的呢喃。

福順神色不變，完全是一副什麼也沒聽到的模樣。

涼州，安郡王府

一群將領圍坐在一起，中間放置著香噴噴的烤全羊。眾人推杯置盞、把酒言歡，好不熱鬧。

沈懷孝久在軍中，身上早沒了公子哥兒的嬌氣與矜持。在這群人當中，他還算是個新人，因此從不主動出風頭，但每每該說話的時候，又能正中要害。話不多，可分量絕對不輕！

眾將領不是傻子，能得安郡王如此鄭重的引薦，就代表沈懷孝是安郡王認可的人，因此對他的態度也不敢過於輕慢。而這些將領中有與安郡王極為親近之人，知道的也多一些，對沈懷孝就更無排斥之心了。

「以今年的天候來看，來年的大戰已不可避免。」安郡王靠在椅背上。「你們該操練的就得操練起來，到時候誰要是扯了後腿，可別怪本王不念舊情。」

眾人連忙正色應「是」。

沈懷孝垂下眼簾。安郡王治軍確實很有一套，只消從這些將領的態度，便可以看出一二。

「瑾瑜，你怎麼看？」安郡王問了一聲。

沈懷孝愣了半天，才想起安郡王是在叫他。瑾瑜，是他的字。這個字，還是他第一次面聖的時候，聖上賜予的，誇他姿容如玉，人品無瑕。

只是，這些年來，還真沒有人如此稱呼過他。

「呵呵……」沈懷孝笑了兩聲。「殿下猛地這麼一叫，在下還真沒反應過來。」

安郡王嘴角的笑意就更深了幾分。「聖上所賜之字，即便不宣揚得眾所周知，也不能低調到無人知曉啊。」

眾人面面相覷。有些不知道沈懷孝真實身分的，難免心中好奇。

聽安郡王這樣說，沈懷孝就知道意思了。這是要把他的身分往明面上擺啊！

南苑

沈飛麟盤腿坐在炕上，看著站在屋裡的馬文和馬六。

桌上放著一荷包的金豆子，這是安郡王給他拿著玩的，他把這些交給馬六。「把這些換成銀子，在涼州城買個小店鋪，越不起眼越好。然後招些學徒進來，記住，只要孤兒，男女不限。」

馬六心裡一突。這件事可不那麼簡單，光是招收孤兒這一項，就讓他心驚膽戰。地處邊陲的涼州，哪年沒有戰爭？哪年不死人？這裡，最不缺的就是孤兒。

「我爹那裡，你不用特意去說，要是問起來，你也別瞞著。」沈飛麟知道馬六的顧慮，直接把話挑明。
馬六這才鬆了一口氣。這些金子大約有十多兩，能換一百多兩銀子，足夠了。
「是！」馬六接過荷包。這件事還真不能借他人之手去做。
沈飛麟看了一眼躍躍欲試的馬文。「你還是幹老本行，到涼州大街小巷裡轉悠，聽到什麼，就回來說給我聽。不論大事、小事，都不要放過。」說著扔了十兩銀子過去。
馬文歡喜地接了，心想：這才是好差事呢。
看著這叔姪二人出了門，壯哥兒才進來。「青杏方才試著想進來，被奴才擋了。」
沈飛麟點點頭。「把那個九連環拿來。」
壯哥兒不聲不響地找出來，遞給沈飛麟。
沈飛麟用硯臺砸了九連環一下，琉璃製的九連環就碎了。「叫青杏進來。」
壯哥兒眼神一閃，似乎是明白了什麼，馬上出去喊青杏。
「少爺可有什麼吩咐？」青杏笑著進來。
「想喝蜜水，沖一杯來。」沈飛麟低頭看書，吩咐了一句。
青杏笑著應了，端來蜜水放在沈飛麟手邊，見炕桌下放著一個小匣子，她順手拿起來。
「別動！」沈飛麟慌張地看了她一眼。「算了，還是趕緊藏起來吧。妳別告訴我娘，等買了新的來，再補上就是了。」
青杏笑道：「又不是要緊的東西，哥兒何必這麼緊張？夫人不會怪罪的。」
沈飛麟不贊同地道：「這是母親小時候玩過的，給了我才沒幾天，就這麼不小心摔壞了。我已經讓人去買了，妳可別說出去。」

青杏笑著點頭。「少爺放心，奴婢保證不說。」

沈飛麟點點頭，心裡有些無奈。不是自己的下人就是這點不好！有些事情，他還是得作戲瞞過去。

晚飯的時候，蘇清河就從蘭嬤嬤那裡聽說了這件事。

她垂下眼瞼。那東西確實是她小時候玩的，但也沒心愛到哪裡去，兒子不可能不知道這一點，他這樣說，顯然是為了掩飾屋裡錢財的去向。於是她笑道：「不是什麼大事，由著他鬧吧。他又不能出門，悶在家就生事。不過，男孩子麼，也沒什麼大不了的。」

吃過飯後，蘇清河才偷偷塞了一個荷包給兒子。「這是銀票，要是沒了，再到娘這裡拿。」她揉了揉兒子的腦袋，一句多餘的話都沒問。

沈飛麟點點頭。有這樣一個母親，是一件幸事。

馬文和馬六是住在外院的，等吃過晚飯，馬六就有些心神不寧。

馬文問道：「叔叔該不會是想找主子告密吧？」

「蠢蛋！」馬六喝道：「少爺年紀小，不知輕重，難道咱們也不知道？真要有個什麼萬一，該怎麼跟主子交代？」

「您可真是糊塗了。」馬文笑道：「指不定小主子給的差事，正是要試探咱們的。若是您轉身就把少爺給賣了，姪兒敢肯定，您這輩子，也就看個大門。不管是主子還是少爺，都不敢再用您了。」

馬六頓時一愣，沈默良久才道：「也是，小主子再小，那也是主子。」

馬文低聲道：「再說了，咱們家這位少爺，可邪乎得很，一點也不像個孩子。」

「你知道什麼？少爺血統高貴……」馬六止住話頭。「行了，趕緊睡吧，明兒有得忙了。」

馬文眼睛一亮。果然！跟著少爺，前途肯定是不錯的。

沈懷孝從王府回來後，一直神思不屬。

蘇清河眼神一閃。難道出什麼事了嗎？

「大意了！真是大意了！」沈懷孝猛地站起身來，臉色大變。

蘇清河嚇了一跳。「怎麼了？」

「王爺今天的態度很奇怪，只怕京城中有什麼變化。」沈懷孝皺眉，他站起身道：「我要出去一趟，晚上不會回來了，妳別等我。」說完，也不等蘇清河回答，就疾步走了出去。

蘇清河看著還在晃動的簾子，心也跟著晃悠起來。

她不喜歡這樣的感覺，萬事不能由自己控制的感覺，簡直糟透了。她是不是也得做些什麼了？

蘇清河抬起頭，眼裡閃過幾分冷冽之色。

「來人！」蘇清河站起身來，對外面喊道。

蘭嬤嬤應聲進來。「夫人有什麼吩咐？」

「讓鍾善安排一下，我要見安郡王。」蘇清河說完，就進了裡間重新梳妝，換了出門穿的衣裳，看起來根本就不擔心被拒絕。

蘭嬤嬤愣了一愣，才退下去。要是沒理解錯，夫人這是打算悄悄地去見安郡王，而不打算聲張。

鍾善聽了蘭嬤嬤的轉述，站起身來。「我這就去稟報王爺，老姊姊回去服侍吧。」

蘭嬤嬤目送鍾善出門，才轉回上房。

此時蘇清河已經打理妥當，靜靜地坐著喝茶。

安郡王府

白遠推開書房的門。「殿下，姑奶奶要見您。」

安郡王抬起頭。「你說誰？」

「住在南苑的姑奶奶。」白遠輕聲道。

安郡王白了白遠一眼。他當然知道他嘴裡的姑奶奶是誰，只是太過詫異而已。夜色已深，妹妹在這個時間求見，難道有什麼急事？「那就去安排吧。」

白遠躬身退下，疾步而去。

安郡王放下手裡的公文，站起身來。心中不由得猜測：難道是沈懷孝回去說了什麼？要真是這樣，那可就太不堪重用了。

此刻南苑中，蘇清河正交代著蘭嬤嬤。「嬤嬤留下來照看兩個孩子吧。將軍要是回來……」她話說了一半，就停下來，頗有深意地看向蘭嬤嬤。

蘭嬤嬤心中一凜，知道夫人這是不打算讓將軍知道了。她謹慎地道：「夫人月事來潮，身上不爽利，老奴會安排將軍在書房歇息。」

她是安郡王的人，說到底，也是賢妃的人。雖然跟王爺感情更深一些，但對這位小主子，她心裡也是憐惜的，自然知道怎麼處置眼前的情況。況且，夫人沒支開她跟鍾善，就代表著對他們的信任和認可。

婦人在月事期間，被視為不乾淨，大戶人家的夫妻也往往會在這個時候分床而眠。這個理由挺好。

蘇清河這才點點頭，轉身跟在鍾善身後。

果然，在南苑裡是有密道的。從假山進去，走了約一盞茶工夫，便進了安郡王府。白遠已經在出口等著了。「姑奶奶，請隨小的來。」說著便將人帶往書房。

書房的門一被推開，安郡王就回過身，來人被大大的斗篷遮住了面貌和身形。

蘇清河掀開斗篷的帽子，露出臉來。「哥哥。」她福了福身。

安郡王點頭。「把斗篷脫了吧，屋裡熱。」說著，就轉身去沏茶。

蘇清河解了斗篷，自然地在安郡王的對面落坐。她的儀態端莊，絲毫也不比在宮裡長大的公主遜色。

呢。」

安郡王滿意地點頭，斟了茶遞過去。「嚐嚐看，父皇賞的，這可是每年不到兩斤的極品

蘇清河端起茶盞，放在鼻子下面聞了聞，喝了一口。茶湯在舌尖繞了繞，才嚥下。「口齒留香，回味無窮。」

安郡王眼睛一亮。「妹妹也是茶道高手？」

「學了個空架子唬人的。」蘇清河沒有絲毫尷尬地洩了底。「裝腔作勢罷了。」

安郡王一愣，繼而哈哈大笑。「咱們果然是一個娘肚子裡出來的，居然如此有默契。」他朝門外喊人。「來人，把這勞什子收了。一個茶盞還沒有酒盅大，喝得不爽快。」

白遠進來，無奈地看了一眼自家王爺，還真是折騰他們這些下人啊。

「去廚下要兩碗酒釀來吧。」蘇清河道：「咱們就喝那個。」在遼東時，她就注意到安郡王的飲食喜好了，兩人的口味頗為相似。

如今蘇清河一副當家作主的口吻，讓安郡王特別高興。「回娘家的姑奶奶都是嬌客，還不趕緊下去吩咐。」

白遠連忙應了一聲。好在因為王爺愛喝，酒釀在廚房裡倒是常備著的。

第二十三章 密談

「妹子深夜前來，不會是來哥哥這兒吃一碗酒釀的吧？」安郡王笑看向坐在對面的女子。

一頭烏黑的青絲，只用一根白玉簪子簪了，除此之外，身上沒有任何多餘的首飾。竹青色的衣裙，簡單到了極致，但也穿出了別樣的風情來，他的心裡又滿意了兩分。皇家的公主就該是這樣的，即便沒有珠翠環繞，氣勢也不弱分毫。

蘇清河理了理衣袖，突然抬起頭，看著安郡王問道：「在哥哥看來，隋煬帝如何？唐太宗又如何？」

她也不知道歷史在宋朝的時候，怎麼突然就拐了個彎，全不一樣了。但在這之前的歷史，卻是她所熟知的。

安郡王猛然抬頭，看向蘇清河的眼神已帶上了幾分厲色。

蘇清河半點也不怕，微微一笑。「哥哥以為如何？」

「盡道隋亡為此河，至今千里賴通波。若無水殿龍舟事，共禹論功不較多。」安郡王看著蘇清河，眼神慢慢地柔和下來。「這是皮日休的詩。在為兄看來，還是客觀的。」他嘴角泛起笑意。「至於唐太宗，貞觀之治開創了大唐盛世，自然不用為兄多評說。」

蘇清河勾起嘴角。「楊廣取代兄長，才得了隋朝天下；李世民則是因為『玄武門之變』，才為大唐奠定了數百年的繁華。哥哥以為呢？」

妹妹居然如此直指他想奪嫡！安郡王看向蘇清河的眼神，變得深邃了起來。「妹妹莫不是想效仿館陶公主？」

館陶公主，就是「金屋藏嬌」一詞中陳阿嬌的母親。她在漢武帝劉徹的帝王之路上，起到了至關重要的作用。

安郡王以館陶公主劉嫖暗喻，是帶有一定貶義的。畢竟，館陶公主可是以讓女兒陳阿嬌當皇后為條件，才輔佐劉徹上位的。

「館陶公主嗎？」蘇清河笑了笑。「哥哥，我可不想琪兒也有空守長門的一天。」

陳阿嬌被廢之後，餘生皆幽禁在長門宮，無比悲涼。

安郡王想起那個小丫頭，臉上的笑意越發濃了起來。「那妹妹想如何？」

「沈家對哥哥來說，重要嗎？」蘇清河收了笑意，問道。

「輔國公府根基深厚，軍中勢力不可小覷，有些棘手。」安郡王沒有隱瞞，坦言道。

「那以哥哥來看，沈家有沒有可能因為我的緣故，對哥哥多幾分善意？」蘇清河又問了一句。

安郡王搖頭。「除非……」他用手指了指東邊，就不再說話。

蘇清河明白，這是指除非東宮易位，否則，絕無可能。

安郡王見她默然，不由問道：「妳想讓沈懷孝執掌沈家，為我所用？」

蘇清河搖搖頭。「就算如此，如今握在輔國公手中的權力依舊收不回來，於哥哥又有什麼助益呢?」

安郡王面色一變。「那妳想怎麼做?」

「既然不能用,就乾脆毀了它!」蘇清河抬起頭,嘴角還掛著笑意。

安郡王站起身來。若是有沈懷孝幫助,毀了沈家的根基倒也不是沒有可能。他看向蘇清河。「妳可想好了?琪兒和麟兒可都姓沈。」

「在性命沒有保障的前提下,什麼都是虛的。」蘇清河臉上露出幾分涼薄來。「沈家人想要我們母子的性命,我可沒時間跟他們耗著。」

「釜底抽薪!」安郡王盯著蘇清河。「妳這招太過狠戾。」

太子妃的手伸得太長了,可蘇清河沒去剁了她的爪子,反而是抽了她屁股下面的椅子。一個失了靠山的太子妃,就是被拔了牙的狐狸,因為她連老虎也算不上。如今的囂張,也不過是借了太子的虎威罷了。

「咱們倆在一個娘肚子裡擠了十個月……這可是獨一無二的緣分。」蘇清河笑道:「咱們之間可是休戚相關、性命與共,我沒什麼好猶豫的。」她甩了甩袖子,哼笑一聲。「再說了,一個娘肚子裡前後腳出來的人,能有多大差別呢?」

這伶牙俐齒的丫頭!居然拐著彎說他也是個狠戾的人。

安郡王搖搖頭。「也罷!不過說了妳一句狠戾,就招來妳這麼多話。」他皺眉道:「沈懷孝那邊,妳有把握嗎?」

「哥哥。」蘇清河嘴角一挑。「對我來說,不過是征服一個男人罷了。」其他的事,自有這個男人出頭。

安郡王呵斥道：「都什麼亂七八糟的話，以後不許胡言亂語。」說得跟要出賣自己的色相似的。

蘇清河不以為意。「那又不是別人，正好是自己的丈夫，孩子的爹。夫妻關係好，這不是應該的嗎？」

安郡王的心突然梗了一下。他希望妹妹能隨心所欲，而不是委屈自己。他其實早看出來了，這兩口子之間有問題。「別勉強自己。」

「不會的。」蘇清河坦言道：「我是真心想跟他和好，還是想藉此達到別的目的，如今連我自己都分不太清楚。但有一點可以肯定，那就是沈家的存在，對我和孩子來說，並沒多少好處。對一個公主，沈家不敢如何，但沈家卻有權利插手孩子的事，就因為孩子姓沈。這是我所不能容許的。不管從長期或短期來看，沈家之於咱們母子三人毫無益處，即便對沈懷孝來說，也是一樣的。」

安郡王點點頭。他認為蘇清河說的是實話。兩人之間有孩子在，要說一點感情都沒有，那是不可能的。但能讓理智凌駕在感情之上，對於一個女人來說，確實不易。

「有什麼消息，我會讓人告訴妳，省得妳兩眼一抹黑，一無所知。」安郡王心神一鬆，就往軟枕上靠去。

門外響起腳步聲，白遠端著兩碗酒釀糰子進來。「殿下和姑奶奶都用一點，只當是消夜吧。」

蘇清河也沒客氣，嚐了一口，只覺軟糯可口。「若是加點果子醬或果子汁在糯米麵團中，做成的糰子，孩子一定更愛吃。」她轉頭看向白遠。「你說是吧？白遠。」

白遠馬上會意。「明兒就讓人給姑奶奶送去。」

蘇清河對安郡王讚道：「白遠不錯。」

安郡王翻了個白眼。不經主子同意，就窮大方，當然不錯！

西將軍府

沈懷孝坐在書房裡，看著沈二。「可有京城裡傳來的消息？」

沈二搖搖頭。「有，但沒什麼特別的。」

沈懷孝皺眉問道：「以後讓人多注意那個心懷不軌的女人，看她和太子妃是不是有什麼往來？」

「太子妃？」沈二疑惑了一瞬間，便點點頭。「是，主子。」

沈懷孝的臉色依舊很難看。「記著，以後沈家的任何消息，哪怕再小，也要及時遞上來。」

「包括國公爺和世子嗎？」沈二小聲問道，語氣裡有些忐忑。

「沒錯。」沈懷孝看向沈二的眼神有些犀利。「國公府除了我之外的任何人，都是要監視的目標。」

沈二打了個寒顫。主子雖然對家裡不滿，但從未做過如此大逆不道的事，一定是出了什麼事，惹毛了他。

沈懷孝閉了閉眼，不停地想著安郡王所說的話。

「主子，到底怎麼了？」沈大不由問道。

「安郡王今日當眾喊我的字，你可知道為什麼？」沈懷孝問道。

沈大搖搖頭。「應該是想顯示親近吧。」只有親近之人，才以字相稱。

沈懷孝搖搖頭。「瑾瑜、瑾瑜，握瑾懷瑜。」

「握瑾懷瑜……握瑾懷瑜……」沈大念叨了兩聲。「沒什麼問題啊！」

沈懷孝無奈道：「太子妃、我的胞姊，名叫沈懷玉，你忘了？」

「握瑾懷瑜……握緊懷玉？」沈大恍然大悟。「原來安郡王是在提醒您注意太子妃！」

「我也是想了半天才敢肯定的。」沈懷孝嘴角露出幾分苦澀的笑意。「本是同根生，相煎何太急。」

「那安郡王也太能裝神弄鬼了，有話直接說就好，打這什麼啞謎嘛？」沈大抱怨了一聲。

「你讓安郡王怎麼說？說你的大姊要害你的妻兒？」沈懷孝搖搖頭。「疏不間親的道理，安郡王還是知道的。」

「可是，太子妃這是為了什麼啊？」沈大疑惑地問道。

「我也想知道究竟是為了什麼？讓我的好大姊竟想對自己的親姪兒、姪女動手。」沈懷孝的聲音裡透著陰沈。「她跟那個女人之間，或許藏著什麼不可告人的秘密。畢竟在沈家，唯一想除掉清河的，也就只有那個女人了！」

沈二這才明白事情的原委。「主子放心，屬下知道該怎麼做了。」

沈懷孝露出幾分疲憊之色。「你辦事，我向來是放心的。」

「那您今晚是歇在這裡，還是……」沈二小聲地問道。

「什麼時辰了？」沈懷孝起身問道。

「還有半個時辰就子時了。」沈大回道。

「回南苑吧！」沈懷孝往外走。「不回去，我這心裡不踏實。」

沈大趕緊拿了大氅給主子穿上，沈三也已經等在門外了。

蘇清河坐在暖閣的炕上，一遍一遍地想著白遠送她回來南苑時，一路上說的話。

「王爺喚了沈將軍的字，瑾瑜。」白遠如此說。

蘇清河知道，沒有安郡王的同意，白遠是不會透露這個消息的。

握瑾懷瑜嗎？懷玉！哥哥這是知道了太子妃的動作了吧。

那在這之前，沈懷孝以為背後的黑手是誰？高玲瓏的娘家，良國公府嗎？還是不想要他們母子三人出現的大千歲？

她覺得，沈懷孝對沈家，還是抱有期望的。當然，這也是人之常情，任誰也不會把懷疑的對象，放在自己的親人身上，畢竟這種懷疑，會傷了親情，更會傷了自己。

那麼第一步，她得讓他認清沈家！他此刻應該覺得無比心寒吧……

蘇清河想了想，便站起身來，去了和堂屋相通的茶房。

「夫人，您需要什麼，叫奴婢一聲就好，怎地親自來了？」紅桃今晚值夜。主子沒睡，她也沒法歇著，正靠在爐子邊打盹呢。

「妳去廚房拿一罐子湯來。有什麼湯，就拿什麼湯。」蘇清河吩咐道：「再拿些綠豆麵來吧。」

「夫人這是要……」紅桃問道。

「下碗麵條。」蘇清河打斷紅桃要出口的話。「我想自己煮。」

紅桃這才退了出去。不一時，就和啞婆一起過來了。除了一罐子排骨湯，還拿來蔥、薑、蒜、鹹菜等配料，以及能做成小菜的一些食材和大半斤的綠豆麵。案板、菜刀等用具也齊備了。

「都歇著去吧。」蘇清河打發人走。

啞婆拉了拉紅桃，兩人便低頭出去了。

「大娘，怎能讓夫人親自動手呢？」紅桃埋怨道。

「妳這丫頭，聽夫人的吩咐就是了。」啞婆搖搖頭，去了後院。「妳也去歇了吧。」她是過來人，有什麼不明白的？夫人這是要給將軍準備的。這就好！要不然兩口子一直這麼不冷不熱地處著，像什麼樣呢？

蘇清河先在爐子口上放了排骨湯熱著，隨時能用。接著將食材和配料都切好，便再開了一個爐子口，放上大鍋，炒了一些配麵吃的小菜。最後將大鍋移開，改用小鐵鍋燒了熱水，待會兒可以下麵。

準備妥當，她才進浴室洗漱一番。出來後吩咐提熱水的粗使婆子道：「先別歇著，將軍回來還要熱水呢。」

那婆子趕緊應下。

回到裡間，蘇清河看了看自己肩頭上的傷口，只留下淡淡的印跡，可腰上的疤痕就有些嚇人了。她心想明兒個要配些顏料，順著傷疤畫上一串紫藤，好遮遮醜。

銅鏡中的女人很美，身穿鵝黃色中衣、水紅色紗褲，美得不像是她；原本散開的頭髮，則鬆鬆垮垮的用簪子簪起來。

蘇清河被自己惹笑了。說到底，她還是相信男人更愛美色。

她靠在暖閣的炕上翻書，身上搭著皮褥子，靜靜等待沈懷孝歸來。時辰已晚，快子時了，她有些不確定他今晚是不是真的會回來？

心中竟有些患得患失的感覺，這讓她無端地感到煩躁。雖然她在這裡等他，是有一些刻意的成分，但她也不得不承認，習慣是個可怕的東西。這些日子的相處，似乎已經讓自己漸漸地習慣了有他在身旁。

此時，沈懷孝剛進了鳳鳴院，除了正屋裡亮著微弱的燈光，其餘的屋子都已經熄燈了。廊下的燈籠在寒夜的風中搖擺，顯得燈光有些蒼白，似乎只有屋裡那盞微弱的光，能帶來微微的暖意。

看院門的是個中年太監，沈懷孝阻止了他通報的聲音。

堂屋的門虛掩著，他悄悄地走進去，拐進亮著燈光的暖閣，就看見蘇清河拿著書在打瞌睡。

珠簾的晃動聲驚醒了她，她恍然起身。「怎麼回來也不吭一聲？」

「怕擾了妳的清夢。」沈懷孝脫去大氅。「怎麼還不去睡？」

蘇清河沒有回答，而是催促他。「先去梳洗吧。」

沈懷孝的眼睛，在蘇清河的身上多流連了一會兒，才笑道：「好。」想誇她好看，又覺得太輕浮。

是在等我嗎？他想這麼問她，但終究沒能說出口。

泡在熱水裡，他舒服地嘆了一口氣，彷彿所有的疲憊和寒意都被洗滌了一般。

等他洗好身子出來時，卻不見蘇清河的身影，只聽見茶房裡傳來響動聲。

他循聲而去，就見蘇清河繫著圍裙，從小鐵鍋裡撈起麵條，然後再撒上蔥末和香菜末，最後從旁邊爐上的罐子裡舀出滾燙的濃湯澆在上面。離得老遠就能聞見香味。

沈懷孝肚子適時地響了兩聲。

蘇清河沒有回頭，只道：「餓了吧？馬上就好。」

「大晚上的，吃些點心墊肚子就好，哪裡要這麼麻煩？」沈懷孝心裡暖暖的，嘴上卻嗔怪道。

「點心能當飯吃嗎？」蘇清河索利地端出早準備好的小菜，放置在托盤裡。「走吧！」她端著木盤，招呼了一聲。

麵條順滑又有勁道，湯濃味美，熱呼呼的吃進肚子，渾身都暖了起來。

「綠豆麵？」沈懷孝問道。

「嗯，下火。」蘇清河淡淡地應了一聲。

沈懷孝嚥下麵條，抬起頭來。「妳都知道了？」

「知道了。」蘇清河白了他一眼。「知道你心裡上火。」

沈懷孝點點頭，一言不發地把一大碗麵連湯全吞進肚子，這才低聲道：「小時候，她不是那樣子的。也不知道是什麼時候開始變了，變得不一樣了。」

蘇清河寬慰道：「在你心裡，琪兒和麟兒比你在沈家的親人更重要，對太子妃來說也是一樣。不過是在她的生命裡，有了比你們更重要的人，如此而已。」

「這樣想的話，似乎心裡能舒服一點了。」沈懷孝點點頭。「至少，變了的不只是她。」

蘇清河點到為止，沒再說這個話題。「好了，天色不早了，該歇息了。」她從櫃子裡取出被子。「今晚就在暖閣歇了吧。熱炕比床還要舒服，你覺得呢？」

沈懷孝一愣，然後若無其事地點點頭，睡炕當然好了，至少，他們兩個人能躺在一張炕上。

鴛鴦戲水的枕頭，並排在一起。他面上不露聲色地說：「妳睡裡面吧，我明兒起得早，省得把妳吵醒了。」

蘇清河點點頭，去了頭上的簪子，掀開被子躺進去。

沈懷孝吹滅炕桌上的燭火，才躺下來。鼻間傳來若有似無的香味，讓他難免心猿意馬。他轉過身，面對著她，把胳膊伸出來，搭在她的身上。「清河。」他輕輕地喚了一聲。

好半天，才聽到蘇清河有些迷糊的聲音。「嗯……」

沈懷孝有些驚喜，她還沒睡著，卻沒推開他。這可是他們夫妻關係的一大進步！

「怎麼了？睡不著嗎？」蘇清河問道。

「沒有。就想問妳冷不冷？」沈懷孝含糊低回了一聲。

「不冷，炕熱呼著呢。」蘇清河翻了個身，面朝裡。聲音雖然迷糊，但眼睛卻是清亮的。

第二十四章　親暱

天剛透出一點亮色，大丫就起了。

大丫起來後的第一件要緊事，就是喚小姐起床。

「小姐快起吧！剛才少爺打發青杏過來說了，要是您再不起，他可就要過來掀被子了。」大丫不敢高聲，怕嚇著孩子。

沈菲琪如同蠶蛹一般，縮在被子裡蠕動。「弟弟什麼的，最討厭了。」

大丫笑咪咪的，也不接話。「奴婢聽說，王府剛才打發人送了果子做的糯米糰子來，可香了呢，早飯就準備了那個。」

話音才落，沈菲琪就從被窩裡冒出頭來。「什麼果子做的？」

「十多種呢，奴婢見都沒見過，哪裡記得住？」大丫趕緊把熏爐上熏得熱呼呼的衣褲拿過來。「五顏六色的，可好看了。」

沈菲琪吸了一下口水，坐起身來。「那就趕緊給我穿衣服吧。」

一換好衣裳，沈菲琪就飛也似的奔了出去。

沈飛麟在院子裡碰上沈菲琪，嘲弄道：「今兒太陽打西邊出來了？」

沈菲琪「哼」了一聲，率先朝堂屋裡跑去。

蘇清河聽見門響，就猛地驚醒，人還有些迷糊，珠簾就被掀開來。

「爹、娘，你們昨晚歇在暖閣啊？」沈菲琪有些不好意思。

平日裡爹娘都在裡面歇息，她和弟弟每次來，就坐在暖閣的炕上等。沒想到今兒把爹、娘給堵在堂屋裡了。

「爹的寶貝閨女，今兒怎麼起得這麼早？」沈懷孝呵呵一笑，孩子還小，他也沒覺得有什麼好尷尬的，便坐起身來。「等等爹，馬上就好。」他起身去了裡屋，準備洗漱更衣。

蘇清河抓了披風往身上一裹。「娘待會兒陪妳一起去。」說著，也進了裡屋。

沈飛麟進來的時候，就見炕上攤著枕頭和被子，他眼神一閃，拉了沈菲琪。「咱們先去演武場。」

「多冷啊。」沈菲琪有些不樂意。

「走走就不冷了。」他不由分說，拉了沈菲琪就走。

等沈懷孝從裡面出來，不見兩個孩子，就問蘭嬤嬤道：「孩子呢？」

不等蘭嬤嬤回道，蘇清河就一身胡服的走出來。「肯定先走了。」

沈懷孝一看蘇清河的打扮，就笑道：「我以為妳說笑呢，原來還當真了。」

「對孩子說過的話，當然要言而有信了。」蘇清河搖搖頭。「老哄他們可不成。」

沈懷孝認同地點頭。看她對孩子這般慎重的樣子，讓他不由跟著認真起來。

兩人一來到演武場，就見沈飛麟一本正經地在蹲馬步，沈菲琪則在一旁不停地騷擾。

這讓蘇清河有些無奈。閨女的神經實在很粗大，她是不是覺得有個爹當靠山，就心安理得的犯起懶來了？

蘇清河過去拉了閨女就走。「跟著娘慢慢跑。」說著，就開始小跑步起來。

沈菲琪一臉見了鬼的樣子。沒想到娘竟然真的來了！她求助地看向沈懷孝。

沈懷孝有些心疼，可是見蘇清河沒有絲毫讓步的樣子，只好扭過頭，不忍心再看。

沈菲琪委委屈屈地跟著蘇清河，小短腿倒也跑得不太慢。

看著母女倆以蝸牛的速度在場上移動，沈懷孝的嘴角牽起笑意。對待兒子，他可沒那麼柔和，瞬間就開啟了嚴父開關。

一圈下來，蘇清河微微見汗，沈菲琪則已經滿頭大汗了。

「去一旁慢慢伸展一下身子，要不然明天腿疼。」蘇清河讓閨女先到一邊去，自己則加速，又跑了兩圈。

沈菲琪看著跑步跑得沒有絲毫公主形象的娘親，心裡多少有些羨慕。要有怎樣的自信，才能不顧及別人的看法呢？

蘇清河也是下了狠心。要是擱在前世，她可不是個有恆心的人。

她學過跆拳道，也學過瑜伽，但都半途而廢了。如今，為了給閨女做榜樣，得重新再練起身子來。

扳著手指算了一下，她會的還真不少。除了跆拳道、瑜伽，軍訓課的時候，她還學過軍體拳；大學體育課則學過太極和女子防身術。

如果把這些教給閨女，危急的時候，用來防身也不錯。

蘇清河活動完，才瞧見沈懷孝在舞劍。那一招一式，一看就不是花架子。

等沈懷孝舞完劍，她才上前道：「今天差不多了，就到這兒吧。」

沈懷孝點點頭，轉過頭問兒子。「可看清楚了，能記住幾招？」

「前三招差不多。」沈飛麟回了一聲。爹爹的動作太快，根本看不清楚。

「算不錯了。」沈懷孝似乎很滿意。「那就到這兒吧。」

出了一身汗，一家子回去洗了熱水澡，渾身都舒坦起來。

早飯，沈菲琪吃到了果子做的糯米糰子，感到心滿意足，覺得一早上的辛苦，都是值得的。

送走心情頗好的沈懷孝，蘇清河給兩個孩子安排好功課，就讓蘭嬤嬤帶著她去了南苑的溫泉院子。

「主子要泡嗎？」蘭嬤嬤問道。

「先看看。」蘇清河道。她想知道溫泉池子有多大，能不能游泳？

她突然想起，應該教孩子游泳。這不僅是鍛鍊身體的項目，也是一種逃生的本領，兩個孩子都必須學會。

溫泉池子有分室內的，也有露天的。露天的更大一些，完全可以用來游泳。

「這些丫鬟之中，可有會水的？」蘇清河問蘭嬤嬤。

蘭嬤嬤搖搖頭，想了想又道：「倒是有幾個小太監游得不錯。」

蘇清河擺擺手，看來只有她和石榴能教游泳了。「今兒午飯之後，把這個院子清空，我要帶著孩子們來這裡戲水。」

蘭嬤嬤面色一白。「夫人，這外面的池子太深，帶孩子戲水太危險。要不然，還是去裡面的池子吧。」

「不礙事。」蘇清河笑道：「只要不會凍著，就沒事。」

吃過午飯，蘇清河帶著孩子前往溫泉院子。門口由紅桃和蘭嬤嬤守著，石榴則跟進去服侍。

「娘，咱們去幹麼？」沈菲琪問道：「泡溫泉嗎？」

「差不多吧。」蘇清河笑道：「學游水，好不好？」

沈菲琪面色瞬間一白，艱難地點點頭。

上輩子，十歲那年，她掉進池子裡，差點淹死。因為這件事，爹爹打殺了兩個丫鬟，之後，又特地請了漁娘教她游水。老實說，她如今游水游得極好了。

那個時候，她一直以為是一場意外，可如今再看，恐怕背後是有一雙黑手的。

蘇清河眸子一黯。這孩子經歷過不少事，但依舊能保持這樣樂觀的心態，整天沒心沒肺的，也算是個優點吧。

沈飛麟只是挑挑眉。他上輩子五歲就會游水了。這是皇子必學的科目之一。

院子裡的池子，形狀有些不規則。最短處約有兩丈，最窄處也有一丈多；最深處大約有五尺，淺處便不足兩尺。對大人來說，這池子可能有些小，不過對於孩子來說，已經足夠了。

池子周圍用大理石鋪就，此刻，大理石上鋪著猩紅色的毯子，在緊挨著池子的地方，搭了一個不大的帳篷。

帳篷裡火盆燒得正旺，從另一側的開口就能直接進入溫泉池。安排得貼心又舒適，肯定不會受涼。

帳篷裡有茶水點心，寬大的榻上放著替換的衣物。

蘇清河上前道：「先把衣服都脫了，泡在淺水處適應一下水溫。」說著，就開始幫閨女脫衣服。

「不脫肚兜！」沈菲琪的臉馬上紅了。

「不脫就不脫吧。」蘇清河不僅把肚兜給他們留著，連小褲衩也沒脫。

這下不僅沈菲琪安心了，連沈飛麟也鬆了一口氣。

石榴在旁邊幫忙，笑道：「哥兒、姊兒知道害羞了。」

蘇清河點點頭。「小屁孩，還怕別人看。是有什麼可看的？」她自己兩三下解了衣裳，只留了一件大紅的抹胸和蔥綠的褻褲。

沈菲琪看著蘇清河。「娘真好看。」

沈飛麟不自在地轉過臉去，是挺好看的。

不過，大白天的，哪怕是在自己家，這樣泡在池子裡也是不妥的。他低聲道：「讓石榴陪我們，娘在帳篷裡就行。」

蘇清河越發覺得逗了。說心裡話，這身衣裳，比現代最保守的泳衣還保守，她真心覺得沒什麼問題。

「沒事，又沒外人。」蘇清河揉揉兒子的腦袋。

我也是男子。沈飛麟不由得在心裡說了一句。看了蘇清河一眼，他到底沒把話說出來。學游水這麼危險的事，娘不親自盯著，肯定不放心的。

「石榴在岸上看著。」蘇清河安排道。說著，率先下了水。

池水的溫度很適中，是最大限度的熱，卻不灼人，微微有些硫磺的氣味。

她把兩個孩子帶到淺水處，讓他們靠坐在池水邊，然後一點一點講游水的要訣。不過，就在兩個孩子進水池時，她就已經知道，他們兩個是會游水的，如今做的這些，不過是掩人耳目，給孩子找個會游水的藉口罷了。

原先擔心會發生危險，可在知道孩子們都識水性後，她不由得放鬆下來。

蘇清河先是托著孩子游，然後放手。一切的步驟跟初學一樣，按部就班。

這兩個孩子到底機靈，如小狗游水般地手腳並用，在水裡划著，一點也沒露出特別熟悉水性的樣子。

「哥兒、姊兒真聰明，學得真快。」石榴不由得讚道。

沈懷孝今兒回來得早，聽說他們母子幾個在溫泉院子，這才找了過來。蘭嬤嬤不好擋著，只能讓他進去。沈懷孝還納悶，在自己家裡，至於要守著門嗎？

結果循著閨女的笑聲找過去的時候，眼前的情景讓他瞬間面色鐵青。

「爹爹、爹爹。」沈菲琪在水裡撲騰著，看見沈懷孝尤其高興。「快下來，爹爹。」

沈飛麟一轉頭，看見沈懷孝僵硬的臉色，就知道大事不妙了。

蘇清河專注地看著兩個孩子，也沒回頭，只笑道：「今兒怎麼回來得這麼早？」

沈懷孝在心中怒道：不早回來，還不知道妳在家帶著孩子幹如此驚險的事！

他沒有答話，壓下脾氣，怕突然出聲驚著他們。他快步走過來，狠狠地瞪了石榴一眼。這丫頭，也不知道勸著主子點！

快步走到池子邊，他兩三下扒了外面的棉衣，只著中衣，走進池子，然後輕輕地划水，慢慢地朝兩個孩子靠近。緊接著突然伸手，迅速地拽住孩子們的胳膊，這才鬆了一口氣。

本想著帶孩子們上岸，可外面天寒地凍的，一出水面，兩個孩子還不得凍壞了？於是，他帶著孩子移動到帳篷口，迅速地把孩子塞進岸邊的帳篷裡。

石榴一看，趕緊進去照看。

這邊沈菲琪和沈飛麟還一臉不明白，就聽帳篷外面沈懷孝的聲音響起。「蘇清河！妳膽子太大了。」

蘇清河被他一連串的動作給懵了，還沒回過神來，就被吼了一嗓子。緊接著，腰上便纏上一隻手臂，讓她動彈不得。她掙扎了兩下道：「你幹什麼？」

沈懷孝面色鐵青。「還敢問我幹什麼。妳怎麼如此大膽，一個人帶著兩個孩子戲水，不要命了！妳差點沒嚇死我。」

要不是兩個孩子本來就會水，她也不敢放鬆啊！

不過，看沈懷孝確實氣得不輕，她也不敢頂嘴，手搭在他胸口輕輕撓著。「這不是讓石榴在邊上看著呢，我有分寸。」

沈懷孝一肚子氣被她撓得洩了三分。孩子們還在帳篷裡，於是他把她作亂的手拿開。「妳還敢說分寸……」

蘇清河站起身，身子冒出水面，凝白的肩膀和精緻的鎖骨，就那麼裸露出來。

沈懷孝顧不得說話，趕緊把她的肩膀按到水裡，然後警惕地左顧右盼。這個女人，青天白日下居然敢穿成這副模樣，在院子裡游水。

他一把抓住她的胳膊，往岸上拽，行至淺水處，他喊道：「石榴，扔件披風過來。」

「院子裡沒人，怕什麼？」蘇清河想甩開他。

「老實待著！」沈懷孝瞪了一眼。

石榴見兩人在水裡拉扯，笑了笑，扔了件披風出來。「主子，我先帶小主子回前面了。」抱兩個孩子對她來說沒什麼難度。再說了，院門口就有人接著。

看見兩個孩子包裹得嚴實，被石榴抱走後，蘇清河才鬆了一口氣。夫妻吵架，最好不要當著孩子的面。

「你拽疼我了。」蘇清河竄出水面，瞪了沈懷孝一眼。

沈懷孝眸光一黯，把披風往她身上一裹，再將她打橫抱起，順著旁邊鵝卵石鋪成的小路，去了裡頭的溫泉屋。

「幹什麼？」蘇清河壓低聲音。「你想幹什麼？」院子外面就守著人，她不敢高聲說話。

沈懷孝不理她，一腳踹開木屋的門，將她扔進池子裡。

蘇清河被他突如其來的動作嚇了一跳，拚命壓制住想要尖叫的衝動。

這邊沈懷孝扒了自己的衣服，也跳進水裡。

蘇清河就是再蠢，也明白這個男人想幹什麼。「你瘋了！院子外面都是人。」她的髮髻早在掙扎的時候就已經散了。這時候，青絲落在水面上，妖嬈而嫵媚。

沈懷孝一把拽過她。「萬事都依著妳，看來真是要把妳慣壞了。」聲音隨即低了下來。「妳別嚷，若把人招來……」

蘇清河渾身發軟。「別……晚上好不好？」

「乖，就一回……」沈懷孝感覺到懷裡人的身子漸漸酥軟，便一口狠狠地吻下去。

「孩子他爹……孩子他爹……」蘇清河覺得自己快窒息了。「我喘不上氣了。」

「妳叫我什麼？」沈懷孝把她緊緊地圈在懷裡，一顆心瞬間就化成一灘水。

「孩子他爹。」蘇清河此刻無比清晰地感覺到，自己對這個人，沒有絲毫反感。她沒有拒絕，伸出胳膊，搭在他的肩膀上，頭抵在他的頸窩，又低低地喚了一聲。「孩子他爹。」

沈懷孝聲音裡透著愉悅。「以後就這麼叫我……」

孩子他爹、孩子他娘，這樣的稱呼特別有鄉土氣息，卻顯得親暱。

一般大戶人家，孩子對爹娘的稱呼，很多都是稱呼老爺、太太的；更何況夫妻之間，對彼此的稱呼就更加客氣了。比起夫妻之間以禮相待、相敬如賓，他更喜歡聽她這樣土裡土氣地喊自己，透著一股子親密。

蘇清河情不自禁的呼喚，讓他心中甚是高興，也更加地興奮。

事實再一次證明，世上最不能相信的，就是男人的嘴。

說好了只一次！

而現在呢，天色都已經暗下來了，耗在裡面一個時辰，就是傻子也知道兩人在裡面幹了什麼。

蘇清河渾身使不上一點力氣。沈懷孝去帳篷裡取了她的衣物，特別有耐心地一件一件給她穿上。「腰還難受嗎？」

還好意思問……蘇清河扭過頭，紅霞滿面。「真是沒臉見人了。」她自己都覺得甚是荒唐。

「別擔心。」沈懷孝將自己也打理好。「一會兒妳別說話，看我的就好。」說著，一把抱起蘇清河，笑著往外走。

快到溫泉院子門口時，他拉下臉，滿臉寒霜。蘇清河把頭藏進沈懷孝的懷裡，裝起了鵪鶉。

蘭嬤嬤一瞧沈懷孝的臉色，心裡咯噔一下。

這兩口子是吵架了？主子不會是動手了吧？要不然夫人怎麼……她不由得把視線落在被抱著的蘇清河身上。

沈懷孝朝蘭嬤嬤冷哼一聲。「夫人瞎鬧騰，不知道輕重，可妳也是經年的老嬤嬤了，怎地也如此不知輕重？夫人腿抽筋了，妳知道在水裡，腿抽筋了會有多危險嗎？更何況還帶著兩個孩子。」

蘭嬤嬤嚇了一跳，馬上惶恐起來。「老奴這就去王府叫太醫。」王府的太醫是皇上專門賜給安郡王的。

蘇清河擰了沈懷孝一把，要他作戲別過頭了。

沈懷孝腰上一疼，他身子僵硬了一瞬，然後便咳嗽一聲。「那倒不用了，我已經幫夫人處理過了。」說完，就抱著蘇清河，大步走回鳳鳴院。

第二十五章 相繫

沈菲琪急得團團轉，但又不敢顯露出來，怕石榴發現異樣。「娘怎麼還不回來？」

沈飛麟坐在炕上，炕桌上擺著書，他一頁一頁慢慢地翻著。

爹娘幹什麼去了，他即便沒猜到十成，也猜到八成。面對美色不動心的，那不是男人，是聖人。要是這個美人是自己的妻子，這個男人還要自我克制，他就是傻子！所以，他一點都不急，淡定地吩咐石榴。「我餓了，讓廚房準備擺飯吧。」

石榴笑道：「今兒活動得多，哥兒要多吃些才好。」

沈飛麟點點頭。「妳去吧，我們在炕上，哪兒也不去。」

石榴看了沈菲琪一眼，見她乖乖點頭，才道：「大丫和青杏就守在外面，有什麼事情就叫她們。」夫人的屋子裡，這些丫鬟是不能隨便進出的。

直到石榴退出去，沈菲琪才湊過去問：「爹和娘不會吵起來吧？」

這傻妞！沈飛麟頭也不抬地說：「不會。」

「還好，爹從不打人。」沈菲琪悠悠地嘆一口氣。上輩子不管她再怎麼不爭氣，爹爹連一句重話都沒說過她，更別說是打她了。

沈飛麟白了她一眼。他想，這姑娘上輩子也是個短命的，至少沒活到成親，否則，不可能一點男女之事也不懂。

沈懷孝抱著蘇清河進屋，然後直接去了裡間，將她安置在床上。「妳先歇著，我去看看孩子們。」

蘇清河確實累了。「吃完飯，就送他們回自己的院子。多看著他們，別給吃撐了。」

沈懷孝把床帳子放下，才轉身出去。

兩個孩子已經等在外面，沈懷孝板著臉。「你們的娘腿抽筋了，要歇歇，別擾了她。」

「不要緊吧？」沈菲琪問道。

「沒事，你們的娘醫術可好了。」沈懷孝帶著孩子坐下。

沈飛麟觀察他的神色，還真看不出他是不是說了謊？

父子三人沈默地吃了飯，沈菲琪和沈飛麟不敢賴著，就各自帶著丫鬟回了院子。今天爹娘之間的氣氛不對！這他們還是感覺得出來的。

沈懷孝剛鬆了一口氣，就聽蘭嬤嬤稟報說，安郡王來了。

蘇清河不好賴在床上，趕緊起身，跟沈懷孝一起把人迎進來。

「妳也太胡鬧！」安郡王衝著蘇清河罵道：「怎麼敢一個人帶著孩子戲水？身邊還只有一個會水性的小丫鬟，能頂什麼事？萬一出了什麼意外該怎麼辦？咱們家的孩子，五歲的時候都會有專門的人教他們游水，這些事本就不該妳操心，每個皇子、公主和宗室家的孩子，都是這麼過來的。那些教導的人有的是經驗，從沒一個孩子會在練習游水時遇到危險。妳為何不先跟瑾瑜商量，竟敢擅自作主？我看瑾瑜訓妳是訓對了，就該好好管一管妳。」

他先是把話說得斬釘截鐵，之後又和緩了語氣，對沈懷孝道：「清河她不知輕重，這個也怪我，沒提前把這些規矩告訴她，這才……你訓她是對的，我支持你，但你也要體諒她這幾年一個人帶孩子的艱難。只怕這些年她習慣了一個人，萬事靠自己，才忘了要先跟你商量，可別為了這件事跟她鬧彆扭。」

說完，他又轉頭瞪了蘇清河一眼。「尤其是妳，不許胡亂鬧彆扭。」

蘇清河心裡一暖。雖然哥哥的話句句聽起來都是在責怪她，但裡面的關切是真的，在沈懷孝面前為她辯解、維護著她也是真的。她低頭乖順地道：「知道了，哥哥。」

然後她朝沈懷孝福了福身。「孩子他爹，我錯了，以後不會再這樣了。」

送走安郡王之後，夫妻倆攜手去了孩子的院子。

只見閨女正在糟踐花房裡的花，做什麼胭脂膏子；兒子在練字，小小身板坐得筆直。

兩人看了看，也沒打擾，就回了正屋。

「妳還沒用飯，先吃點吧。」沈懷孝打發了下人，笑道。

蘇清河點點頭，小聲道：「如今，南苑中有什麼風吹草動，王府那邊馬上就會知道，可這也是沒辦法的事。我知道對你來說，會有些不方便……」

沈懷孝搖搖頭。「透明有透明的好處。越是透明，越是不惹人猜忌。」何況，她能說出這番話，就已經說明，在她的內心深處，是與他這個丈夫更親近的。只要知道這一點，就已經足夠了。

蘇清河笑笑，垂下了眼眸。

晚上，沈懷孝自然不會委屈自己繼續睡在碧紗櫥的榻上，他往床上一躺，嘆道：「在諸位皇子中，安郡王的心性算得上是最好的。看今日這態度，待妳和孩子也好。」

「命脈相繫，氣運相連。」蘇清河鑽進被窩，心裡突然就踏實下來，聽著外面的風聲，微微地合上眼睛。「算是我和孩子的運氣，也是他的運氣。」

「是啊！」沈懷孝微微一嘆。「王爺的前途，就是兩個孩子的前途。」他不敢想像，若是安郡王失勢，即便是身為輔國公府子孫的琪兒和麟兒，不知會受到怎樣的怠慢？國公府裡從上到下，從主子到奴才，哪個不是長了一雙勢力眼？

光想到這些，他就心疼得不能自已。他虧欠這兩個孩子良多，孩子在他心裡，亦是最不能碰觸的逆鱗。

他不僅是祖父的孫子，是父親的兒子，更是孩子的父親，妻子的丈夫。沈家和孩子之間，他的重心自然偏向了孩子。對沈家而言，子孫不止他一個；但對於孩子而言，自己卻是無可替代的唯一。

蘇清河閉上眼睛，往他懷裡靠了靠。「睡吧。」她側過身子，伸手環住他的腰。「明兒要早起呢。孩子他爹，你得好好的，兩個孩子還得靠你庇護呢。」

沈懷孝拍了拍她。「嗯，睡吧。」他的眼神清亮，哪有一絲倦怠之色。

蘇清河話裡的意思，他感覺得到，但即便知道她的小心思，他也惱不起來。一來，她很有分寸，從沒說過一句過激的話；二來，她說的從來都是事實。

她在潛移默化地讓他認清現實！

如果他心裡的天平偏向沈家，那麼毫無疑問，他將永遠失去她和孩子。

每每想起這種可能，他就痛徹心腑。

事實上，沈家從來沒看重過他，他也從沒依賴過家裡，他，一直是沈家的一個棄子。對於這樣的家族，他真的沒多少歸屬感，唯一放不下的就是親情！

可自己的姊姊卻要除掉自己的孩子，這樣的親情……不要也罷。

祖父……父母……兄長……

他合上眼睛，心裡重重地嘆了一口氣。

沈菲琪和沈飛麟在院子裡堆雪人，這幾天下了一場大雪，給他們添了這樣的樂趣。

「爹娘現在可好了。」沈菲琪小聲對沈飛麟道。

床頭打，床尾和，有什麼好稀罕的？沈飛麟不以為然地撇撇嘴。

「是我發現的。」沈菲琪洋洋得意。

沈飛麟做出一副誇張的讚嘆之色，一臉「妳真是了不起」的神情。

沈菲琪又不傻，哪裡不明白弟弟的意思，她抓了一把雪就朝沈飛麟扔去。「你那表情真是欠揍！」

沈飛麟最近習武，反應敏銳不少。她這邊一動，他那邊馬上就避開了，雪一點都沒沾到身上。

沈菲琪拿著雪球就追，兩人你追我趕，再加上旁邊加油打氣的丫鬟們，叫嚷聲恨不能掀翻了天。

鍾善進了院子，看到這一幕，不由得會心一笑。他找了蘭嬤嬤，不知道說了些什麼，就轉身出去了。隨後蘭嬤嬤便進了堂屋。

沈飛麟眼神一閃，給壯哥兒使了個眼色。這稍稍一停頓的工夫，就被沈菲琪砸了個正著，弄得一頭一臉的雪。

「還玩不玩了？」沈菲琪笑問道。

「不玩了。」沈飛麟搖搖頭，把腦袋上的雪晃下來。「我去換身衣裳。」

「就知道你要搞鬼。」沈菲琪低聲道，一臉得瑟樣。

沈飛麟皺眉一嘆。「看穿不捅穿，看破不說破。妳連這個都不懂？」他搖搖頭，露出「妳還有得學」的鄙視眼神，氣得沈菲琪在原地直跺腳。

而此時堂屋內，蘭嬤嬤正對蘇清河稟報著。

「人牙子那邊已經說好了，您看下午帶過來適合嗎？」蘭嬤嬤低聲道。

「做生意的也不容易，這人賣不出去，壓在手裡，還得管吃管喝。小戶人家過日子，都是一文錢恨不能掰成兩半花，急著想脫手，也是人之常情。讓他把人帶過來吧，行不行的，看看再說，總能找到幾個合心意的吧。」蘇清河聽著外面的動靜，笑道。

「夫人體恤下情，下面的人也就更好做事了。」蘭嬤嬤肯定地點點頭，語氣裡有些欣慰。

蘇清河笑笑，指了指外面。「外頭可算是清靜了。這兩個孩子，比別人家的三、五個孩子都讓人費心。」

「孩子嘛！要是真沒了精神，那就該著急了。」

兩人說了一會兒閒話，蘭嬤嬤才退下去。

沈飛麟看著被壯哥兒喊來的馬文，問道：「說吧，這兩天城裡可有什麼新鮮事？」

南苑要買人，算是大事一件，自然不是秘密，因此馬文在外，打聽最多的也就是牙行的事。他輕聲道：「唯一奇怪的就是，牙行從別的地方買來不少人，而在涼州買的人，卻大都是往外賣的……」

沈飛麟明白，涼州多戰亂，孤兒寡母多，躲避戰亂的人也多。為了活下去，為了找到一個能夠安身立命的地方，為了頭頂能有一片瓦片遮風擋雨，賣身為奴，不失為一條活命的路子。不過，在涼州買的人，應是在當地夠用了，才會賣至他處吧？如今卻本末倒置，從外地買人，再把本地的賣出去，確實不大合理。

他點點頭，表示聽懂了馬文的話，又問道：「都是從哪裡買來的人？」

「哪兒都有，很雜，南邊的也不少。」馬文低聲道：「據說都是些犯官的家僕，被發賣過來了。還有……」

「還有什麼？」沈飛麟追問道。

「裡面有不少年輕的姑娘，說是要賣到軍營裡……」馬文恨不得掌自己的嘴，好好的，跟少爺提這個幹什麼。

沈飛麟這才鬆了眉頭。「這才合理嘛。」從外地買人的事，連馬文都覺得蹊蹺，就代表不合常理，如此不合常理的事情，也就騙不過別人了；然而買來當營妓，卻是個不錯的藉口。這有軍隊駐紮的地方，最缺的就是女人！只要是女人，不論美醜，都是稀缺資源。那麼，從外面買人，如此不合理的事情，聽起來也就合理了。

而這些人裡頭，又不知道有多少是別人的眼線、探子，甚至是馬前卒。

「知道了，你做得很好。」沈飛麟沒有細問，他吩咐道：「以後，多注意將軍府的事，尤其是將軍府下人的情況，給我都摸清楚了。」說著，又拿出一百兩的銀票遞過去。「別心疼銀子。」

馬文愣然一瞬，回了一聲「是」。這年頭，兒子敢盯老子梢的，也就他們家少爺了。

第二十六章　密室

吃過午飯，蘇清河端了山楂茶給兩個孩子。「別亂跑，一會兒要挑下人，你們跟著娘一起看看。」

沈飛麟點點頭。這一撥下人都是從各個地方被特意送來的，抱持著各式各樣的目的，的確很有必要好好見識一下。

沈菲琪微微皺眉。「娘，這些人……」她沒把話說完，因為屋子裡還有別的丫鬟在。

蘇清河摸了摸閨女的頭，笑了笑沒說話。這孩子，還是有些長進的。

不一時，蘭嬤嬤進來，說是人已經被帶到了前院的花廳。

蘇清河帶著兩個孩子到花廳落坐，就見一個中年婆子上前道：「給夫人請安。」

「妳就是孫婆子？」蘇清河淡淡地道：「也別多禮了，起來吧。」

孫婆子站起身來，不由得咋舌。這位夫人的氣勢，比那些將軍家的夫人都還要強，她不敢大意，笑道：「您瞧瞧這些人，可有能入貴人眼的？」

蘇清河點頭，這才認真地打量這群人。

男女老幼，高矮胖瘦，不一而足。蘇清河看了半天，突然輕笑一聲，轉頭道：「石榴，去挑人。」

石榴眼神一閃，問道：「主子，怎麼挑？」

「只管把妳看著順眼的挑出來就是了。」蘇清河捧著茶盞，漫不經心地道。

「主子……」石榴愕然地看向蘇清河。「您……」

「咱倆相伴著長大，我信得過妳。」蘇清河認真地看向石榴，語氣無比認真。

石榴抿了抿嘴唇。「是，主子。」聲音卻有些哽咽。

她知道，主子已經知道她的身分，如今是想讓她把跟她一樣出身的人挑出來。這分信任，沈甸甸的，讓她有些無所適從。

沈飛麟眼裡的讚賞一閃而過。娘這招可謂高明至極。

表面上看，是信任石榴，並且信任和石榴一樣的人，這就收攏了這些人的心。被動的保護和主動的保護還是有區別的，這些人奉皇上的命令行事，自然不敢不盡心。但若是能讓他們心甘情願地盡心，又何樂而不為呢？

另一方面，娘是想把這種信任，傳給遠在京城皇宮的皇上知道，告訴皇上，能讓她全心信賴和依賴的，只有他這個素未謀面的父親。那皇上會作何感想呢？事實上，那些個在宮裡長大的皇子和公主，最忌諱的就是皇上的眼線，如今這般反其道而行，效果想必壞不了。更何況，這樣的做法，還能保障他們母子三人的安全。

蘇清河心裡一嘆。這個父親，能暗地裡護著她二十年，保住她的小命，就證明他的心還是有底線的，那她就繼續做個被父親保護的女兒，又有何妨呢？

石榴的動作很麻利，從裡面挑出了三個婆子、六個丫頭，還有一個中年漢子，自稱是個廚子。

蘇清河點點頭，心裡就有數了。三個婆子應該是嬤嬤，他們母子三人一人一個，六個丫頭也是一樣，每人分兩個；廚子，就是為了防止有人在吃食上動手腳。可謂用心良苦啊。

蘭嬤嬤看了石榴一眼，又看了一眼被挑出來的人，若有所思。

讓石榴領著這些人下去安頓後，蘇清河這才把視線再次投到剩下的人身上。

「琪兒、麟兒，你們要不要也下去瞧瞧？」蘇清河的手在女兒背上拍了兩下。她發現這孩子一直盯著其中的兩個丫頭看，就出言問道。

沈菲琪點點頭，剛要往下走，就被沈飛麟攔住了。「娘，沒什麼好看的。」他朝蘇清河搖搖頭。「不去了。」

蘇清河微微一笑，眼裡有些凝重。這孩子一定是發現了什麼她沒發現的問題。

沈菲琪雖然不解，但也瞬間收斂神色，她抬頭看向蘇清河，笑道：「娘叫那兩個丫頭上前來，我瞧瞧。」她伸出嫩白的手指，指著其中兩個十二、三歲的姑娘。

蘇清河心裡有底了，這孩子只怕是遇見了前世的熟人，能一眼就認出來，可見是極為熟悉的人。又見她最初的神情滿是困惑和震驚，就知道，這個故人出現的時間或地點，與上輩子不同。那麼，就只有一種解釋，這兩個丫頭絕對有問題。

她拍拍閨女的後背。「好，娘讓她們過來。」說完，她看了蘭嬤嬤一眼。

蘭嬤嬤過去，打量兩人一番，見沒有不妥之處，才領人上前來。

「抬起頭來！」沈菲琪板著小臉，揚聲道。

那兩個丫頭抬起頭，露出兩張清秀的面孔來。

「采桑、采芹……」沈菲琪身子一僵，輕聲呢喃。「怎麼會……」

蘇清河把閨女抱緊。「琪兒，喜歡嗎？」她看著閨女的眼睛，一字一句地問。

沈菲琪垂下眼瞼，手攥成拳頭，輕聲道：「喜歡！交給蘭嬤嬤好好教規矩吧。」

蘇清河嘴角挑起笑意。這孩子果真長進不少，知道什麼時候該做什麼事才是恰當的，沒有當場發脾氣鬧起來，就是進步。「好，妳喜歡就好。」

紅桃上前，領著兩個丫頭退了下去。

沈飛麟指著下面。「娘，那兩個我要了。」他指著下面兩個七、八歲的小童。

沈飛麟不說，她還沒注意，此刻她才察覺出了蹊蹺。那兩個根本就不是孩子，而是兩個長不大的侏儒！

人們對於孩子，總是沒有太多提防，再加上兩人長得唇紅齒白，乖巧異常，就更容易讓人心生憐憫，而放鬆警惕。

蘇清河的後背滿是冷汗。好險！她剛才差點放兩個孩子下去，若是有人突然發難……後果不堪設想。

這些都是誰的人？她從裡面挑不出一個普通人來。

蘇清河眼裡的厲色一閃而過，她微微一笑，看著孫婆子。「得了，我也不挑了。這些人，我都要了。」她站起身，看了蘭嬤嬤一眼。「妳和鍾善去辦吧。除了石榴帶出來的人，其餘的都先在湖心院安置。」

湖心院，就在湖心島上，院子不大，卻是通往湖底密室的唯一通道。

蘭嬤嬤不敢置信地看向蘇清河。難道夫人的意思是……

蘇清河看了蘭嬤嬤一眼，這一眼甚是凌厲，讓她瞬間有了眼前站著的是安郡王的錯覺。

「是！」蘭嬤嬤應道。那一處密室，王爺能告訴夫人，可見兩人對彼此都是信任的。

鍾善協助蘭嬤嬤將人關進密室，這才問道：「夫人這是想幹什麼？」

蘭嬤嬤搖搖頭。「這些人，可能都不乾淨。」

鍾善失笑道：「這可真是……」他一時竟找不到話語形容。如此多的人，可不管怎麼挑，都挑不出人來啊。「這件事，得趕緊讓王爺知道。」

「那些密室的守衛不是吃閒飯的，哪裡輪得到咱們。」蘭嬤嬤搖搖頭。「你還是趕緊打發人把將軍找回來吧。」

鍾善點點頭，快步離開。

蘭嬤嬤則又想起石榴選人的那一幕，她心裡頓時就緊張起來。夫人身邊，原來有皇上的人在，這可真是讓人意外。

回到堂屋，蘇清河連灌了兩盞涼茶。

「娘，那些人……」沈菲琪急忙問。

「誰知道都是些什麼牛鬼蛇神。」蘇清河搖搖頭。「不管是誰，來自哪裡，先關著吧。然後，再慢慢地審。」

「看來，要找伺候的人，還得另想辦法。」沈飛麟嘆了一聲。「而且得悄悄地找。咱們買了那麼多人，想必已傳遍涼州城，短期內，再買人就不適合了。」

蘇清河擺擺手。「或許，娘有辦法。」她眼睛微微一瞇。「這件事不著急，娘還得好好想想。」

沈菲琪滿臉憂慮，急著想問那兩個丫頭的事。

采芹和采桑，上輩子，她們陪著她走到了最後，是在那個國公府中除了爹爹之外，唯一給予她溫暖的人。

難道她們會是那個女人的暗樁嗎？她有些不能接受。「娘，那兩個丫頭的事……娘幫我問清楚吧，我很喜歡她們……」她不自然地解釋了一句。

蘇清河點點頭。「知道了。要是沒有問題，就叫她們去伺候妳。」

沈菲琪這才鬆了一口氣。

蘇清河摸了摸閨女的頭。這孩子經歷了許多，卻難得地還能保有一顆純善的心。「妳不是想在花房裡種點青菜嗎？讓大丫帶妳去。」

沈菲琪就知道娘肯定有事情要忙了，趕緊點頭。

蘇清河看了紫竹一眼，紫竹點點頭。「奴婢絕不會讓小姐離開自己的視線。」

「家裡這幾天有些亂，都警醒著些。」蘇清河滿意紫竹的穩重，賞了二兩銀子。

「兒子也告退。」沈飛麟拱拱手，一本正經地道。

蘇清河被兒子惹得一笑。「去吧。」

安郡王府的正屋中，白遠正向安郡王稟報方才得來的消息。

安郡王看著白遠，愕然地道：「你說什麼？」

白遠無奈地道：「殿下，湖心島送來消息，說姑奶奶下令把人都關起來了。」

安郡王眨眨眼，呵呵笑了兩聲。「她可真是不按牌理出牌啊……」他沈吟了一瞬。「那就過去看看吧。」說著，便和白遠一起從密道來到南苑。

收到消息的沈懷孝也趕了回來，和安郡王前後腳進了門。

沈懷孝著急地問道：「一個也沒選出來嗎？」

蘇清河也不隱瞞他們。「石榴選了幾個，還算得用。」

沈懷孝眼睛一閃。石榴選的人，自然是皇上的人，用他們來保障身邊的安全，算是最好的選擇了。他鬆了一口氣，道：「那就好。」

安郡王看了蘭嬤嬤一眼，見蘭嬤嬤微微點頭，確認了此事。

這讓他心裡微微一動。看來，對父皇多一些坦誠，或許是個不錯的主意。反正以父皇的手段來看，只要是父皇想知道的，自有辦法知道。既然藏不住，與其遮遮掩掩，適當地不設防才是上策。

蘇清河說了自己的打算。「先探探這些人的底子，想必多少會有一些收穫。」

「這件事妳別插手，自有王爺和我處理。」沈懷孝拍拍蘇清河的手。這些人都是經過嚴格訓練的，想撬開他們的嘴，自然會用到一些非常手段。他不想弄髒她的手。

蘇清河猶豫了一瞬，也沒再堅持。「不過，要是實在有硬骨頭啃不下來，不妨讓我試試。大夫能救人，自然也能殺人；知道怎樣能讓人舒服，也知道怎樣能讓人生不如死。」

安郡王瞥見沈懷孝的臉色有些僵硬，無奈地暗暗瞪了蘇清河一眼。她這話可是說得人背後直發涼。

蘇清河不以為意，挑眉似笑非笑地看了沈懷孝一眼。「怎麼？怕了？」

沈懷孝順著她的話，半開玩笑地道：「是啊，怕極了。」不過，她的手段要是用來對付自己，那還真是怎麼死的都不知道。

「會怕就好。」蘇清河嫣然一笑，送沈懷孝和安郡王出了門。

湖心島密室

沈懷孝也是第一次來這裡，甚至在這之前，他從不知道南苑還有這樣的地方。

但如此機密的地方，蘇清河卻是知道的，這讓他心裡就有了底。

看來蘇清河和安郡王這對兄妹的關係，比他想像中的還要親近。他不由得回想起他們的幾次接觸，很快就得出一個結論——這兄妹倆暗地裡應該有交流。

他不由得心中一嘆。公主就是公主，即便沒有被宣告天下，她也是皇家的公主。她天生就有涉及政治的權利，而駙馬，則恰恰相反，手裡的權利是被限制的。換句話說，駙馬不過是公主的附屬品。這一點他從來都知道，但當真要面對時，心裡還是有些悵然。

沈懷孝的想法，安郡王也能猜出個大概的。他微微一笑：「怎麼，不習慣嗎？」

「沒有。」沈懷孝搖搖頭。「有得就有失，在下還分得清。」

安郡王坦誠一笑。「有些事情，清河能知道，而且，也是理所當然應該知道。因為她的一生榮辱，全在皇家，甚至於包括她所生的孩子。說句不好聽的話，和皇家利益相關的，是她，而你則不同。粟家的江山若是換了人，沈家還是可以高官厚祿，但對我們這些皇室子孫而言，就是性命不保。這一點，你應該明白，也要確定自己想要的是什麼。」

沈懷孝點頭。「人麼，哪個不是為了子孫後代著想？在下也不能免俗。這些年，在疆場上拚前程，不也是為了琪兒和麟兒？殿下好了，清河就好，兩個孩子也就好了。比起別人，在下應該算是幸運的。」兩個孩了和安郡王的前途是綁在一起的，那麼，他自然是站在安郡王這一邊。

安郡王笑著點頭，不置可否。

沈懷孝也點到為止，沒有再說什麼。

這一處密室隔成許多小房間，每個人都是單獨關押，從外面走廊上，可以透過留下的小孔，看清關在裡面的人。

安郡王一個接著一個看下去，沈懷孝則緊跟在安郡王身後，面色有些凝重。

「真不知道她是怎麼看出來的？」安郡王低聲嘆道。

沈懷孝剛要接話，卻倏地頓住了。他此時看的囚室裡，坐著一個二十多歲的婦人，面色看起來很平靜，但他總覺得這個女人很面熟。

「怎麼了？」安郡王發現了沈懷孝的異樣，不由得問道。

「這個女人，我肯定在什麼地方見過。」沈懷孝皺眉想了半天。「不過，實在想不起來在哪裡見過？」

安郡王轉過頭去，又看了看，這才道：「那這個女人交給你處置。」

沈懷孝點頭，面色比剛才更凝重。

安郡王繼續往前走，在一個囚室之前冷笑。「難為他們了，是上哪裡找到這樣的人？」

原來這裡關押的是其中一個侏儒。他吩咐白遠。「這個人要好好審。能培養出這樣的人，身分必然不一般。」

白遠點頭。「這些人沒有一個表現出焦躁不安的。」

安郡王聽明白了。沒有焦躁不安，這就十分不尋常了。任何一個人突然被關了起來，都不可能如此平靜，甚至若無其事。

沈懷孝看了安郡王一眼。「在下想全程參與此事。」

安郡王深深地看了沈懷孝一眼。「你可想好了？」他指了指這些囚室。「每個囚室的後面，說不定都有著莫大的靠山，這裡面有太多不能為外人道的秘辛，一旦邁進來，就退不回去了。」

「殿下，不管在下進不進來，外面的人都會認為在下已經進來了。」沈懷孝笑道：「既然如此，何不光明正大一些呢？」

安郡王認真地看了沈懷孝一眼。「好。」他簡單地回了一個字。

沈懷孝知道，此刻，安郡王才算是初步接納了他。

京城，皇宮，乾元殿

「皇上，太子殿下和誠親王求見。」福順躬身回稟。

明啟帝將朱筆輕輕放下。「老大和老二一起來的？」

福順低頭道：「那個……半路碰上的。」

明啟帝的身子往後一靠。「這兩個孽障，就沒一刻消停過。」兩人都恨不能把對方盯死了，連對方一天上幾趟茅廁，是拉屎還撒尿都知道得一清二楚。那麼來乾元殿這麼大的事，想避開自然能避開，可偏偏就碰上了，要說是偶然，誰信呢？

福順把頭低得更低一些，呵呵笑了兩聲。「兩位殿下還在外面等著呢。今兒天冷，雪大風大的，奴才怕……」

「怕什麼？」明啟帝瞪起眼。「依朕看，就該讓他們吹吹冷風，別一個個的腦袋發熱，折騰個沒完沒了。」

福順嘿嘿一笑。「奴才這不是怕凍壞了兩位殿下，回頭皇上又該心疼了。」

明啟帝看了看外面，透過琉璃窗，只見雪花紛紛揚揚，風聲聽在耳裡，也帶著哨聲。他疲憊地嘆了一聲。「叫進來吧，讓人準備薑湯。」

福順微微吁了一口氣，笑著下去了。

坤寧宮

皇后皺眉問那小太監。「你可瞧清楚了？」

「回娘娘的話，奴才瞧清楚了。大千歲和太子殿下，一起進了乾元殿。」

皇后點點頭。「你辦得很好，下去領賞吧。」

那小太監躬身退了下去。

「錢嬤嬤，去告訴老六，讓他最近消停點，暫時別出來晃悠。」皇后低聲吩咐道。

「娘娘這是要……」錢嬤嬤不由問道。不清楚緣由，她不好對榮親王交代。

皇后也知道自己兒子的德行，解釋道：「老大和東宮正在扳腕子，不管誰輸誰贏，咱們都不吃虧。若是這時候敢跳出來，以皇上的性子，肯定是要遷怒的。這板子若因此打在身上，可就有點冤了。」

錢嬤嬤露出恍然之色。「還是娘娘瞭解皇上，老奴這就去辦。」

皇后擺擺手，讓她速去，自己卻有些失神。

瞭解皇上？誰敢說自己瞭解皇上？

二十年的夫妻，也不過是同床異夢；或許，連同床異夢都算不上，異床異夢似乎更貼切。

第二十七章 兄弟

明啟帝看著站在下面的兩個兒子，道：「都坐吧，坐著說話。」

誠親王和太子謝了恩，這才落坐。

福順上了兩碗薑棗茶，就退到一邊。

「先把茶喝了，祛祛寒。」明啟帝的手擺了擺，示意又要起身謝恩的兒子不必再多禮。「咱們父子說話，不用謝來謝去的。」

誠親王和太子對視一眼，都低頭應「是」，才把茶灌下去。

「這大冷天，沒什麼要緊事，就在府裡待著多好。」明啟帝換了個姿勢，讓自己看起來更隨意一些。「那些貧寒百姓，這樣的日子在外奔波，是為了一家老小的生計，無可奈何。你們如此，卻是為了什麼？」

「父皇！」太子起身，正要說話。

明啟帝朝他揮揮手。「坐下說、坐下說。」

太子被這一打岔，準備好的說辭就頓了一下。「兒子想著，今年的天如此寒冷，那麼北邊……」

話還沒說完，明啟帝就點頭，長長地嘆了一口氣。「太子說得是啊！天這麼冷，老四如今在西北，也不知道怎麼樣了？你們就在朕的跟前，好歹朕還能照看著，可老四這孩子，卻沒人看顧。太子能這般記掛兄弟，朕這個做父親的，很是欣慰。」

太子一噎，吶吶地笑道：「父皇過獎了，這本就是兒子應該做的。不過……」

明啟帝又是一笑，打斷了太子的話。「不過什麼？不過關心兄弟的不止太子一個，還有你大哥，是不是？你這是給你大哥討賞表功來了吧？不過賞是沒有的，他身為大哥，關心兄弟本就是應當的。是不是？淞兒。」後面的話是問誠親王的。

誠親王的嘴角有些僵硬。「父皇說得是。」

太子張了張嘴，迷茫地看了眼他的好大哥誠親王。

誰要給他表功了？他想說的是，西北糧草一事該由誰負責？可進了大殿到現在，連開口的機會都沒有。

一說西北，父皇就提起老四，擔心他如今不知道怎麼樣了？

老四可是堂堂皇子，又受封郡王，還能凍著、餓著？怎麼就沒人看顧了？那些下人都是幹麼用的？到了如今，父皇倒是把他們當成長不大的孩子，開始關心起吃飯、穿衣，這不是笑話嗎？

兩人被明啟帝關心了一番，之後不知怎的，就被福順客氣地送了出來。

他們又不是傻子，如果還看不出來皇上的意思，就真是白癡了。

皇上一直避而不談，就是想告訴他們，這份差事沒他們倆的事，讓他們少折騰，就乖乖在府裡待著吧。

皇上不打算讓他們接手，所以，乾脆就不讓他們把話問出口。

兄弟倆原以為要在皇上面前上演一番唇槍舌戰呢，誰知道會是這樣的結果？兩人不知道該失落還是該鬆一口氣。沒在父皇面前爭吵起來，就不是最壞的結果；況且，既然兩人誰都沒得到這個肥差，也就沒有誰輸誰贏的問題了。

兩人相視一眼，背道而行。

福順嘆了口氣。這兩位殿下的手段跟皇上一比，還是嫩了點，且有得學呢！

「都送走了？」明啟帝對福順一嘆。「這兩個孽障啊，怎麼就這麼不讓人省心？今兒要不是朕攔住話頭，可就要在朕面前撕破臉了。手心手背都是肉，他們也都是做父親的人了，怎麼就不能體諒一下父親的心呢？」

福順把頭低下，不敢接話。東宮可是無子無女的，但這件事不能提。畢竟東宮總是來報妃子有孕，可就是沒見孩子落地。

明啟帝頓了一下，看了福順一眼，突然想起什麼似的道：「朕想起來了，這兩個孽障到現在都沒給朕生出個孫子來。」

福順呵呵一笑。「皇上記性真好。」

「好？好個屁！」明啟帝看著福順，冷笑一聲。「老大如今就兩個嫡女；太子呢，一兒半女都沒有；只有老四，兒女雙全。」

「是啊，誠親王家的兩個郡主經常進宮來向貴妃娘娘問安。奴才瞧著，跟兩朵花似的，長得真好。」福順笑道。

太子沒有孩子，四殿下的孩子們平時是不進宮的，因為宮裡沒有需要他們請安的長輩。賢妃娘娘在西寒宮，不能見人。皇后也就是例行見見安郡王妃，哪裡有工夫搭理幾個孩子？這些話題都是不能提的，一提起，定會讓皇上堵心。

「是嗎？」明啟帝的語氣緩和下來。「孩子們都是好的。朕的兒子們小的時候，也是招人喜歡的。」

福順點點頭。「要不，皇上招幾位郡主和王子們進宮來說說話？」

「等天暖和了吧。這大冷天的，別折騰孩子了。」明啟帝看著窗外飛舞的雪花，慢慢地沈默下來。

他用手指輕輕扣著桌面，嘴角輕輕挑起。既然他們都盯著不該盯的東西，那倒不如給他們找點事情，轉移一下注意力。

明啟帝心裡打定了主意，揚聲道：「福順，讓人擬旨。」

誠親王府

「奉天承運皇帝，詔曰：『今冊封誠親王嫡長女為敏淑郡主，嫡次女為敏嫻郡主，欽此』。」

誠親王愣了一下，才帶著王妃和兩個閨女領旨謝恩。

那太監叮囑道：「皇上吩咐，天冷別折騰孩子，進宮謝恩就免了。」

打發走宣旨的太監，誠親王頗為複雜地看了王妃一眼。「明天妳自己進宮謝恩去吧，規矩總是要有的。」

「這個不用王爺吩咐，妾身自然是知道的。」誠親王妃黃鶯兒笑道：「原來表哥你今兒進宮，是給玉珍和玉寶請封去了。」她笑著吩咐兩個姑娘。「還不快謝謝妳們父王。」

兩個女兒一個八歲，一個六歲，都不算太小的孩子了。

兩個小姑娘都是被嬌慣得厲害，這會子嘻嘻哈哈地過去見禮。

誠親王膝下就這兩個寶貝，真是疼到骨子裡了，哪裡捨得說她們？不過是吩咐了王妃一聲。「好好教教規矩，但也別拘著了。」

黃鶯兒覺得有些好笑。「我又不是後娘。」

誠親王無奈地搖搖頭，起身去了書房。他得想想，父皇這突來的封賞是為了什麼？

「來人，去打探打探，看看皇上還賞了誰？」

京城，安郡王府

白嬤嬤腳步匆匆。「啟稟王妃，宮裡來人了。帶著聖旨！」

萬淑慧一愣。「這……先好好招待著，然後擺上香案。吩咐曾側妃，帶著渺姊兒一起過來。」

白嬤嬤點頭應下，趕緊去準備。

是為了什麼事而來呢？萬淑慧有些心神不寧。

她換了正裝，讓奶嬤嬤給孩子穿暖和。這時候，曾側妃已帶著安郡王的庶女趕過來了。

「行了，來了就好，也別多禮了，看著姊兒。」

「王妃放心，妾身曉得輕重。」曾側妃長了一張清秀的臉，她的父親是寒門出身，三十歲考中進士，在翰林院當差。她的娘家清貴，卻無實權，見識不多，好在懂本分，所以這些年來，和王妃相處也安然無事。

萬淑慧點點頭。「妳懂事，我是知道的。」

兩人帶著孩子來到前院，一同跪地接旨。可宮裡的公公一宣完旨，她們都被聖旨給嚇傻了。

皇上冊封安郡王側妃所出的庶女為怡寧縣主。作為一個郡王的庶女，如此帶著封號的冊封，已經算是很體面了。

兩個兒子雖沒有冊封，但皇上賞了兩個大儒當師傅，每月逢五、逢十，兩個兒子還必須進宮讓皇上檢查課業。這可比什麼冊封都體面，可以說是皇上要親自教養。

萬淑慧心裡歡喜，但更多的則是忐忑。有時候，榮寵太過，未必就是福氣。

打發走宣旨的人，曾側妃不安地道：「王妃，您看這……」

「無礙。咱們渺姊兒長得可人，皇上的恩典受著就是，不怕的。好歹王爺長年在外打仗搏命，給孩子一點體面，也是應當的。」萬淑慧安撫道。「姊兒還小，妳先帶著孩子回院子去吧。明兒咱們得進宮謝恩，妳也回去準備準備。」

曾側妃這才退下去。有了這樣一個縣主閨女，她這輩子也算是有了依靠。

「王妃，這件事總得有個緣由吧？來得太過突然……讓人有些無所適從啊。」白嬤嬤低聲道。

「讓人打聽打聽，宮裡今天都出了什麼事？皇上還賞了誰？」

誠親王府

「怎麼樣？」誠親王問道。

和順是他的貼身太監，打小就在身邊服侍，十分可靠。此時和順低著頭，回稟道：「安郡王家的兩位小王子，皇上賞了兩個師傅，並要親自檢查課業；庶出的姊兒，則封了怡寧縣主。英郡王家剛滿月的姊兒，也封了一個康平縣主；榮親王府上一個有孕的侍妾，皇上也讓人賞了東西。」

英郡王是五皇子粟遠汀，他的生母不過是個常在，且他自幼因發了高燒，一隻耳朵失聰了。前年他娶了王妃，今年便得了個嫡出的姑娘。因孩子早產，不大康健，英郡王就沒敢聲張。皇家就怕這些個晦氣事，沒想到皇上竟然記著，還給了他這麼一個偌大的體面。康平，即是取康泰平安之意。

誠親王都能想像得到，老五那張誠惶誠恐、感恩戴德的臉。

他現在有幾分明悟。皇上對孫輩是充滿期待的，只看看老四家的小子就知道了。如今皇上的男孫，只有老四家的這兩個，皇上心裡稀罕，這很正常。

可惜他到現在都沒有個兒子。他不是不遺憾，王妃自從生了次女，就沒再懷上過；側妃和侍妾們，王妃更是嚴防死守。

看來，再這麼下去不行了。他覺得有必要跟自己的外公黃斌好好談談。他老人家只想讓黃家的女人生下誠親王府的繼承人，看來是行不通了。

黃家的女人能生下兒子固然好，至少能把這個紐帶連接得更緊密；但若是生不出來，於他而言，也未必沒有好處。

如今，他雖然離不開黃家，但黃家更離不開他！

他往椅背上一靠，長長地吁了一口氣。

東宮

太子幾乎不敢相信自己的耳朵。「此事可當真？」

「真真切切。」平仁皺眉道：「太子殿下，您也該好好考慮考慮了。」

成親的皇子就這麼幾位，除了夭折的老三和他這個太子，其餘的都得了賞，就連老六的侍妾都賞了。可見皇上對於他這個太子沒有子嗣，有多麼不滿。

作為一個合格的儲君，若能有個優秀的繼承人，對江山社稷、穩定人心確實是有舉足輕重的作用。可他到如今，別說優秀的繼承人了，連個兒子都沒有，還繼承個屁！

別說兒子，哪怕生下個閨女，至少能證明他這個太子的身子是康健的。可如今呢？懷孕的有，生下來的卻沒有。

明白的，自然知道是太子妃容不下其他妃子和侍妾有孕；不明白的，或者說一些別有用心的人，會不會以為他這個太子的身子本來就有問題呢？那麼生不出孩子的太子，可就岌岌可危了。

他想到這裡，倒吸了一口冷氣。

沈懷玉啊沈懷玉，妳可真是對得起孤啊……你們沈家還真是好教養！

「讓人給孤把沈懷忠叫進來，孤要好好問問這個大舅爺，他沈家究竟是怎樣教女兒的？」太子站起身來，臉上有幾分猙獰。

平仁嘆了一口氣，退了下去。

此時蘭漪殿中，左側妃打發了報信的丫鬟，臉上露出幾分高深莫測的笑意。

真是天助我也！

她吩咐貼身丫鬟劍蘭。「去找平仁公公，讓他在太子方便的時候回稟一聲，就說我有要事要見太子，請太子務必在今晚來一趟。」

劍蘭了然地點點頭。「主子放心，奴婢知道該怎麼辦。」

「去吧。」左側妃擺擺手，目送丫鬟離開。「沈懷玉，當日妳敢陷害我……如今且走著瞧！」

沈懷玉臉色有些蒼白。她已經得到消息，知道皇上這番舉動，只怕是衝著東宮來的。

「除了安郡王，不都沒有兒子嗎？」沈懷玉穩下心神。「誠親王府不也一樣？未必只盯著咱們東宮。」

瑤琴咬牙勸道：「其實，太子妃不一定非得要生下長子的。太子殿下並非長子，但作為原配嫡子，還不是越過大千歲被封為太子？只要您將來生下兒子，那個位置就輪不到別人。要不然，咱們找個親近之人……」

沈懷玉一掌打在瑤琴的臉上。「讓那些賤人生下太子爺的長子?!作夢！是不是妳這丫頭存了攀龍附鳳的心思？」

「奴婢不敢。」瑤琴驚懼不已。她真的是處處為太子妃考慮罷了。

別說是東宮，就是普通的大戶人家，這種事情多了去，大不了去母留子就是了，怎地就招了太子妃這般雷霆之怒？

「給輔國公府傳信，讓世子夫人明兒來一趟。」沈懷玉吩咐道。

京城裡發生的事情，遠在千里之外、身處涼州的安郡王等人，如今還一無所知。

「遠比我所想的還要熱鬧。」安郡王搖搖頭，對蘇清河嘆道。

「其實，每一撥人至少都有兩個，要真是只派一個人夾雜在裡面的話，我也分不出來。」蘇清河皺眉道：「這些人都是經過訓練的，但是，恰恰也因為如此，才讓我發現了一些端倪。」

「說說看。」安郡王問道。

「每個徒弟身上，或多或少的都繼承自己師傅的一些特質，這些人也是如此。」蘇清河扳著手指算。「有的放鬆站立時，他們的腳尖會不由自主地轉向有路的一方，這就證明他們內心是隨時準備逃走的。有的看人時；會特意避開自己認識的人，這顯然是怕別人發現他們是一夥的，可越是如此，越證明心裡有鬼；有些人看似緊張，不停地攥著衣角揉搓，但如果細看就會發現，他們揉搓的間歇卻是相同的。」

她頓了一下，表情變得愈加凝重。「至於那兩個侏儒，算是掩飾得最好的，連眼神都是清澈的，沒有絲毫雜質，看得人心裡直發軟。可經歷了輾轉被賣的孩子，這樣的眼神就不對了。他們的神情應該有惶恐、有忐忑、有害怕、有不安，卻絕對不會是純粹的，所以，這分純粹，就太過刻意。他們兩個站立的姿勢，都側著身子，像是背對背站著，由此可以判斷，兩人是一夥的；而且身處那樣一群人之中，他們感知到了危險，所以才本能地戒備起來，將自己的後背交給自己最信任的人。」

安郡王腦海中不停地閃現囚室裡的一張張面孔。他還是頭一次發現，看人可以看得這麼仔細，還真是長了見識。不由得又問道：「還發現了什麼？」

蘇清河點點頭。「這裡面有個四十來歲的嬤嬤，讓我拿不定主意。」

安郡王想了一下，問道：「可是眉間有顆痣的婦人？」

她詫異道：「你也注意到她了？」

「嗯。」安郡王道：「我在暗處觀察，她是唯一一個佯裝平靜，以掩飾緊張害怕的人。」

「所以，我才說我拿不準。」蘇清河笑得有些高深莫測。「這個人，要麼沒有問題，要是出了問題，那可就是大問題。」

「妳的意思是，這個人才是真正的高手，連在囚室裡的表現，都是刻意而為？」安郡王的面色一變，問道。

「更有意思的是，我竟然在她身上發現了和蘭嬤嬤，以及我的養母紀嬤嬤相同的一些特質。」蘇清河皺眉道。

「蘭嬤嬤和紀嬤嬤可都是母妃宮裡的人。」安郡王有些不確定地道：「妳是說，這個人很有可能是……」

第二十八章 線頭

「要真是母妃的人，倒沒什麼。可要是有人藉此淵源博取信任呢？」蘇清河又問。

「那這個人就太可怕！」安郡王悚然而驚。「算計人心算計到這一步……」

「事實上，我差一點讓蘭嬤嬤將她單獨叫出來。」蘇清河認同地點頭。因為她對自己的養母是極熟悉的，猛然見到這樣一個人，天生就有好感，放鬆警惕是必然的。

「蘭嬤嬤跟了我許多年，我怎麼沒發現她有什麼特別之處？」安郡王皺眉道。

蘇清河失笑。「你發現不了很正常。她們的特別之處，在於鞋子。」

「鞋？」安郡王搖頭。他從沒見過蘭嬤嬤露出鞋子過。即使走動之間露出來，可誰會去注意這個？

「下人們的鞋子，往往會在腳後跟處縫上一條帶子，帶子繞著腳脖子綁起來，是為了方便行走，不在關鍵的時候出了什麼差錯，這沒什麼好稀奇的。但繫帶子的手法就各有不同了。每個人都有自己的習慣和手法，蘭嬤嬤和我養母，就是把鞋帶綁在腳的內側。」

一般人是不會綁在內側的，因為怕帶子的繩頭一旦鬆開，就容易絆倒自己。這個道理安郡王自然懂。

「她們綁鞋帶的手法一模一樣，那種打繩結的手法，可不是誰都會的。」蘇清河一笑。「是不是很有意思？」

「是有些意思了。」安郡王笑道。「我可以肯定，母妃是不會派人來的。」他站起身，眼裡露出幾分冷意。「妳這麼一說，倒讓我想起一事。這兩天，我收到妳嫂子送來的信，說是父皇打發人悄悄地送了兩箱孩子的衣物來，都是母妃親手做的，我想母妃應該算是自由了。」

「這時候，碰巧發現了這個嬤嬤，多半會以為是母妃的意思。」蘇清河點頭。「看來，這個背後之人的手很長啊！皇宮於他而言，也沒多少秘密。」

安郡王看了蘇清河一眼。「這些事我必須稟報父皇。」

「哥哥要是放心，不如把那個嬤嬤給我留下。有人如此大費周章地安排此事，必然不會只是想要我們的命，只怕所謀者甚大……留在身邊，未嘗不是我探知她的機會。」

「這可不是小事。父皇這些年來，似乎總顧忌著什麼……」安郡王搖搖頭。

「這個嬤嬤，說不定就是一個線頭，如果我們能順著這個線頭拉開，想必會有不錯的收穫。」

蘇清河聲音低了下來。「既然人家想把手伸到咱們身上來，這個人沒辦成，自然還會安排別人，到那時，可就未必能認得出來了。」

安郡王沈默了好一會兒，才揚聲叫白遠。「去找沈將軍，把九號的嬤嬤帶出來。」

湖心島密室

沈懷孝冷漠地看著眼前的婦人。就說為什麼會覺得眼熟呢？這個婦人的母親，是沈家國公夫人院裡的灑掃嬤嬤，他肯定是見過的，所以才覺得這個女人面熟。

「說吧，誰派妳來的？」沈懷孝瞇著眼，淡淡地問。

「奴婢……」婦人此時眼裡才有了惶恐。少爺似乎不想見到沈家人。

沈懷孝冷眼看過去，那婦人才低下頭道：「奴婢的娘在老夫人院裡當差。」

「我問妳是奉了誰的命令來的？替誰辦事？跟妳娘在哪裡，沒關係。」沈懷孝看了沈大一眼。「要是再聽見她說一句廢話，就送到營妓房去。」

那婦人面色一白，她知道，這不是恐嚇。之前跟她一起送到這裡的丫鬟，大半都是這麼處置的。

婦人低下頭道：「是世子夫人。」

世子夫人，是他的母親！

沈懷孝呵呵笑了兩聲，看了沈大一眼。「她說是我娘。」

沈大拔出劍，就要直接刺過去。

那婦人大驚。「少爺，奴婢沒有害人的心思。世子夫人只是說讓奴婢暗地裡護著哥兒、姊兒。她是因為以前派來的人都被您打發了的緣故，怕您不肯接受，才想了這麼個辦法。還請少爺明鑑。」

沈懷孝的笑意有幾分苦澀，搖搖頭起身離開，臨出門時，對沈大交代。「你處置吧。」

從湖心島密室離開後，沈懷孝立刻來見蘇清河，告訴她自己的想法。

蘇清河驚訝地道：「世子夫人？」

沈懷孝點頭。「她要是對我置之不理，我相信；但要說派人來只是想照顧咱們，我是不信的。」

蘇清河不由得問道：「世子夫人是你的親生母親嗎？」

沈懷孝失笑。「從小到大，我也沒聽說我是別人生的；況且，她對太子妃，也不見得比我更好。只有對大哥，還算個慈母。」

蘇清河奇怪沈懷孝談論自己母親的態度。不知他為何這般無奈？

「我也習慣了她的冷漠，打小就是這麼過來的。」沈懷孝解釋了一句。

還要再說什麼，外面就來人稟報，說軍營裡有事，請他過去一趟。

沈懷孝起身。「今晚或許會晚一些回來，別等我。」

蘇清河送他出門，才叫來蘭嬤嬤。「輔國公府的世子夫人，妳知道多少？」

「這位世子夫人，出身江南士族江家。江家曾出過幾任宰輔，是一等一的顯赫人家。江家的老爺子，更是先帝的親信重臣。」蘭嬤嬤語氣一頓，回憶道：「之前在宮裡見過世子夫人幾次，那也是位一等一的美人。」

「那麼，太子妃和將軍，只怕和世子夫人長得有些相像吧？」蘇清河笑道。

蘭嬤嬤知道，夫人這是想起將軍有「貌若好女」的美名，在調侃將軍呢。她搖搖頭。「過去跟著王爺在京城時，曾見過太子妃幾面，與世子夫人倒也不那麼像；將軍是男子，如今越發不好比較了。」

比較不出來，就證明沒找到相似的地方。蘇清河壓下心底就要冒出來的想法。「妳繼續說。」

「世子夫人在京城的名聲極好。倚重嫡長子，不溺愛幼子，對自己的親閨女太子妃，也曾在一些女眷的聚會上表達過不滿，認為太子多年無子嗣，是太子妃的過錯。她可是出了名的賢良。」

蘇清河眉頭一皺。這怎麼聽，都不像是親娘的作為啊！是真的愛惜名聲愛惜到如此地步了嗎？可為什麼老覺得這個世子夫人處處透著違和感。

蘇清河在心裡打了一個大大的問號。

是她的疑心病太重嗎？蘇清河搖搖頭。

她所注意的幾個女人之中，除了太子妃和高玲瓏，只有這個世子夫人讓她心底不安。太子妃狠毒，但淺顯；高玲瓏狡詐有城府，但心理有些病態。都說知己知彼，百戰不殆，對太子妃和高玲瓏有了認識，自然也就不難對付。

而這個世子夫人，卻如同身在迷霧中，讓她看不分明。

東宮正院

「臣婦見過太子妃。」行禮的女子看不出年紀，三十歲左右的樣子，容貌絕美，神色清冷，恍若誤入凡塵的仙子。

沈懷玉愣了愣，才上前攙扶。「母親不必多禮。」即便身為女子，也不得不讚嘆母親的美貌。她一直自恃為美人，但跟母親一比，實在是有些自慚形穢。更何況，以母親如今的年紀，還能保養得這般出眾，就足以讓任何女人嫉妒了。

這就是世子夫人江氏，四十多歲的人了，還是三十歲的模樣。

此刻，江氏掙開沈懷玉的手。「不敢有勞太子妃。」

如此疏離，讓沈懷玉心頭堵得慌。雖然早已知道母親對自己不會有什麼好臉色，但此刻還是不免心涼。她勉強擠出幾分笑意。「看座，上茶。」隨後，才收斂臉上的神色，問道：「祖父和祖母可還安好？父親一切可好？」

「勞太子妃過問，一切都好。」江氏微微欠身，答道。

沈懷玉見她如此客套，也歇了敘敘親情的心思。「家裡都好，本宮也就不惦記了。這次請母親前來，母親想必也已經知道了緣由。太子殿下昨晚找了大哥來，恐怕就是想商量東宮子嗣一事，母親可有什麼話要轉達？」

江氏保持著恭敬與疏離的態度，垂下眼瞼，理了理衣袖。「皇家子嗣，豈是臣婦能插手的？還望太子妃慎言。太子妃宜用心照顧太子，為太子選侍納妾、開枝散葉，這才是為婦之道。東宮子嗣，事關江山社稷，太子妃只要恪守婦德，自會子孫繁茂。動問臣婦，卻是大大的不該。」

沈懷玉幾乎以為自己幻聽了。她即便再心腸狠辣，可面對如此冷心冷肺的母親，還是忍不住鼻子一酸，滿心的委屈，眼眶也跟著濕潤起來。「母親，您真是我的母親嗎？」

江氏將頭扭向一邊，沒有回答。

沈懷玉也沒想聽她回答，她端了茶盞，抿了一口，掩飾住慌亂委屈的神色。「本宮是沈家的女兒，若是太子的長子非我所出，則後患無窮。這對沈家來說，對要繼承沈家的大哥來說，都是不利的。」

江氏抬起頭，淡淡地道：「沈家並不是只有一個女兒。太子妃二叔、三叔家的堂妹們，都已經及笄，十五、六歲的年紀，如花骨朵般嬌美。她們也是輔國公的親孫女，讓她們生下太子的子嗣，也是一樣的。況且只要太子妃的大哥是繼承人，她們難道還會主動疏遠了？」

沈懷玉面色大變，忽地站起身來。「母親！」她的聲音有些尖利。「您……您究竟是為了什麼……」質問兩聲，身體就有些打晃。

江氏站起身來，一板一眼地行禮。「太子妃既然身體不適，臣婦先行告退。」

看著江氏遠去的背影，沈懷玉再也堅持不住，閉著眼睛朝後倒去。

東宮書房裡，太子靜靜地聽著平仁的稟報。「沈家真是如此打算的？」

平仁回道：「世子夫人是這樣說的。」

太子冷笑兩聲。「這是想把持孤的子嗣啊！沈家，心大了。」

平仁低下頭，沒敢接話。

就聽太子淡淡地道：「但孤如今，確實還離不開沈家。你去傳話給沈懷忠，就說送個能生養的進來吧。孤得把面子給沈家做足了。」

平仁答應了一聲，正要轉身出去，突然想起什麼似的，趕緊道：「蘭漪殿昨兒打發人來，請太子務必去一趟，說是有重要的事。但昨兒實在是太晚了，所以……」

「孤知道了，你去忙你的吧。」太子擺擺手，表示知道了，便起身轉往蘭漪殿。

「殿下可總算來了。」左側妃放下手裡的針線活，迎過去。

太子微微一笑，拉了左側妃的手。「這兩天事多，沒顧上妳，可是有事？」

左側妃臉上一紅。「殿下……」她把太子的手放在自己的肚子上。「妾身只怕是有了。」

「有了？」太子一愣，不確定地問道：「難道是……有喜了？」

左側妃點點頭。「快三個月了。」

這可真是盼什麼來什麼！太子有些激動。這個孩子，來得太是時候。「可確定了沒有？」

「妾身不敢請太醫，不過妾身的貼身嬤嬤是個醫女，應該錯不了。」左側妃柔柔地一笑，撫著肚子。

「這不是胡鬧嗎？」太子親自扶了左側妃坐下。「孤這就讓人請太醫，讓太醫好好瞧瞧。」

「殿下！」左側妃站起身來，跪在太子面前。「殿下且慢。」

「這是做什麼？」太子嚇了一跳。「如今身子重，怎能說跪就跪？快起來！」說著，就伸手去扶。

「殿下。」左側妃躲過太子的手。「您要真心疼妾身跟孩子，就請您莫要聲張此事。」

太子的手一僵，頓時明白了什麼。即便他再重視左側妃，也有照顧不到的地方。如今，可禁不起任何的意外和閃失了。他閉上眼睛，背過身去。「左氏伺候不周，從今日起，禁足一年。沒有孤的許可，不得踏出蘭漪殿半步，也不許任何人以任何藉口靠近蘭漪殿。」

說完，深深地看了左側妃一眼，才大踏步離去。

「謝殿下。」左側妃露出笑意，虔誠地磕了頭。

此時正院中，布棋將蘭漪殿的事情，稟報給剛醒過來的沈懷玉。

沈懷玉如今顧不上蘭漪殿的事，只是無力地點頭。

太子這兩天心裡不痛快，惹到他也很正常。禁足一年出來後，殿下還會記得她是誰嗎？她吩咐道：「分例別虧了她，省得人家說本宮刻薄。」

布棋答應了一聲，趕緊退下。

沈懷玉心裡苦澀。這些年，她所有努力都白費了。

沈家！沈家！真是讓她又愛又恨……

輔國公府

送走東宮太子的貼身太監平仁，輔國公陷入沈默中。

太子給足了輔國公府面子，這點他知道；府裡的這些女人，也都在暗地裡算計著這件事，他也知道。可從長遠來說，這樣做，只怕會給沈家埋下隱患。

把持東宮子嗣，這絕不是什麼好名聲，甚至在關鍵的時候，只這一條罪名，就能要了全家的性命。

一邊是隱患，一邊是沈家女生下這個天下繼承人的誘惑。他有些為難了。

「你怎麼想？」輔國公問世子。

世子沈中璣搖搖頭。「各有利弊，難以權衡。但作為太子妃的父親，我是不贊成的。太子妃還年輕，日子還長，總能有子嗣。」

輔國公看了兒子一眼。「你說的為父未嘗沒有考慮過。但是太子妃的性子你是知道的，若你能說服她，讓太子的侍妾們產下子嗣，咱們就都省心了。」

沈中璣一時默然。太子妃倔強，這是沈家上下都知道的事，說心裡話，這個女兒並不適合皇家。

「太子對太子妃忍讓了這麼多年，要不是皇上不滿，也一直都沒說過什麼，這已經是很給沈家面子了。咱們……也該適當地表示一下。」輔國公嘆了一口氣。「江南水師，一直是咱們的勢力範圍，如今左路軍都督出缺，可以讓太子看著安排。而沈家，送一個女兒去東宮，側妃不敢想，就當良娣吧。」

沈中璣嘆了一聲。只是良娣，委屈了沈家的姑娘，可也算是給太子妃最大的體面。這樣的名分，即便生下孩子，還是要仰仗太子妃的。他點點頭，算是應下了。

與父親商量出法子後，沈中璣便回到榮華堂。這個五進的院子是世子和世子夫人在國公府的住處。

世子夫人坐在窗前，看著外面的雪花，面沈如水，眼裡露出幾分譏誚之色。

腳步聲由遠至近，她臉上的神色慢慢地恢復。一如既往的平淡、冷漠、疏離。

「是妳在東宮提了沈家要再送女兒過去的事？」沈中璣看著江氏，問道。

「老夫人吩咐的事，作為兒媳，怎敢不從？」江氏沒有看他，淡淡地回了一句。

「懷玉也是妳懷胎十月，生下來的親生女兒。」沈中璣閉了閉眼睛，有些疲憊地道。

「是啊，她一直是我的女兒。」江氏轉過身來，臉上有些肅然。「正因為是我的女兒，我才更瞭解她。讓她退一步，可能嗎？既然不能，你想過她這麼堅持下去的後果嗎？如今是皇上不滿了！太子不能休妻，皇家也丟不起這個人；皇家從來沒有休過媳婦，但病逝的也不在少數，世子爺難道要讓自己的女兒悄悄地病逝嗎？」

沈中璣心裡一寒，抬起頭，有些愕然。

江氏冷言道：「後宅中，悄無聲息要人性命的手段多了，更何況在皇家；真到那時候，沈家能如何？還不是一樣，再送個女兒進去，維持與太子的關係。既然結果都一樣，那麼如今這樣做，好歹能保全她的性命和名分。留得青山在，不愁沒柴燒，她還年輕，還有機會翻身，可真要是一意孤行，丟了性命，可就什麼都沒有了。」

見沈中璣一直沒說話，她又接著道：「世子爺不必疑心我。正如您所說，她是我親生的，我沒有害她的必要。再退一步說，我就算不為她這個女兒考慮，難道還能不為忠兒考慮嗎？胞妹自然比堂妹親近，遠近我還分得清。」江氏的聲音冷漠，但所說的話，未嘗沒有道理。

沈中璣點點頭，轉身出去了。

江氏看著沈中璣的背影，淡漠地轉過身，輕輕喚了一聲。「紅兒。」

一個十五、六歲的姑娘從陰影裡走出來。「夫人請吩咐。」

江氏招招手。「附耳過來。」

紅兒躬身靠近，江氏耳語了幾句。

紅兒點點頭，轉身出去了。

第二十九章 查問

冬天的太陽，顯得孱弱又蒼白，即便是難得的好天氣，也讓人感覺不到絲毫的暖意。

蘇清河坐在暖閣的炕上，手裡拿著剪刀，炕上攤著純白的棉布。「說吧，我聽著呢。」

蘭嬤嬤低聲道：「過了這麼多年，老奴都已經不怎麼記得這個人了，再說半輩子過去了，彼此都老了，當時也就沒認出來。當年老奴還小，管教老奴的姑姑手底下，包括老奴在內，共有十個剛進宮的孩子。當然，這個人也是其中之一。十個人在一起學習了大半年，最後分成了兩撥，一撥給了還是皇子的當今聖上，一撥好似進了哪個娘娘的宮裡服侍。老奴在當時的皇子府伺候當今聖上，直到皇上繼位，才又回到宮裡，可早已物是人非。再加上，當時的情況特殊，皇上和太上皇之間……」

蘭嬤嬤頓了一下，皇上和太上皇父子爭權，這事可不是她一個奴才該說的。她點到為止，繞過這一樁，繼續道：「老奴伺候的是皇上，而另一撥人伺候的卻是太上皇的妃嬪，也就是太妃。兩方相互忌諱著，更不會聯繫，老奴如今都不確定，這個人那時候是不是還在宮裡？後來，賢妃娘娘進宮，皇上將分給他的那撥人給了賢妃，並且讓咱們都發下毒誓，一輩子只許認賢妃娘娘一個人為主子。再後來，娘娘出事了，咱們就跟著四殿下，直到如今。」

蘇清河點點頭。「不記得也不打緊，只要知道她大概是從哪兒來就行了。」

「老奴恍惚記得，當時說是宮裡新封了一位娘娘，按照年分算，只要去宮裡查證一下，應該不難知道她在哪位太妃的宮裡待過。」蘭嬤嬤心裡也警惕起來。在宮裡那麼多年，什麼人沒見過，越是這樣隱藏得深的人，身上的秘密越多。

「確實不難。」蘇清河點頭。「不過，如今就看嬤嬤的了。務必留下她，並看住她。」

蘭嬤嬤點點頭。「夫人放心，交給老奴去辦。」

蘇清河點點頭。待蘭嬤嬤離開後，便拿起軟尺，丈量尺寸，做上記號，然後拿起剪刀，認真地裁剪。

她要給沈懷孝做一身中衣穿。

南苑外院一處不起眼的小院落，是專門安置初來院子的下人的。

後罩房內，屋裡的炭盆燒得正旺，用的只是最普通的木炭。但給粗使婆子用，也算是極為仁厚的。

蘭嬤嬤推開門，笑咪咪地走進去。「妹妹只怕是不記得我了。」

那婆子瞇著眼睛，細細地打量蘭嬤嬤，好半天，才露出激動之色。「可是蘭心姊姊？」

「不是我還能是誰？」蘭嬤嬤上前，拉了她的手。「那時候多好，現在咱們都老了。」

這雙手確實有些粗糙，不像是養尊處優的樣子。她若無其事地道：「妹妹，那天我就見妳眼熟，當時還奇怪著呢，這天底下哪有長得這般相似的人？沒想到竟然真的是妳！妳怎會落到如今的境地？」

「姊姊這般記掛菊蕊，倒叫妹妹不知該如何報答了。」

蘭嬤嬤想起來了，是叫菊蕊不錯。當時瘦瘦的、小小的一個人，不愛說話，也不合群。她鬆了一口氣，又笑道：「在一個屋子一起住了大半年呢，怎麼會忘了？不過，當時妳又瘦又小，若不是妳眉間的那顆痣，我是不敢相認的。我就想著，這人再怎麼像，那痣總不會也一般無二吧？」

菊蕊也笑起來。「如今到了這裡，還得靠姊姊照拂。」說著，拉了蘭嬤嬤坐下。

「看妹妹的樣子，竟是出宮了？」蘭嬤嬤親熱地道：「這些年，過得可還好？」

菊蕊點點頭。「先帝駕崩，皇上開恩，放了許多人出宮。我就是其中一個。」

「原來如此。」蘭嬤嬤嘆了一聲。「看妳如今這樣，可是遭了難吧。妹妹放心，姊姊在主子面前還能說得上話，要是妹妹不想予人為奴，也不過一句話的事，主子不會為難的。」她低聲說，一副推心置腹的樣子。「姊姊不瞞妳，妳也在宮裡待過，應當看得出來，我家的主子可不是個普通人，說不定會看在妳曾在宮裡伺候過的面上，給妳額外的恩典，幫妳重整家業呢。在咱們千難萬難的事，在主子那兒，也不過是一句話。」

「快別提什麼重整家業了。」菊蕊的眼淚流下來。「出宮後，爹娘都過世了，只能跟著哥哥、嫂子過活。後來，嫂嫂將我賣給一個年紀頗大的商人為繼室。我那丈夫，雖然年紀大了，但待我是真的好。那些年，跟著他走南闖北，雖然辛苦，但也舒心。不想，沒過兩年好日子，老爺生病去了；當時還在行商途中，我帶著老爺的棺槨，回了老爺說的老家湖州。去了才知道，人家家裡妻兒俱全，哪裡是喪妻續弦？根本就是買了個妾。那時候我才知道，哥哥、嫂嫂是知道我死也不會給人做小，便連同我們家老爺，撒了個彌天大謊。我沒有一兒半女，又是個買來的妾，就被正房的太太賣了，輾轉多次，才到了這裡。」
蘭嬤嬤唏噓兩聲。「沒想到妹妹這般命苦，反倒不如我這個一輩子沒嫁的，落了個乾淨。」
「誰說不是？」菊蕊點點頭，擦了眼淚。「如今這裡有姊姊在，就有了伴。待在這主家也好，我好歹能有個安身立命的地方。」
蘭嬤嬤拍拍她的手。「妳放心，有姊姊在。這幾天妳且安心住著，規矩妳是知道的，新來的難免要讓主家觀察幾天。等主子分配差事的時候，自有我替妳周旋。」
菊蕊恭恭敬敬地行禮。「真是多謝姊姊了。」
蘭嬤嬤出了院子，便去找了鍾善。「找人看緊一點。」
「真有問題？」鍾善不由問道。
蘭嬤嬤搖搖頭。「不知道，聽著沒什麼問題。」她把從菊蕊那裡聽來的話，說給鍾善聽，又道：「她既然敢說，那自然就不怕查證，所以我也就沒細問。咱們都是宮裡的老人了，越是這種沒破綻的人，才越是可拍。」
鍾善點點頭。「放心吧，萬事有我呢。」
蘭嬤嬤這才轉向裡屋，回覆蘇清河。
「妳覺得呢？」聽完蘭嬤嬤的話，蘇清河問道。
「在宮裡服侍過的人，不說旁的，謀生的手段還是有的。大戶人家找教養嬤嬤，那是捧著銀子上門求的啊！她可是在太妃身邊伺候過的。老奴覺得，她要麼時運實在不濟，要麼就……不好說了。」蘭嬤嬤謹慎地止住了話。

蘇清河點點頭。「過幾日，將她帶過來，咱們院子裡的花草樹木還沒人管呢，這個管事嬤嬤的位置不算委屈她吧。這份人情，由妳去送給她。」

蘭嬤嬤點點頭，應了下來。

京城，皇宮，乾元殿

福順將手裡的兩封密信呈給皇上。

「直接說吧，什麼事？」明啟帝指了指信件，讓福順拆開來看。

福順笑著打開，看了一遍，笑容更大了。這個消息，皇上會喜歡的。「皇上，您送去的人，小公主都留下了。」

「都留下了？」明啟帝抬頭，有些吃驚。「她是怎麼挑人的？這麼巧，都留下了。」

福順越發笑瞇了眼。「公主讓石榴挑的，說把跟她一樣的人挑出來。」

明啟帝一愣，也笑了起來。「倒也是個機靈的。罷了！知道了就知道了。不過，這心性啊，還得磨一下。怎麼能如此輕易地相信別人呢？」

「看皇上說的。」福順知道皇上心裡喜歡，就道：「皇上可不是別人。」

明啟帝嘆了一聲。「這孩子……像她娘。」

福順也不由得想起了那個進宮之初的賢妃。

主僕沈默半晌，明啟帝才問：「看看另一封說了什麼？」

福順應了一聲，才拆開來看。「是四殿下的信，信上說……」他皺眉看完，才道：「說除了石榴選出來的人，其餘的都有問題，公主讓人將他們全關押了。四殿下的意思，是想問問皇上，是不是要把這些人秘密送回京城，由皇上審問？另外，還發現了一個十分可疑的嬤嬤，跟賢妃娘娘跟前的舊人有頗多相似處。公主的意思是，想留在身邊，釣大魚！」

明啟帝眼裡的冷光一閃而過。「不用送回來，讓他看著辦。」然後又冷笑。「看來，有些人終於忍不住要冒頭了，這是好事啊。」

福順低下頭。「把這樣可疑的人放在公主身邊，是不是……太過危險？」

明啟帝朗聲一笑。「你可不要小瞧了朕的這個小女兒。」他指了指信件。「老四以前可沒這麼細心過。那個看出破綻的人是誰，你沒想過嗎？」

福順這才啞然。有些事，安郡王是不會跟別人商量的，但這位公主卻不一樣。

「龍生龍，鳳生鳳。」明啟帝有些得意。「到底是朕的種！」他站起身來。「走，去西寒宮坐坐。」

西寒宮

「晚上了，別做這些，費眼睛。」明啟帝一進屋，就看見賢妃在燈下做針線活。

「來了？」賢妃站起身來，倒了茶遞過去。

跟以前相比，她現在對他的態度好多了。

明啟帝在她對面坐下，看她針線筐裡的衣衫有龍紋，心裡不免一動。「這是給我的？」

「嗯。」賢妃低頭。「我瞧著，你的身量跟以前差不多，想必照著以前的尺寸，該是合身的。」

以前……那是二十年前了……

二十年前，他還年輕，年輕的帝王處處受制於太上皇，還遠沒有如今的滿身威嚴。

「我老了，也發福了。」明啟帝笑道。

賢妃抬起頭，認真地看了兩眼，頷首道：「嗯，是不及以前俊俏了。」

福順默默地垂下頭。帝王可以用美醜來形容嗎？

明啟帝卻顯得很高興。帝王不能用美醜來形容，但是女人形容男人，卻是可以的。他笑道：「妳還是這麼實誠。我看著，閨女這一點就隨了妳，有點傻大膽的意味。」

賢妃馬上就抬頭看他，眼睛水亮亮的，滿是期盼。

「還記得妳剛進宮的時候嗎？」明啟帝拍拍賢妃的手，問道。

賢妃怔了怔。剛進宮的時候？她怎麼會忘記。

新帝登基，第一道聖旨就是接她進宮，封為賢妃。這個新帝，就是她庶姊的丈夫，她的姊夫。

那時候，她的庶姊已經是皇后了，多少人明裡暗裡地罵她，說她勾引姊夫、狐媚惑主。多少次，她都想了結自己算了，可她還有弟弟要顧慮，便帶著這份屈辱進了宮。當蓋頭掀開，眼前的人，卻是他，那個常常出現在夢裡的人。

作為不受寵的皇子，他做的最出格的事，就是向當時還在位的先帝求娶文遠侯府的嫡長女。不料，文遠侯膽大包天，竟敢以庶代嫡，讓他們兩個有情人，差點就錯失了彼此。

賢妃已經不記得自己剛知道這件事的心情了。她只知道，掀開蓋頭，看見他身著喜袍站在面前，那種大石落地的踏實感，至今仍記憶猶新。

「你穿著大紅喜袍，看著我笑。」賢妃回憶道：「喜袍上繡著鴛鴦戲水，不是你的龍袍，當時，我心裡就踏實了。你真心想娶的人是我。」

明啟帝點點頭。「第二天，我給了妳幾個人，妳就傻乎乎地收下了，一點疑心都沒有。發生了那麼多事以後，妳依然將老四託付給她們，半點也沒懷疑過我。」

「你說過會一輩子對我好，我信你。」賢妃垂下眼瞼，淡淡地說了一句。

明啟帝鼻子猛地一酸。「玫兒，信我！」他起身走過去，一把拉起賢妃抱進懷裡，在賢妃耳邊輕聲地說著什麼。而賢妃的神情，則是越來越震驚，甚至是驚愕。

良久，明啟帝才放開賢妃。「咱們的閨女跟妳一樣，一樣地信我。」他拍拍賢妃的手。「快了，這些事很快就過去了。」

他轉過身，放開賢妃的手，起身往外走。

「墨林。」賢妃喊道。

粟墨林，是明啟帝的名字。已經很多年沒人這麼叫他了。

「這些年，你過得比我苦……」賢妃的聲音很淡，眼神還有些震驚和茫然。顯然，明啟帝在她耳邊說的話，讓她震驚得不能自已。

明啟帝攥緊拳頭，才抑制住想要回頭的衝動。他點點頭。「快了，一切就快過去了。妳要好好的，等孩子們回來。」

看著這個男人的背影，賢妃的眼裡滿是複雜。

太上皇的棺槨是空的……他在她耳邊這麼說。

回到乾元殿，明啟帝的心情已經平復下來。

「皇上告訴……賢妃娘娘了？」福順躬身，小心地問道。

「不說清楚，她只能自苦。」明啟帝搖搖頭。「朕當時還是太年輕，把對她的愛慕、寵愛擺在了明面上。帝王的愛，有時候就是最致命的毒藥。朕不下狠手，必然會有別人對她下狠手，那麼不如就由朕親自來，好歹，朕下手會有分寸。」

「先帝當初聯合黃斌，想扶持老大，甚至不惜對太子下手……朕的太子……」明啟帝的聲音漸漸地低下去，幾不可聞。

但福順知道，後面那些話裡，也藏著一個天大的秘密。

「朕不能讓任何人來操縱朕的兒子。就算是天王老子也不行！」明啟帝的聲音裡透著一股子狠戾。

涼州，西將軍府

「你知道你在說什麼嗎？」沈懷孝不可置信地看著沈二。

沈二擦了擦頭上的汗。「上次主子吩咐，讓屬下注意國公府中的消息，奴才不敢大意，才……」

「你繼續說下去！」沈懷孝壓下心底的慌亂。

「世子夫人身邊的紅兒，確實經常和天龍寺的一個小沙彌出現在同一個地方。」沈二喘了口氣，才又道：「可奇怪的是，兩人都像不認識對方似的，從不接觸。但只要紅兒姑娘待過的地方，不管河邊坐過的大石，還是歇腳的茶館，那小沙彌必然隨後就會出現在同樣的地方。兩人都很警惕，咱們的人不敢跟得太緊。但可以肯定的是，這兩人在相互傳遞消息。」

沈懷孝臉上沒有過多的表情，只是淡淡地問：「查過那個小沙彌沒有？」

「查過了。」沈二小聲道：「他是服侍天龍寺方丈無塵大師的小沙彌了凡。」

天龍寺和輔國公府的關係一直很好，無塵大師也一直是祖父的故交。可究竟有什麼事情，得要如此偷偷摸摸地進行？

沈懷孝想不明白，他吩咐道：「別打草驚蛇，繼續盯著。」

「還有……」沈二打量沈懷孝的神色，見他沒有不耐煩，才又道：「府裡打算選個沈家的姑娘送到東宮為良娣，但這個打算從月初開始就在府裡暗暗地傳開了。奴才查了一下，流言最早出現的地方，是老夫人的春輝院。但最一開始說出這話的嬤嬤，卻是……世子夫人的人。」

沈懷孝呼吸一窒，只覺得前面就是萬丈深淵。

——未完，待續，請看文創風514《鳳心不悅》2

2017年4月出版

鳳心不悅

文創風 513~517

他之所以決定娶她，
背後有著說不清的陰謀詭計，
唯獨缺少了一分真心……

純情摯愛 此心不渝／桐心

沒想到新婚後便不告而別的沈懷孝，居然還有臉回來？
對蘇清河而言，有沒有這個丈夫，她壓根兒不在意，
她不過是為了與兩個孩子重逢，不得已才借了他的「種」，
古人嫁雞隨雞、嫁狗隨狗的那一套歪理，可不適用在她身上！
然而他失蹤五年的真相，竟是在京城另娶嬌妻，
如今他一口一個誤會，就想回到他們母子身邊，
當她是三歲小孩那樣好哄的嗎？
彼此各過各的也就罷了，可他卻放任那女人派刺客殺她，
這口窩囊氣，她可吞不下了！
凡事都講究個先來後到，
想要她讓出正妻的位置，還得問問她願不願意！

文創風
513

鳳心不悅 1

國家圖書館出版品預行編目資料

鳳心不悅 / 桐心著. --
初版. -- 臺北市 : 狗屋, 2017.04
冊 ; 公分. --（文創風）
ISBN 978-986-328-714-8（第1冊：平裝）. --

857.7　　106002032

著作者　桐心
編輯　江馥君
校對　黃薇霓　簡郁珊
發行所　狗屋出版社有限公司
地址　台北市104中山區龍江路71巷15號1樓
電話　02-2776-5889～0
發行字號　局版台業字845號
法律顧問　蕭雄淋律師
總經銷　知遠文化事業有限公司
電話　02-2664-8800
初版　2017年4月
國際書碼　ISBN-13　978-986-328-714-8

本著作物由北京晉江原創網絡科技有限公司授權出版

定價250元
狗屋劃撥帳號：19001626
網址：love.doghouse.com.tw　E-mail：love@doghouse.com.tw